The Island of Doctor Moreau
La isla del Dr. Moreau

H. G. Wells

The Island of Doctor Moreau
La isla del Dr. Moreau

Texto paralelo bilingüe
Bilingual edition

Ingles - Español
English - Spanish

texto en español, traducido del inglés por Guillermo Tirelli

ROSETTA EDU

Título original: *The Island of Doctor Moreau*

Primera publicación: 1896

Ilustración de tapa © 2023, Nazareno Rodríguez

Primera edición: Diciembre 2023

Publicado por Rosetta Edu
Londres, Diciembre 2023
www.rosettaedu.com

ISBN: 978-1-916939-54-7

Páginas enfrentadas

Páginas enfrentadas de la traducción y texto original en libros impresos.

Párrafos alineados en libros impresos

En libros impresos, los párrafos alineados entre los dos idiomas facilitan la comparación y la comprensión, ahorrando la necesidad de referirse constantemente al diccionario.

Párrafos enlazados en libros electrónicos

En libros electrónicos la comparación y la comprensión son facilitadas por citas al pie colocadas al principio de cada párrafo enlazando el texto en el idioma original y su traducción.

Integridad y fidelidad

Traducciones íntegras, fieles y no abreviadas del texto original.

Cuidado del vocabulario

Traducciones especiales para ediciones bilingües, con especial cuidado por la hegemonía de vocabulario utilizando glosarios en el proceso de traducción.

Contexto educativo

Ediciones enfocadas a estudiantes intermedios y avanzados del idioma original del texto en libros coleccionables y aptos para el contexto educativo.

INTRODUCTION

On February the First 1887, the Lady Vain was lost by collision with a derelict when about the latitude 1° S. and longitude 107° W.

On January the Fifth, 1888—that is eleven months and four days after—my uncle, Edward Prendick, a private gentleman, who certainly went aboard the Lady Vain at Callao, and who had been considered drowned, was picked up in latitude 5° 3′ S. and longitude 101° W. in a small open boat of which the name was illegible, but which is supposed to have belonged to the missing schooner Ipecacuanha. He gave such a strange account of himself that he was supposed demented. Subsequently he alleged that his mind was a blank from the moment of his escape from the Lady Vain. His case was discussed among psychologists at the time as a curious instance of the lapse of memory consequent upon physical and mental stress. The following narrative was found among his papers by the undersigned, his nephew and heir, but unaccompanied by any definite request for publication.

The only island known to exist in the region in which my uncle was picked up is Noble's Isle, a small volcanic islet and uninhabited. It was visited in 1891 by H. M. S. Scorpion. A party of sailors then landed, but found nothing living thereon except certain curious white moths, some hogs and rabbits, and some rather peculiar rats. So that this narrative is without confirmation in its most essential particular. With that understood, there seems no harm in putting this strange story before the public in accordance, as I believe, with my uncle's intentions. There is at least this much in its behalf: my uncle passed out of human knowledge about latitude 5° S. and longitude 105° E., and reappeared in the same part of the ocean after a space of eleven months. In some way he must have lived during the interval. And it seems that a schooner called the Ipecacuanha with a drunken captain, John Davies, did start from Africa with a puma and certain other animals aboard in January, 1887, that the vessel was well known at several ports in the South Pacific, and that it finally disappeared from those seas (with a considerable amount of copra aboard), sailing to its unknown fate from Bayna in December, 1887, a date that tallies entirely with my uncle's story.

CHARLES EDWARD PRENDICK.

INTRODUCCIÓN

El 1 de febrero de 1887, el Lady Vain se perdió por colisión con un barco abandonado cuando se encontraba a unos 1° de latitud S. y 107° de longitud O.

El 5 de enero de 1888 —es decir, once meses y cuatro días después—, mi tío, Edward Prendick, caballero civil, que sin duda embarcó a bordo del Lady Vain en el Callao, y a quien se había considerado ahogado, fue recogido en la latitud 5° 3' S. y la longitud 101° O. en un pequeño bote abierto cuyo nombre era ilegible, pero que se supone perteneció a la goleta desaparecida Ipecacuanha. Dio una versión tan extraña de sí mismo que se le supuso demente. Posteriormente alegó que su mente estaba en blanco desde el momento de su huida del Lady Vain. Su caso fue discutido entre los psicólogos de la época como un curioso caso de lapsus de memoria como consecuencia del estrés físico y mental. La siguiente narración fue encontrada entre sus papeles por el abajo firmante, su sobrino y heredero, pero no iba acompañada de ninguna solicitud definitiva de publicación.

La única isla conocida en la región en la que fue recogido mi tío es Isla de Noble, un pequeño islote volcánico y deshabitado. Fue visitada en 1891 por el H. M. S. Scorpion. Un grupo de marineros desembarcó entonces, pero no encontraron nada que viviera allí, salvo ciertas curiosas polillas blancas, algunos cerdos y conejos, y algunas ratas bastante peculiares. De modo que esta narración carece de confirmación en su aspecto más esencial. Luego de esa aclaración, no parece que haya nada de malo en exponer esta extraña historia al público, de acuerdo, como creo, con las intenciones de mi tío. Hay al menos esto en su favor: mi tío desapareció de la esfera del conocimiento humano alrededor de la latitud 5° S. y la longitud 105° E., y reapareció en la misma parte del océano después de un espacio de once meses. De alguna manera debió de vivir durante el intervalo. Y parece ser que una goleta llamada Ipecacuanha con un capitán borracho, John Davies, partió de África con un puma y algunos otros animales a bordo en enero de 1887, que el barco era bien conocido en varios puertos del Pacífico Sur, y que finalmente desapareció de aquellos mares (con una considerable cantidad de copra a bordo), zarpando hacia su desconocido destino desde Bayna en diciembre de 1887, fecha que concuerda totalmente con la historia de mi tío.

CHARLES EDWARD PRENDICK.

The Island of Doctor Moreau
(The Story written by Edward Prendick.)

I — IN THE DINGEY OF THE "LADY VAIN"

I do not propose to add anything to what has already been written concerning the loss of the Lady Vain. As everyone knows, she collided with a derelict when ten days out from Callao. The longboat, with seven of the crew, was picked up eighteen days after by H. M. gunboat Myrtle, and the story of their terrible privations has become quite as well known as the far more horrible Medusa case. But I have to add to the published story of the Lady Vain another, possibly as horrible and far stranger. It has hitherto been supposed that the four men who were in the dingey perished, but this is incorrect. I have the best of evidence for this assertion: I was one of the four men.

But in the first place I must state that there never were four men in the dingey,—the number was three. Constans, who was "seen by the captain to jump into the gig,"[1] luckily for us and unluckily for himself did not reach us. He came down out of the tangle of ropes under the stays of the smashed bowsprit, some small rope caught his heel as he let go, and he hung for a moment head downward, and then fell and struck a block or spar floating in the water. We pulled towards him, but he never came up.

I say luckily for us he did not reach us, and I might almost say luckily for himself; for we had only a small beaker of water and some soddened ship's biscuits with us, so sudden had been the alarm, so unprepared the ship for any disaster. We thought the people on the launch would be better provisioned (though it seems they were not), and we tried to hail them. They could not have heard us, and the next morning when the drizzle cleared,—which was not until past midday,—we could see nothing of them. We could not stand up to look about us, because of the pitching of the boat. The two other men who had escaped so far with me were a man named Helmar, a passenger like myself, and a seaman whose name I don't know,—a short sturdy man, with a stammer.

____

1 Daily News, March 17, 1887.

La isla del Dr. Moreau
(La historia escrita por Edward Prendick).

I — EN EL ESQUIFE DE LA «DAMA VANIDOSA»

No me propongo añadir nada a lo que ya se ha escrito sobre la pérdida del Lady Vain. Como todo el mundo sabe, colisionó con un barco abandonado cuando se encontraba a diez días del Callao. El palangrero, con siete de sus tripulantes, fue recogido dieciocho días después por el cañonero H. M. Myrtle, y la historia de sus terribles privaciones ha llegado a ser tan conocida como el caso del Medusa, mucho más horrible. Pero tengo que añadir a la historia publicada del Lady Vain otra, posiblemente tan horrible y mucho más extraña. Hasta ahora se ha supuesto que los cuatro hombres que estaban en el esquife perecieron, pero esto es incorrecto. Tengo la mejor de las pruebas de esta afirmación: yo era uno de los cuatro hombres.

Pero, en primer lugar, debo declarar que nunca hubo cuatro hombres en el esquife... el número era tres. Constans, a quien «el capitán vio saltar al bichero»[1], por suerte para nosotros y por desgracia para él mismo, no nos alcanzó. Bajó de la maraña de cuerdas bajo los tirantes del bauprés destrozado, alguna cuerda pequeña le agarró el talón al soltarse, y quedó colgado un momento cabeza abajo, para luego caer y golpearse contra un bloque o un larguero que flotaba en el agua. Nos dirigimos hacia él, pero nunca subió.

Digo que, por suerte, para nosotros no nos alcanzó, y casi podría decir que por suerte para él mismo; porque sólo teníamos con nosotros un pequeño vaso de agua y algunas galletas de barco empapadas, tan repentina había sido la alarma, tan poco preparado el barco para cualquier desastre. Pensamos que la gente de la lancha estaría mejor aprovisionada (aunque parece que no lo estaban), e intentamos llamarles. No pudieron oírnos, y a la mañana siguiente, cuando la llovizna se disipó —lo que no ocurrió hasta pasado el mediodía—, no pudimos ver nada de ellos. No podíamos ponernos de pie para mirar a nuestro alrededor, debido al cabeceo del barco. Los otros dos hombres que habían escapado hasta allí conmigo eran un hombre llamado Helmar, pasajero como yo, y un marinero cuyo nombre ignoro, un hombre bajo y robusto,

---

1 Daily News, 17 de marzo de 1887.

We drifted famishing, and, after our water had come to an end, tormented by an intolerable thirst, for eight days altogether. After the second day the sea subsided slowly to a glassy calm. It is quite impossible for the ordinary reader to imagine those eight days. He has not, luckily for himself, anything in his memory to imagine with. After the first day we said little to one another, and lay in our places in the boat and stared at the horizon, or watched, with eyes that grew larger and more haggard every day, the misery and weakness gaining upon our companions. The sun became pitiless. The water ended on the fourth day, and we were already thinking strange things and saying them with our eyes; but it was, I think, the sixth before Helmar gave voice to the thing we had all been thinking. I remember our voices were dry and thin, so that we bent towards one another and spared our words. I stood out against it with all my might, was rather for scuttling the boat and perishing together among the sharks that followed us; but when Helmar said that if his proposal was accepted we should have drink, the sailor came round to him.

I would not draw lots however, and in the night the sailor whispered to Helmar again and again, and I sat in the bows with my clasp-knife in my hand, though I doubt if I had the stuff in me to fight; and in the morning I agreed to Helmar's proposal, and we handed halfpence to find the odd man. The lot fell upon the sailor; but he was the strongest of us and would not abide by it, and attacked Helmar with his hands. They grappled together and almost stood up. I crawled along the boat to them, intending to help Helmar by grasping the sailor's leg; but the sailor stumbled with the swaying of the boat, and the two fell upon the gunwale and rolled overboard together. They sank like stones. I remember laughing at that, and wondering why I laughed. The laugh caught me suddenly like a thing from without.

I lay across one of the thwarts for I know not how long, thinking that if I had the strength I would drink sea-water and madden myself to die quickly. And even as I lay there I saw, with no more interest than if it had been a picture, a sail come up towards me over the sky-line. My mind must have been wandering, and yet I remember all that happened, quite distinctly. I remember how my head swayed

tartamudo.

Navegamos a la deriva hambrientos y, cuando se nos acabó el agua, estuvimos atormentados por una sed intolerable, durante ocho días en total. Después del segundo día el mar amainó lentamente hasta convertirse en una calma cristalina. Es del todo imposible para el lector ordinario imaginar esos ocho días. No tiene, por suerte para él, nada en la memoria para imaginárselo. Después del primer día nos dijimos poco, y permanecimos tumbados en nuestros sitios en el bote mirando el horizonte, u observando, con ojos cada día más grandes y demacrados, la miseria y la debilidad que ganaban a nuestros compañeros. El sol se volvió despiadado. El agua se terminó el cuarto día, y ya pensábamos cosas extrañas y las decíamos con los ojos; pero fue, creo, el sexto antes de que Helmar diera voz a lo que todos habíamos estado pensando. Recuerdo que nuestras voces eran secas y escasas, de modo que nos inclinamos unos hacia otros y ahorramos nuestras palabras. Yo me opuse con todas mis fuerzas, era más bien partidario de hundir el barco y perecer juntos entre los tiburones que nos seguían; pero cuando Helmar dijo que si se aceptaba su propuesta podríamos beber, el marinero se acercó a él.

Sin embargo, no quise echarlo a suertes, y por la noche el marinero susurró a Helmar una y otra vez, y yo me senté en la proa con mi cuchillo de hebilla en la mano, aunque dudo que tuviera en mí la fuerza necesaria para luchar; y por la mañana accedí a la propuesta de Helmar, y nos repartimos medios peniques para encontrar al hombre sorteado. La suerte recayó en el marinero; pero era el más fuerte de nosotros y no se conformó, y atacó a Helmar con las manos. Forcejearon y casi se pusieron de pie. Me arrastré por el barco hasta ellos, con la intención de ayudar a Helmar agarrando la pierna del marinero; pero éste tropezó con el balanceo del barco, y los dos cayeron sobre la borda y rodaron juntos por ella. Se hundieron como piedras. Recuerdo haberme reído de aquello y preguntarme por qué me había reído. La risa me sorprendió de repente como si viniera de fuera de mí.

Permanecí tumbado en uno de los asientos no sé cuánto tiempo, pensando que si tenía fuerzas bebería agua de mar y así me volvería loco y moriría rápidamente. Y mientras yacía allí vi, sin más interés que si hubiera sido una imagen, una vela que se acercaba a mí por encima de la línea del cielo. Mi mente debía de estar divagando y, sin embargo, recuerdo todo lo sucedido con bastante nitidez. Recuerdo cómo mi cabeza

with the seas, and the horizon with the sail above it danced up and down, but I also remember as distinctly that I had a persuasion that I was dead, and that I thought what a jest it was that they should come too late by such a little to catch me in my body.

For an endless period, as it seemed to me, I lay with my head on the thwart watching the schooner (she was a little ship, schooner-rigged fore and aft) come up out of the sea. She kept tacking to and fro in a widening compass, for she was sailing dead into the wind. It never entered my head to attempt to attract attention, and I do not remember anything distinctly after the sight of her side until I found myself in a little cabin aft. There's a dim half-memory of being lifted up to the gangway, and of a big round countenance covered with freckles and surrounded with red hair staring at me over the bulwarks. I also had a disconnected impression of a dark face, with extraordinary eyes, close to mine; but that I thought was a nightmare, until I met it again. I fancy I recollect some stuff being poured in between my teeth; and that is all.

se balanceaba con los mares, y el horizonte con la vela sobre él bailaba arriba y abajo; pero también recuerdo con la misma nitidez que yo estaba persuadido de que estaba muerto, y que pensaba qué broma era que llegaran tan tarde para recoger mi cuerpo.

Durante un tiempo interminable, según me pareció, permanecí con la cabeza apoyada en la borda viendo cómo la goleta (era un barco pequeño, aparejado como una goleta a proa y popa) emegía del mar. Iba virando de un lado a otro en un compás cada vez más amplio, pues navegaba muerta contra el viento. Nunca se me pasó por la cabeza intentar llamar la atención, y no recuerdo nada con claridad después de la vista de su costado hasta que me encontré en un pequeño camarote de popa. Tengo un borroso recuerdo a medias de cuando me subieron a la pasarela y de un gran rostro redondo cubierto de pecas y rodeado de pelo rojo que me miraba fijamente por encima de las amuradas. También tuve una impresión inconexa de un rostro oscuro, con unos ojos extraordinarios, cerca del mío; pero eso pensé que era una pesadilla, hasta que volví a encontrármelo. Me parece recordar que me echaron algo entre los dientes; y eso es todo.

The cabin in which I found myself was small and rather untidy. A youngish man with flaxen hair, a bristly straw-coloured moustache, and a dropping nether lip, was sitting and holding my wrist. For a minute we stared at each other without speaking. He had watery grey eyes, oddly void of expression. Then just overhead came a sound like an iron bedstead being knocked about, and the low angry growling of some large animal. At the same time the man spoke. He repeated his question,—"How do you feel now?"

I think I said I felt all right. I could not recollect how I had got there. He must have seen the question in my face, for my voice was inaccessible to me.

"You were picked up in a boat, starving. The name on the boat was the Lady Vain, and there were spots of blood on the gunwale."

At the same time my eye caught my hand, so thin that it looked like a dirty skin-purse full of loose bones, and all the business of the boat came back to me.

"Have some of this," said he, and gave me a dose of some scarlet stuff, iced.

It tasted like blood, and made me feel stronger.

"You were in luck," said he, "to get picked up by a ship with a medical man aboard." He spoke with a slobbering articulation, with the ghost of a lisp.

"What ship is this?" I said slowly, hoarse from my long silence.

"It's a little trader from Arica and Callao. I never asked where she came from in the beginning,—out of the land of born fools, I guess. I'm a passenger myself, from Arica. The silly ass who owns her,—he's captain too, named Davies,—he's lost his certificate, or something. You know the kind of man,—calls the thing the Ipecacuanha, of all silly, infernal names; though when there's much of a sea without any wind, she certainly acts according."

II — EL HOMBRE QUE NO IBA A NINGUNA PARTE

El camarote en el que me encontraba era pequeño y bastante desordenado. Un hombre joven, de pelo de lino, bigote pajizo erizado y labio inferior caído, estaba sentado y me sujetaba la muñeca. Durante un minuto nos miramos fijamente sin hablar. Él tenía los ojos grises acuosos, extrañamente vacíos de expresión. Entonces, justo encima de nosotros, se oyó un ruido como el de un somier de hierro al ser golpeado y el gruñido grave y furioso de algún animal grande. Al mismo tiempo el hombre habló. Repitió su pregunta: «¿Cómo se siente ahora?».

Creo que dije que me sentía bien. No podía recordar cómo había llegado hasta allí. Debió de ver la pregunta en mi rostro, pues mi voz me resultaba inaccesible.

«Le recogieron en un barco, muerto de hambre. El nombre del barco era Lady Vain, y había manchas de sangre en la borda».

Al mismo tiempo mi ojo captó mi mano, tan delgada que parecía un sucio monedero de piel lleno de huesos sueltos, y todo el asunto del barco volvió a mí.

«Tome un poco de esto», dijo, y me dio una dosis de algo escarlata, helado.

Sabía a sangre y me hizo sentir más fuerte.

«Tuvo suerte», dijo, «de que le recogiera un barco con un médico a bordo». Hablaba con una articulación babosa, con el fantasma de un ceceo.

«¿Qué barco es éste?», dije lentamente, ronco por mi largo silencio.

«Es un pequeño barco comerciante de Arica y Callao. Nunca le pregunté de dónde venía al principio, supongo que de la tierra de los tontos de nacimiento. Yo mismo soy un pasajero, de Arica. El tonto asno que es su dueño —es capitán también, se llama Davies— ha perdido su certificado, o algo así. Usted sabe la clase de hombre... llama a la cosa el Ipecacuanha, de todos los nombres tontos, infernales; aunque cuando hay mucho mar sin ningún viento, el barco actúa ciertamente así».

(Then the noise overhead began again, a snarling growl and the voice of a human being together. Then another voice, telling some "Heaven-forsaken idiot" to desist.)

"You were nearly dead," said my interlocutor. "It was a very near thing, indeed. But I've put some stuff into you now. Notice your arm's sore? Injections. You've been insensible for nearly thirty hours."

I thought slowly. (I was distracted now by the yelping of a number of dogs.) "Am I eligible for solid food?" I asked.

"Thanks to me," he said. "Even now the mutton is boiling."

"Yes," I said with assurance; "I could eat some mutton."

"But," said he with a momentary hesitation, "you know I'm dying to hear of how you came to be alone in that boat. Damn that howling!" I thought I detected a certain suspicion in his eyes.

He suddenly left the cabin, and I heard him in violent controversy with some one, who seemed to me to talk gibberish in response to him. The matter sounded as though it ended in blows, but in that I thought my ears were mistaken. Then he shouted at the dogs, and returned to the cabin.

"Well?" said he in the doorway. "You were just beginning to tell me."

I told him my name, Edward Prendick, and how I had taken to Natural History as a relief from the dulness of my comfortable independence.

He seemed interested in this. "I've done some science myself. I did my Biology at University College,—getting out the ovary of the earthworm and the radula of the snail, and all that. Lord! It's ten years ago. But go on! go on! tell me about the boat."

He was evidently satisfied with the frankness of my story, which I told in concise sentences enough, for I felt horribly weak; and when it was finished he reverted at once to the topic of Natural History and

(Entonces comenzó de nuevo el ruido en lo alto, un gruñido y la voz de un ser humano juntos. Luego otra voz, diciendo a algún «idiota olvidado del cielo» que desistiera).

«Usted estuvo a punto de morir», dijo mi interlocutor. «Estuvo muy cerca, de hecho. Pero ahora le he puesto algo. ¿Nota que le duele el brazo? Inyecciones. Ha estado insensible casi treinta horas».

Pensé lentamente. (Ahora me distraía el aullido de varios perros.) «¿Cumplo los requisitos para la comida sólida?», pregunté.

«Gracias a mí», dijo. «Incluso ahora el cordero está hirviendo».

«Sí», dije con seguridad; «podría comer algo de cordero».

«Pero», dijo con una vacilación momentánea, «sabe que me muero por saber cómo llego a quedarse solo en ese barco. Malditos sean esos aullidos». Me pareció detectar cierta suspicacia en sus ojos.

Salió de repente de la cabaña y le oí discutiendo violentamente controversia con alguien, que me pareció que decía sandeces en respuesta a él. El asunto sonaba como si hubiera acabado a golpes, pero, en eso, pensé que mis oídos se habían equivocado. Luego gritó a los perros y regresó a la cabaña.

«¿Y bien?», dijo él en la puerta. «Estaba empezando a contármelo».

Le dije mi nombre, Edward Prendick, y cómo me había aficionado a la Historia Natural como alivio a la monotonía de mi cómoda independencia.

Parecía interesado en ello. «Yo también he hecho algo de ciencia. Hice Biología en University College… sacando el ovario de la lombriz de tierra y la rádula del caracol, y todo eso. ¡Señor! Fue hace diez años. Pero siga, siga, hábleme del barco».

Evidentemente le satisfizo la franqueza de mi relato, que conté en frases bastante concisas, pues me sentía horriblemente débil; y cuando hubo terminado, volvió enseguida al tema de la Historia Natural y a sus

his own biological studies. He began to question me closely about Tottenham Court Road and Gower Street. "Is Caplatzi still flourishing? What a shop that was!" He had evidently been a very ordinary medical student, and drifted incontinently to the topic of the music halls. He told me some anecdotes.

"Left it all," he said, "ten years ago. How jolly it all used to be! But I made a young ass of myself,—played myself out before I was twenty-one. I daresay it's all different now. But I must look up that ass of a cook, and see what he's done to your mutton."

The growling overhead was renewed, so suddenly and with so much savage anger that it startled me. "What's that?" I called after him, but the door had closed. He came back again with the boiled mutton, and I was so excited by the appetising smell of it that I forgot the noise of the beast that had troubled me.

After a day of alternate sleep and feeding I was so far recovered as to be able to get from my bunk to the scuttle, and see the green seas trying to keep pace with us. I judged the schooner was running before the wind. Montgomery—that was the name of the flaxen-haired man—came in again as I stood there, and I asked him for some clothes. He lent me some duck things of his own, for those I had worn in the boat had been thrown overboard. They were rather loose for me, for he was large and long in his limbs. He told me casually that the captain was three-parts drunk in his own cabin. As I assumed the clothes, I began asking him some questions about the destination of the ship. He said the ship was bound to Hawaii, but that it had to land him first.

"Where?" said I.

"It's an island, where I live. So far as I know, it hasn't got a name."

He stared at me with his nether lip dropping, and looked so wilfully stupid of a sudden that it came into my head that he desired to avoid my questions. I had the discretion to ask no more.

propios estudios de biología. Empezó a interrogarme detenidamente sobre Tottenham Court Road y Gower Street. «¿Caplatzi sigue floreciendo? ¡Qué tienda era aquella!». Evidentemente había sido un estudiante de medicina muy corriente, y derivó, sin más razón, hacia el tema de los salones de música. Me contó algunas anécdotas.

«Lo dejé todo», dijo, «hace diez años. ¡Qué alegre solía ser todo! Pero me convertí en un joven imbécil… jugué conmigo mismo antes de cumplir los veintiún años. Me atrevería a decir que ahora todo es diferente. Pero debo buscar a ese asno de cocinero, y ver lo que ha hecho de su cordero».

El gruñido sobre mi cabeza se renovó, tan de repente y con tanta furia salvaje que me sobresaltó. «¿Qué es eso?», exclamé tras él, pero la puerta se había cerrado. Volvió de nuevo con el cordero hervido y me excitó tanto su apetitoso olor que olvidé el ruido de la bestia que me había inquietado.

Después de un día de sueño y alimentación alternados, estaba tan recuperado como para poder llegar desde mi litera hasta la escotilla, y ver los mares verdes que intentaban seguirnos el ritmo. Juzgué que la goleta corría en dirección del viento. Montgomery —así se llamaba el hombre de pelo de lino— volvió a entrar mientras yo estaba allí, y le pedí algo de ropa. Me prestó algunas cosas suyas, pues las que yo había llevado en el barco las habían tirado por la borda. La ropa me quedaba bastante holgada, pues él era corpulento y largo de extremidades. Me dijo casualmente que el capitán estaba casi completamente borracho en su propio camarote. Al aceptar la ropa, empecé a hacerle algunas preguntas sobre el destino del barco. Me dijo que el barco se dirigía a Hawai, pero que primero tenía que desembarcar él.

«¿Dónde?», dije yo.

«Es una isla, donde yo vivo. Que yo sepa, no tiene nombre».

Me miró fijamente con el labio inferior caído, y parecía tan voluntariamente estúpido de repente que me vino a la cabeza que deseaba evitar mis preguntas. Tuve la discreción de no preguntar más.

We left the cabin and found a man at the companion obstructing our way. He was standing on the ladder with his back to us, peering over the combing of the hatchway. He was, I could see, a misshapen man, short, broad, and clumsy, with a crooked back, a hairy neck, and a head sunk between his shoulders. He was dressed in dark-blue serge, and had peculiarly thick, coarse, black hair. I heard the unseen dogs growl furiously, and forthwith he ducked back,—coming into contact with the hand I put out to fend him off from myself. He turned with animal swiftness.

In some indefinable way the black face thus flashed upon me shocked me profoundly. It was a singularly deformed one. The facial part projected, forming something dimly suggestive of a muzzle, and the huge half-open mouth showed as big white teeth as I had ever seen in a human mouth. His eyes were blood-shot at the edges, with scarcely a rim of white round the hazel pupils. There was a curious glow of excitement in his face.

"Confound you!" said Montgomery. "Why the devil don't you get out of the way?"

The black-faced man started aside without a word. I went on up the companion, staring at him instinctively as I did so. Montgomery stayed at the foot for a moment. "You have no business here, you know," he said in a deliberate tone. "Your place is forward."

The black-faced man cowered. "They—won't have me forward." He spoke slowly, with a queer, hoarse quality in his voice.

"Won't have you forward!" said Montgomery, in a menacing voice. "But I tell you to go!" He was on the brink of saying something further, then looked up at me suddenly and followed me up the ladder.

I had paused half way through the hatchway, looking back, still astonished beyond measure at the grotesque ugliness of this black-faced creature. I had never beheld such a repulsive and extraordi-

Salimos del camarote y nos encontramos con un hombre en el camarote de acompañante que nos obstruía el paso. Estaba de pie en la escalera, de espaldas a nosotros, asomándose por encima de la cuerva de la escotilla. Era, según pude ver, un hombre deforme, bajo, ancho y torpe, con la espalda torcida, el cuello peludo y la cabeza hundida entre los hombros. Iba vestido con sarga azul oscuro y tenía un pelo peculiarmente espeso, áspero y negro. Oí a los perros invisibles gruñir furiosamente, e inmediatamente se agachó hacia atrás, entrando en contacto con la mano que extendí para apartarlo de mí. Se volvió con una rapidez animal.

De algún modo indefinible, el rostro negro que así se me apareció me impactó profundamente. Era singularmente deforme. La parte facial se proyectaba, formando algo que tenuemente sugería de un hocico, y la enorme boca entreabierta mostraba unos dientes blancos tan grandes como jamás había visto en una boca humana. Sus ojos estaban inyectados en sangre en los bordes, con apenas un borde blanco alrededor de las pupilas color avellana. Había un curioso brillo de excitación en su rostro.

«¡Maldito seas!», dijo Montgomery. «¿Por qué demonios no te quitas de en medio?».

El hombre de cara negra se apartó sin decir palabra. Seguí subiendo con el acompañante, mirándole instintivamente mientras lo hacía. Montgomery se quedó un momento abajo. «No tienes nada que hacer aquí, ¿sabes?», dijo en tono deliberado. «Tu sitio está adelante».

El hombre de cara negra se acobardó. «Ellos… no me dejarán avanzar». Hablaba despacio, con una cualidad extraña y ronca en la voz.

«¡No te dejarán avanzar!», dijo Montgomery, con voz amenazadora. «¡Pero te digo que te vayas!». Estuvo a punto de decir algo más, luego me miró de repente y me siguió por la escalera.

Yo me había detenido a medio camino de la escotilla, mirando hacia atrás, todavía asombrado sin medida por la grotesca fealdad de aquella criatura de rostro negro. Nunca antes había contemplado un rostro

nary face before, and yet—if the contradiction is credible—I experienced at the same time an odd feeling that in some way I had already encountered exactly the features and gestures that now amazed me. Afterwards it occurred to me that probably I had seen him as I was lifted aboard; and yet that scarcely satisfied my suspicion of a previous acquaintance. Yet how one could have set eyes on so singular a face and yet have forgotten the precise occasion, passed my imagination.

Montgomery's movement to follow me released my attention, and I turned and looked about me at the flush deck of the little schooner. I was already half prepared by the sounds I had heard for what I saw. Certainly I never beheld a deck so dirty. It was littered with scraps of carrot, shreds of green stuff, and indescribable filth. Fastened by chains to the mainmast were a number of grisly staghounds, who now began leaping and barking at me, and by the mizzen a huge puma was cramped in a little iron cage far too small even to give it turning room. Farther under the starboard bulwark were some big hutches containing a number of rabbits, and a solitary llama was squeezed in a mere box of a cage forward. The dogs were muzzled by leather straps. The only human being on deck was a gaunt and silent sailor at the wheel.

The patched and dirty spankers were tense before the wind, and up aloft the little ship seemed carrying every sail she had. The sky was clear, the sun midway down the western sky; long waves, capped by the breeze with froth, were running with us. We went past the steersman to the taffrail, and saw the water come foaming under the stern and the bubbles go dancing and vanishing in her wake. I turned and surveyed the unsavoury length of the ship.

"Is this an ocean menagerie?" said I.

"Looks like it," said Montgomery.

"What are these beasts for? Merchandise, curios? Does the captain think he is going to sell them somewhere in the South Seas?"

tan repulsivo y extraordinario, y sin embargo —si la contradicción es creíble— experimenté al mismo tiempo una extraña sensación de que en cierto modo ya me había encontrado exactamente con los rasgos y gestos que ahora me asombraban. Después se me ocurrió que probablemente le había visto mientras me subían a bordo; y sin embargo eso apenas satisfizo mi sospecha de que lo hubiera conocido anteriormente. Sin embargo, cómo podía uno haber puesto los ojos en un rostro tan singular y sin embargo haber olvidado la ocasión precisa, se me escapaba a la imaginación.

El movimiento de Montgomery al seguirme cambió mi atención, y me volví y miré a mi alrededor, a la cubierta al ras de la pequeña goleta. Ya estaba medio preparado por los sonidos que había oído para lo que vi. Ciertamente, nunca había contemplado una cubierta tan sucia. Estaba sembrada de trozos de zanahoria, jirones de material verde y una suciedad indescriptible. Sujetos con cadenas al palo mayor había varios espantosos sabuesos, que ahora empezaron a saltar y ladrarme, y junto a la mesana un enorme puma estaba hacinado en una jaulita de hierro demasiado pequeña incluso para darle espacio para girar. Más allá, bajo el baluarte de estribor, había unas grandes conejeras que contenían varios conejos, y una llama solitaria estaba apretujada en una mera caja como jaula en la proa. Los perros estaban amordazados con correas de cuero. El único ser humano en cubierta era un marinero demacrado y silencioso al timón.

Los espolones remendados y sucios estaban tensos ante el viento, y en lo alto el pequeño barco parecía llevar infladas todas las velas que tenía. El cielo estaba despejado, el sol a media altura en el oeste; largas olas, cubiertas de espuma por la brisa, corrían con nosotros. Pasamos junto al timonel hasta la borda, y vimos cómo el agua entraba espumosa por debajo de la popa y las burbujas bailaban y se desvanecían a su paso. Me volví y observé la desagradable longitud del barco.

«¿Esto es una *ménagerie* oceánica?», dije yo.

«Eso parece», dijo Montgomery.

«¿Para qué sirven estas bestias? ¿Mercancía, curiosidades? ¿Cree el capitán que va a venderlas en algún lugar de los Mares del Sur?».

"It looks like it, doesn't it?" said Montgomery, and turned towards the wake again.

Suddenly we heard a yelp and a volley of furious blasphemy from the companion hatchway, and the deformed man with the black face came up hurriedly. He was immediately followed by a heavy red-haired man in a white cap. At the sight of the former the staghounds, who had all tired of barking at me by this time, became furiously excited, howling and leaping against their chains. The black hesitated before them, and this gave the red-haired man time to come up with him and deliver a tremendous blow between the shoulder-blades. The poor devil went down like a felled ox, and rolled in the dirt among the furiously excited dogs. It was lucky for him that they were muzzled. The red-haired man gave a yawp of exultation and stood staggering, and as it seemed to me in serious danger of either going backwards down the companion hatchway or forwards upon his victim.

So soon as the second man had appeared, Montgomery had started forward. "Steady on there!" he cried, in a tone of remonstrance. A couple of sailors appeared on the forecastle. The black-faced man, howling in a singular voice rolled about under the feet of the dogs. No one attempted to help him. The brutes did their best to worry him, butting their muzzles at him. There was a quick dance of their lithe grey-figured bodies over the clumsy, prostrate figure. The sailors forward shouted, as though it was admirable sport. Montgomery gave an angry exclamation, and went striding down the deck, and I followed him. The black-faced man scrambled up and staggered forward, going and leaning over the bulwark by the main shrouds, where he remained, panting and glaring over his shoulder at the dogs. The red-haired man laughed a satisfied laugh.

"Look here, Captain," said Montgomery, with his lisp a little accentuated, gripping the elbows of the red-haired man, "this won't do!"

I stood behind Montgomery. The captain came half round, and regarded him with the dull and solemn eyes of a drunken man. "Wha' won't do?" he said, and added, after looking sleepily into Montgomery's face for a minute, "Blasted Sawbones!"

«Eso parece, ¿verdad?», dijo Montgomery, y se volvió de nuevo hacia la estela.

De repente oímos un aullido y una andanada de furiosas blasfemias desde la extensión de la escotilla, y el hombre deforme de cara negra subió apresuradamente. Le siguió inmediatamente un hombre pesado y pelirrojo con una gorra blanca. A la vista del primero, los sabuesos, que ya se habían cansado de ladrarme, se excitaron furiosamente, aullando y saltando contra sus cadenas. El negro vaciló ante ellos, y esto dio tiempo al pelirrojo para acercarse a él y asestarle un tremendo golpe entre los omóplatos. El pobre diablo cayó como un buey derribado y rodó por el suelo entre los perros furiosamente excitados. Fue una suerte para él que estuvieran amordazados. El pelirrojo emitió un bostezo de exultación y se puso en pie tambaleándose, y según me pareció en serio peligro de ir hacia atrás por la extensión de la escotilla o hacia delante sobre su víctima.

Tan pronto como había aparecido el segundo hombre, Montgomery se había puesto en marcha. «¡Quieto ahí!», gritó, en tono de protesta. Un par de marineros aparecieron en el castillo de proa. El hombre de cara negra, aullando con una voz singular, rodaba bajo los pies de los perros. Nadie intentó ayudarle. Los brutos hicieron todo lo posible por incitarle, dándole con sus hocicos. Hubo un rápido baile de sus ágiles cuerpos grises sobre la torpe y postrada figura. Los marineros de delante gritaban, como si fuera un deporte admirable. Montgomery lanzó una exclamación airada y bajó a grandes zancadas por la cubierta, y yo le seguí. El hombre de cara negra se levantó y se tambaleó hacia delante, yendo a inclinarse sobre la amurada junto a los obenques principales, donde permaneció, jadeando y mirando por encima del hombro a los perros. El pelirrojo soltó una carcajada de satisfacción.

«Mire, capitán», dijo Montgomery, con su ceceo un poco acentuado, agarrando los codos del pelirrojo, «¡esto no puede ser!».

Me coloqué detrás de Montgomery. El capitán dio media vuelta y le miró con los ojos apagados y solemnes de un borracho. «¿Qué no puede ser?», dijo, y añadió, tras mirar somnoliento la cara de Montgomery durante un minuto: «¡Maldito Matasanos!».

With a sudden movement he shook his arms free, and after two ineffectual attempts stuck his freckled fists into his side pockets.

"That man's a passenger," said Montgomery. "I'd advise you to keep your hands off him."

"Go to hell!" said the captain, loudly. He suddenly turned and staggered towards the side. "Do what I like on my own ship," he said.

I think Montgomery might have left him then, seeing the brute was drunk; but he only turned a shade paler, and followed the captain to the bulwarks.

"Look you here, Captain," he said; "that man of mine is not to be illtreated. He has been hazed ever since he came aboard."

For a minute, alcoholic fumes kept the captain speechless. "Blasted Sawbones!" was all he considered necessary.

I could see that Montgomery had one of those slow, pertinacious tempers that will warm day after day to a white heat, and never again cool to forgiveness; and I saw too that this quarrel had been some time growing. "The man's drunk," said I, perhaps officiously; "you'll do no good."

Montgomery gave an ugly twist to his dropping lip. "He's always drunk. Do you think that excuses his assaulting his passengers?"

"My ship," began the captain, waving his hand unsteadily towards the cages, "was a clean ship. Look at it now!" It was certainly anything but clean. "Crew," continued the captain, "clean, respectable crew."

"You agreed to take the beasts."

"I wish I'd never set eyes on your infernal island. What the devil— want beasts for on an island like that? Then, that man of yours—understood he was a man. He's a lunatic; and he hadn't no business aft.

Con un movimiento brusco se soltó los brazos y, tras dos intentos ineficaces, se metió los puños pecosos en los bolsillos laterales.

«Ese hombre es un pasajero», dijo Montgomery. «Le aconsejo que no le ponga las manos encima».

«¡Váyase al infierno!», dijo el capitán, en voz alta. De repente se dio la vuelta y se tambaleó hacia un lado. «Yo hago lo que quiero en mi propio barco», dijo.

Creo que Montgomery podría haberle dejado entonces, viendo que el bruto estaba borracho; pero sólo se puso un poco más pálido y siguió al capitán hasta los baluartes.

«Mire usted, capitán», dijo; «ese amigo mío no debe ser maltratado. Ha sido maltratado desde que subió a bordo».

Durante un minuto, los vapores alcohólicos mantuvieron al capitán sin habla. «¡Maldito Matasanos!», fue todo lo que consideró necesario decir.

Pude ver que Montgomery tenía uno de esos temperamentos lentos y pertinaces que se calientan día tras día hasta llegar a un calor extremo, y nunca más se enfrían hasta el perdón; y vi también que esta disputa llevaba algún tiempo creciendo. «El hombre está borracho», le dije, quizá oficiosamente; «no servirá de nada».

Montgomery dio un feo giro a su labio caído. «Siempre está borracho. ¿Cree que eso le excusa de agredir a sus pasajeros?».

«Mi barco», comenzó el capitán, agitando la mano inestablemente hacia las jaulas, «era un barco limpio. Mírelo ahora». Ciertamente era cualquier cosa menos limpio. «La tripulación...», continuó el capitán, «la tripulación limpia y respetable».

«Usted aceptó llevar a las bestias».

«Ojalá nunca hubiera puesto los ojos en su isla infernal. ¿Para qué diablos quieren bestias en una isla como esa? Y entonces, ese hombre suyo... creo que es un hombre. Es un lunático; y no tenía nada que hacer

Do you think the whole damned ship belongs to you?"

"Your sailors began to haze the poor devil as soon as he came aboard."

"That's just what he is—he's a devil! an ugly devil! My men can't stand him. I can't stand him. None of us can't stand him. Nor you either!"

Montgomery turned away. "You leave that man alone, anyhow," he said, nodding his head as he spoke.

But the captain meant to quarrel now. He raised his voice. "If he comes this end of the ship again I'll cut his insides out, I tell you. Cut out his blasted insides! Who are you, to tell me what I'm to do? I tell you I'm captain of this ship,—captain and owner. I'm the law here, I tell you,—the law and the prophets. I bargained to take a man and his attendant to and from Arica, and bring back some animals. I never bargained to carry a mad devil and a silly Sawbones, a—"

Well, never mind what he called Montgomery. I saw the latter take a step forward, and interposed. "He's drunk," said I. The captain began some abuse even fouler than the last. "Shut up!" I said, turning on him sharply, for I had seen danger in Montgomery's white face. With that I brought the downpour on myself.

However, I was glad to avert what was uncommonly near a scuffle, even at the price of the captain's drunken ill-will. I do not think I have ever heard quite so much vile language come in a continuous stream from any man's lips before, though I have frequented eccentric company enough. I found some of it hard to endure, though I am a mild-tempered man; but, certainly, when I told the captain to "shut up" I had forgotten that I was merely a bit of human flotsam, cut off from my resources and with my fare unpaid; a mere casual dependant on the bounty, or speculative enterprise, of the ship. He reminded me of it with considerable vigour; but at any rate I prevented a fight.

en popa. ¿Cree que todo el maldito barco le pertenece?».

«Sus marineros empezaron a acosar al pobre demonio en cuanto subió a bordo».

«Eso es justo lo que es: ¡un demonio! ¡Un horrible demonio! Mis hombres no le soportan. Yo no lo soporto. Ninguno de nosotros puede soportarlo. ¡Ni usted tampoco!»

Montgomery se dio la vuelta. «De todos modos, deje en paz a ese hombre», dijo, señalando con la cabeza mientras hablaba.

Pero el capitán tenía ahora intención de pelear. Levantó la voz. «Si vuelve a acercarse a este extremo del barco le arrancaré las entrañas, se lo aseguro. ¡Le cortaré las malditas entrañas! ¿Quién es usted, para decirme lo que tengo que hacer? Yo soy el capitán de este barco... capitán y propietario. Yo soy la ley aquí, le digo... la ley y los profetas. Negocié llevar a un hombre y a su ayudante hacia y desde Arica, y traer de vuelta algunos animales. Nunca negocié llevar a un demonio loco y a un tonto Matasanos a...».

No importa cómo llamara a Montgomery. Vi que este último daba un paso adelante y me interpuse. «Está borracho», dije. El capitán empezó algún improperio aún más soez que el anterior. «¡Cállese!» dije, volviéndome bruscamente hacia él, pues había visto un peligro en el rostro blanco de Montgomery. Con eso hice caer el chaparrón sobre mí.

Sin embargo, me alegré de evitar lo que estuvo poco menos que a punto de convertirse en una refriega, aun a costa de la mala voluntad ebria del capitán. No creo haber oído nunca tanto lenguaje vil salir en un chorro continuo de los labios de ningún hombre, aunque he frecuentado bastante las compañías excéntricas. Encontré algunas de ellas difíciles de soportar, a pesar de que soy un hombre de temperamento suave; pero, ciertamente, cuando le dije al capitán que «se callara» había olvidado que yo no era más que un trozo de desecho humano, desprovisto de mis recursos y con mi pasaje sin pagar; un mero dependiente casual de la generosidad, o de la empresa especulativa, del barco. Me lo recordó con considerable vigor; pero en cualquier caso evité una pelea.

That night land was sighted after sundown, and the schooner hove to. Montgomery intimated that was his destination. It was too far to see any details; it seemed to me then simply a low-lying patch of dim blue in the uncertain blue-grey sea. An almost vertical streak of smoke went up from it into the sky. The captain was not on deck when it was sighted. After he had vented his wrath on me he had staggered below, and I understand he went to sleep on the floor of his own cabin. The mate practically assumed the command. He was the gaunt, taciturn individual we had seen at the wheel. Apparently he was in an evil temper with Montgomery. He took not the slightest notice of either of us. We dined with him in a sulky silence, after a few ineffectual efforts on my part to talk. It struck me too that the men regarded my companion and his animals in a singularly unfriendly manner. I found Montgomery very reticent about his purpose with these creatures, and about his destination; and though I was sensible of a growing curiosity as to both, I did not press him.

We remained talking on the quarter deck until the sky was thick with stars. Except for an occasional sound in the yellow-lit forecastle and a movement of the animals now and then, the night was very still. The puma lay crouched together, watching us with shining eyes, a black heap in the corner of its cage. Montgomery produced some cigars. He talked to me of London in a tone of half-painful reminiscence, asking all kinds of questions about changes that had taken place. He spoke like a man who had loved his life there, and had been suddenly and irrevocably cut off from it. I gossiped as well as I could of this and that. All the time the strangeness of him was shaping itself in my mind; and as I talked I peered at his odd, pallid face in the dim light of the binnacle lantern behind me. Then I looked out at the darkling sea, where in the dimness his little island was hidden.

This man, it seemed to me, had come out of Immensity merely to save my life. To-morrow he would drop over the side, and vanish again out of my existence. Even had it been under commonplace circumstances, it would have made me a trifle thoughtful; but in the first place was the singularity of an educated man living on this unknown

Esa noche se avistó tierra después de la puesta de sol y la goleta viró. Montgomery dio a entender que ése era su destino. Estaba demasiado lejos para ver ningún detalle; me pareció entonces simplemente una mancha baja de un azul tenue en el incierto mar azul grisáceo. Una veta de humo casi vertical se elevaba desde él hacia el cielo. El capitán no estaba en cubierta cuando fue avistado. Después de haber descargado su ira contra mí se había tambaleado hacia abajo, y tengo entendido que se fue a dormir al suelo de su propio camarote. El segundo prácticamente asumió el mando. Era el individuo demacrado y taciturno que habíamos visto al timón. Aparentemente estaba de mal humor con Montgomery. No nos hizo el menor caso a ninguno de los dos. Cenamos con él en un malhumorado silencio, después de algunos esfuerzos ineficaces por mi parte para hablar. También me llamó la atención que los hombres miraban a mi compañero y a sus animales de un modo singularmente poco amistoso. Encontré a Montgomery muy reticente sobre su propósito con estas criaturas, y sobre su destino; y aunque me daba cuenta de mi creciente curiosidad en cuanto a ambas cosas, no le presioné.

Permanecimos hablando en la cubierta del cuarto hasta que el cielo estuvo espeso de estrellas. Salvo un sonido ocasional en el castillo de proa iluminado de amarillo y un movimiento de los animales de vez en cuando, la noche estaba muy quieta. El puma yacía agazapado, observándonos con ojos brillantes, un montón negro en la esquina de su jaula. Montgomery sacó unos cigarros. Me habló de Londres en un tono de reminiscencia medio dolorosa, haciéndome todo tipo de preguntas sobre los cambios que habían tenido lugar. Hablaba como un hombre que había amado su vida allí y se había visto repentina e irrevocablemente apartado de ella. Cotilleaba como podía sobre esto y aquello. Todo el tiempo su extrañeza se iba perfilando en mi mente; y mientras hablaba observaba su rostro extraño y pálido a la tenue luz de la linterna de la bitácora, detrás de mí. Luego miré hacia el oscuro mar, donde en la penumbra se ocultaba su pequeña isla.

Este hombre, me parecía, había salido de la Inmensidad sólo para salvarme la vida. Mañana se dejaría caer por la borda y desaparecería de nuevo de mi existencia. Aunque hubiera sido en circunstancias corrientes, me habría puesto un poco pensativo; pero en primer lugar estaba la singularidad de un hombre educado viviendo en esta pequeña isla

little island, and coupled with that the extraordinary nature of his luggage. I found myself repeating the captain's question. What did he want with the beasts? Why, too, had he pretended they were not his when I had remarked about them at first? Then, again, in his personal attendant there was a bizarre quality which had impressed me profoundly. These circumstances threw a haze of mystery round the man. They laid hold of my imagination, and hampered my tongue.

Towards midnight our talk of London died away, and we stood side by side leaning over the bulwarks and staring dreamily over the silent, starlit sea, each pursuing his own thoughts. It was the atmosphere for sentiment, and I began upon my gratitude.

"If I may say it," said I, after a time, "you have saved my life."

"Chance," he answered. "Just chance."

"I prefer to make my thanks to the accessible agent."

"Thank no one. You had the need, and I had the knowledge; and I injected and fed you much as I might have collected a specimen. I was bored and wanted something to do. If I'd been jaded that day, or hadn't liked your face, well—it's a curious question where you would have been now!"

This damped my mood a little. "At any rate," I began.

"It's a chance, I tell you," he interrupted, "as everything is in a man's life. Only the asses won't see it! Why am I here now, an outcast from civilisation, instead of being a happy man enjoying all the pleasures of London? Simply because eleven years ago—I lost my head for ten minutes on a foggy night."

He stopped. "Yes?" said I.

"That's all."

desconocida, y unido a ello la naturaleza extraordinaria de su equipaje. Me encontré repitiendo la pregunta del capitán. ¿Para qué quería las bestias? ¿Por qué, además, había fingido que no eran suyas cuando yo le había hablado de ellas al principio? Además, en su asistente personal había una cualidad extraña que me había impresionado profundamente. Estas circunstancias arrojaron una bruma de misterio en torno al hombre. Se apoderaron de mi imaginación y entorpecieron mi lengua.

Hacia medianoche nuestra charla sobre Londres se apagó y permanecimos uno junto al otro inclinados sobre los baluartes y mirando soñadoramente el mar silencioso y estrellado, cada uno persiguiendo sus propios pensamientos. Era el ambiente propicio para los sentimientos, y comencé con mi gratitud.

«Si me permite decirlo», dije, al cabo de un rato, «usted me ha salvado la vida».

«Casualidad», respondió. «Sólo casualidad».

«Prefiero dar las gracias al agente accesible».

«No se lo agradezca a nadie. Usted tenía la necesidad y yo tenía los conocimientos; y le inyecté y alimenté de la misma manera que habría recogido un espécimen. Estaba aburrido y quería hacer algo. Si hubiera estado hastiado ese día, o no me hubiera gustado su cara, bueno, ¡es una pregunta curiosa dónde estaría usted ahora!».

Esto amortiguó un poco mi estado de ánimo. «En cualquier caso», empecé a decir.

«Es una oportunidad, le digo», interrumpió, «como todo en la vida de un hombre. ¡Sólo que los asnos no lo ven! ¿Por qué estoy aquí ahora, un paria de la civilización, en lugar de ser un hombre feliz disfrutando de todos los placeres de Londres? Simplemente porque hace once años perdí la cabeza durante diez minutos en una noche de tinieblas».

Él se detuvo. «¿Sí?», le dije.

«Eso es todo.»

We relapsed into silence. Presently he laughed. "There's something in this starlight that loosens one's tongue. I'm an ass, and yet somehow I would like to tell you."

"Whatever you tell me, you may rely upon my keeping to myself—if that's it."

He was on the point of beginning, and then shook his head, doubtfully.

"Don't," said I. "It is all the same to me. After all, it is better to keep your secret. There's nothing gained but a little relief if I respect your confidence. If I don't—well?"

He grunted undecidedly. I felt I had him at a disadvantage, had caught him in the mood of indiscretion; and to tell the truth I was not curious to learn what might have driven a young medical student out of London. I have an imagination. I shrugged my shoulders and turned away. Over the taffrail leant a silent black figure, watching the stars. It was Montgomery's strange attendant. It looked over its shoulder quickly with my movement, then looked away again.

It may seem a little thing to you, perhaps, but it came like a sudden blow to me. The only light near us was a lantern at the wheel. The creature's face was turned for one brief instant out of the dimness of the stern towards this illumination, and I saw that the eyes that glanced at me shone with a pale-green light. I did not know then that a reddish luminosity, at least, is not uncommon in human eyes. The thing came to me as stark inhumanity. That black figure with its eyes of fire struck down through all my adult thoughts and feelings, and for a moment the forgotten horrors of childhood came back to my mind. Then the effect passed as it had come. An uncouth black figure of a man, a figure of no particular import, hung over the taffrail against the starlight, and I found Montgomery was speaking to me.

"I'm thinking of turning in, then," said he, "if you've had enough of this."

Recaímos en el silencio. En seguida se echó a reír. «Hay algo en esta luz de estrellas que le suelta a uno la lengua. Soy un imbécil y, sin embargo, de alguna manera me gustaría decírselo».

«Lo que me diga, puede confiar que me lo guardaré para mí, si es eso».

Estuvo a punto de empezar, y entonces sacudió la cabeza, dubitativo.

«No lo haga», le dije. «A mí me da lo mismo. Después de todo, es mejor que guarde su secreto. No se gana nada más que un pequeño alivio si respeto su confianza. Si no lo hago… ¿y qué?».

Gruñó indeciso. Sentí que le tenía en desventaja, que le había pillado en un arrebato de indiscreción; y a decir verdad, no sentía curiosidad por saber qué podía haber llevado a un joven estudiante de medicina a marcharse de Londres. Tengo imaginación. Me encogí de hombros y me di la vuelta. Sobre el barandal se inclinaba una silenciosa figura negra, observando las estrellas. Era el extraño ayudante de Montgomery. Miró rápidamente por encima del hombro al moverme y luego volvió a apartar la vista.

Tal vez al lector le parezca poca cosa, pero a mí me llegó como un golpe repentino. La única luz que había cerca de nosotros era una linterna en el timón. El rostro de la criatura se volvió durante un breve instante desde la penumbra de la popa hacia esta luz y vi que los ojos que me miraban brillaban con una luz verde pálida. Yo no sabía entonces que una luminosidad rojiza, al menos, no es infrecuente en los ojos humanos. La cosa me pareció de una inhumanidad descarnada. Aquella figura negra con sus ojos de fuego impactó mis pensamientos y sentimientos de adulto y por un momento volvieron a mi mente los horrores olvidados de la infancia. Luego el efecto pasó como había llegado. Una tosca figura negra de hombre, una figura sin importancia particular, colgaba sobre la barandilla contra la luz de las estrellas, y descubrí que Montgomery me hablaba.

«Estoy pensando en irme, entonces», dijo, «si ya ha tenido suficiente de esto».

I answered him incongruously. We went below, and he wished me good night at the door of my cabin.

That night I had some very unpleasant dreams. The waning moon rose late. Its light struck a ghostly white beam across my cabin, and made an ominous shape on the planking by my bunk. Then the stag-hounds woke, and began howling and baying; so that I dreamt fitfully, and scarcely slept until the approach of dawn.

Le contesté incongruentemente. Bajamos y me deseó buenas noches en la puerta de mi camarote.

Esa noche tuve unos sueños muy desagradables. La luna menguante salió tarde. Su luz iluminó mi camarote con un rayo blanco y fantasmal, y dibujó una forma ominosa en el entarimado junto a mi litera. Entonces los sabuesos se despertaron y empezaron a aullar y a aullar; de modo que soñé de forma irregular y apenas pude dormir hasta que se acercó el amanecer.

V — THE MAN WHO HAD NOWHERE TO GO

In the early morning (it was the second morning after my recovery, and I believe the fourth after I was picked up), I awoke through an avenue of tumultuous dreams,—dreams of guns and howling mobs,—and became sensible of a hoarse shouting above me. I rubbed my eyes and lay listening to the noise, doubtful for a little while of my whereabouts. Then came a sudden pattering of bare feet, the sound of heavy objects being thrown about, a violent creaking and the rattling of chains. I heard the swish of the water as the ship was suddenly brought round, and a foamy yellow-green wave flew across the little round window and left it streaming. I jumped into my clothes and went on deck.

As I came up the ladder I saw against the flushed sky—for the sun was just rising—the broad back and red hair of the captain, and over his shoulder the puma spinning from a tackle rigged on to the mizzen spanker-boom.

The poor brute seemed horribly scared, and crouched in the bottom of its little cage.

"Overboard with 'em!" bawled the captain. "Overboard with 'em! We'll have a clean ship soon of the whole bilin' of 'em."

He stood in my way, so that I had perforce to tap his shoulder to come on deck. He came round with a start, and staggered back a few paces to stare at me. It needed no expert eye to tell that the man was still drunk.

"Hullo!" said he, stupidly; and then with a light coming into his eyes, "Why, it's Mister—Mister?"

"Prendick," said I.

"Prendick be damned!" said he. "Shut-up,—that's your name. Mister Shut-up."

It was no good answering the brute; but I certainly did not expect

V — EL HOMBRE QUE NO TENÍA ADÓNDE IR

Por la mañana temprano (era la segunda mañana después de mi recuperación, y creo que la cuarta después de que me recogieran), me desperté después de una seguidilla de sueños tumultuosos —sueños de armas y de turbas aullando— y me di cuenta de un ronco griterío por encima de mí. Me froté los ojos y me quedé tumbado escuchando el ruido, dudando durante un rato de mi paradero. Entonces llegó un repentino repiqueteo de pies descalzos, el sonido de objetos pesados siendo arrojados, un violento crujido y el traqueteo de cadenas. Oí el vaivén del agua cuando el barco dio una vuelta repentina, y una ola espumosa de color amarillo verdoso atravesó la ventanita redonda y la dejó chorreando. Me puse la ropa de un salto y subí a cubierta.

Cuando subí por la escalerilla vi contra el cielo ruborizado —pues el sol acababa de salir— la ancha espalda y el pelo rojizo del capitán, y sobre su hombro el puma girando desde una polea aparejada en el tangón de mesana.

El pobre bruto parecía horriblemente asustado y se agazapó en el fondo de su pequeña jaula.

«¡Por la borda con ellos!», gritó el capitán. «¡Por la borda con ellos! Pronto tendremos un barco limpio de todos ellos».

Se interpuso en mi camino, de modo que tuve que tocarle forzosamente el hombro para que subiera a cubierta. Volvió en sí con un sobresalto y se tambaleó unos pasos hacia atrás para mirarme fijamente. No hacía falta un ojo experto para darse cuenta de que el hombre seguía borracho.

«¡Hola!», dijo él, estúpidamente; y luego con una luz entrando en sus ojos, «¿Por qué, es Mister... Mister?».

«Prendick», dije.

«¡Al diablo con Prendick!», dijo. «Cállese, ese es su nombre. Mister Cállese».

No servía de nada contestar al bruto; pero desde luego no esperaba

his next move. He held out his hand to the gangway by which Montgomery stood talking to a massive grey-haired man in dirty-blue flannels, who had apparently just come aboard.

"That way, Mister Blasted Shut-up! that way!" roared the captain.

Montgomery and his companion turned as he spoke.

"What do you mean?" I said.

"That way, Mister Blasted Shut-up,—that's what I mean! Overboard, Mister Shut-up,—and sharp! We're cleaning the ship out,—cleaning the whole blessed ship out; and overboard you go!"

I stared at him dumfounded. Then it occurred to me that it was exactly the thing I wanted. The lost prospect of a journey as sole passenger with this quarrelsome sot was not one to mourn over. I turned towards Montgomery.

"Can't have you," said Montgomery's companion, concisely.

"You can't have me!" said I, aghast. He had the squarest and most resolute face I ever set eyes upon.

"Look here," I began, turning to the captain.

"Overboard!" said the captain. "This ship aint for beasts and cannibals and worse than beasts, any more. Overboard you go, Mister Shut-up. If they can't have you, you goes overboard. But, anyhow, you go—with your friends. I've done with this blessed island for evermore, amen! I've had enough of it."

"But, Montgomery," I appealed.

He distorted his lower lip, and nodded his head hopelessly at the grey-haired man beside him, to indicate his powerlessness to help me.

"I'll see to you, presently," said the captain.

su siguiente movimiento. Extendió la mano hacia la pasarela junto a la cual Montgomery estaba hablando con un hombre macizo de pelo gris vestido con franelas azul sucio, que al parecer acababa de subir a bordo.

«¡Por ahí, Mister Maldito Cállese! ¡Por ahí!», rugió el capitán.

Montgomery y su compañero se giraron mientras hablaba.

«¿Qué quiere decir?», le dije.

«¡Por ahí, Mister Maldito Cállese, eso es lo que quiero decir! Por la borda, Mister Cállese... ¡y rápido! Estamos limpiando el barco... limpiando todo el bendito barco; ¡y por la borda se va!».

Me quedé mirándolo boquiabierto. Entonces se me ocurrió que eso era exactamente lo que yo quería. La perspectiva perdida de un viaje como único pasajero con este imbécil pendenciero no era para lamentarse. Me volví hacia Montgomery.

«No puedo tenerle», dijo el acompañante de Montgomery, concisamente.

«¡No puede tenerme!», dije, atónito. Tenía el rostro más cuadrado y resuelto que jamás haya visto.

«Mire», empecé a decir, volviéndome hacia el capitán.

«¡Por la borda!», dijo el capitán. «Este barco ya no es para bestias y caníbales y cosas peores que las bestias. Váyase por la borda, Mister Cállese. Si no pueden tenerle, se va por la borda. Pero, de todos modos, vaya con sus amigos. ¡He terminado con esta bendita isla para siempre, amén! Ya he tenido suficiente».

«Pero, Montgomery», apelé.

Él distorsionó el labio inferior e hizo un gesto desesperado con la cabeza hacia el hombre de pelo gris que estaba a su lado, para indicar su impotencia para ayudarme.

«Me ocuparé de usted enseguida», dijo el capitán.

Then began a curious three-cornered altercation. Alternately I appealed to one and another of the three men,—first to the grey-haired man to let me land, and then to the drunken captain to keep me aboard. I even bawled entreaties to the sailors. Montgomery said never a word, only shook his head. "You're going overboard, I tell you," was the captain's refrain. "Law be damned! I'm king here." At last I must confess my voice suddenly broke in the middle of a vigorous threat. I felt a gust of hysterical petulance, and went aft and stared dismally at nothing.

Meanwhile the sailors progressed rapidly with the task of unshipping the packages and caged animals. A large launch, with two standing lugs, lay under the lee of the schooner; and into this the strange assortment of goods were swung. I did not then see the hands from the island that were receiving the packages, for the hull of the launch was hidden from me by the side of the schooner. Neither Montgomery nor his companion took the slightest notice of me, but busied themselves in assisting and directing the four or five sailors who were unloading the goods. The captain went forward interfering rather than assisting. I was alternately despairful and desperate. Once or twice as I stood waiting there for things to accomplish themselves, I could not resist an impulse to laugh at my miserable quandary. I felt all the wretcheder for the lack of a breakfast. Hunger and a lack of blood-corpuscles take all the manhood from a man. I perceived pretty clearly that I had not the stamina either to resist what the captain chose to do to expel me, or to force myself upon Montgomery and his companion. So I waited passively upon fate; and the work of transferring Montgomery's possessions to the launch went on as if I did not exist.

Presently that work was finished, and then came a struggle. I was hauled, resisting weakly enough, to the gangway. Even then I noticed the oddness of the brown faces of the men who were with Montgomery in the launch; but the launch was now fully laden, and was shoved off hastily. A broadening gap of green water appeared under me, and I pushed back with all my strength to avoid falling headlong. The hands in the launch shouted derisively, and I heard Montgomery curse at them; and then the captain, the mate, and one of the seamen helping him, ran me aft towards the stern.

Entonces comenzó un curioso altercado a tres bandas. Apelé alternativamente a uno y otro de los tres hombres, primero al hombre de pelo gris para que me dejara desembarcar, y luego al capitán borracho para que me mantuviera a bordo. Incluso imploré con súplicas a los marineros. Montgomery no dijo ni una palabra, sólo sacudió la cabeza. «Le digo que se va por la borda», fue el estribillo del capitán. «¡Al diablo con la ley! Yo soy el rey aquí». Por fin debo confesar que mi voz se quebró de repente en medio de una vigorosa amenaza. Sentí una ráfaga de petulancia histérica, y me fui a popa y miré consternado a la nada.

Mientras tanto, los marineros avanzaban rápidamente en la tarea de desembarcar los bultos y los animales enjaulados. Bajo el sotavento de la goleta había una gran lancha, con dos aparejos de pie, en la que se introdujo el extraño surtido de mercancías. No vi entonces a las manos de la isla que recibían los paquetes, pues el casco de la lancha me quedaba oculto por el costado de la goleta. Ni Montgomery ni su compañero se fijaron lo más mínimo en mí, sino que se afanaron en ayudar y dirigir a los cuatro o cinco marineros que descargaban la mercancía. El capitán se adelantó interfiriendo más que ayudando. Yo estaba alternativamente desesperado y desesperanzado. Una o dos veces, mientras esperaba allí a que las cosas se realizaran por sí solas, no pude resistir un impulso de reírme de mi miserable dilema. Me sentía tanto más desgraciado por la falta de desayuno. El hambre y la falta de corpúsculos sanguíneos le quitan a un hombre toda su hombría. Percibí con bastante claridad que no tenía la entereza ni para resistir lo que el capitán decidiera hacer para expulsarme, ni para forzarme contra Montgomery y su compañero. Así que esperé pasivamente al destino; y el trabajo de transferir las posesiones de Montgomery a la lancha continuó como si yo no existiera.

Enseguida terminó ese trabajo y entonces se produjo un forcejeo. Me arrastraron, lo que resistí débilmente, hasta la pasarela. Incluso entonces me di cuenta de lo extraño de los rostros morenos de los hombres que estaban con Montgomery en la lancha; pero la lancha estaba ahora completamente cargada, y la empujaron apresuradamente. Una brecha cada vez más ancha de agua verde apareció por debajo, y empujé hacia atrás con todas mis fuerzas para evitar caer de cabeza. Los marineros de la lancha gritaron burlonamente, y oí a Montgomery maldecirles; y entonces el capitán, el oficial y uno de los marineros que le ayudaban, me llevaron atrás, hacia la popa.

The dingey of the Lady Vain had been towing behind; it was half full of water, had no oars, and was quite unvictualled. I refused to go aboard her, and flung myself full length on the deck. In the end, they swung me into her by a rope (for they had no stern ladder), and then they cut me adrift. I drifted slowly from the schooner. In a kind of stupor I watched all hands take to the rigging, and slowly but surely she came round to the wind; the sails fluttered, and then bellied out as the wind came into them. I stared at her weather-beaten side heeling steeply towards me; and then she passed out of my range of view.

I did not turn my head to follow her. At first I could scarcely believe what had happened. I crouched in the bottom of the dingey, stunned, and staring blankly at the vacant, oily sea. Then I realised that I was in that little hell of mine again, now half swamped; and looking back over the gunwale, I saw the schooner standing away from me, with the red-haired captain mocking at me over the taffrail, and turning towards the island saw the launch growing smaller as she approached the beach.

Abruptly the cruelty of this desertion became clear to me. I had no means of reaching the land unless I should chance to drift there. I was still weak, you must remember, from my exposure in the boat; I was empty and very faint, or I should have had more heart. But as it was I suddenly began to sob and weep, as I had never done since I was a little child. The tears ran down my face. In a passion of despair I struck with my fists at the water in the bottom of the boat, and kicked savagely at the gunwale. I prayed aloud for God to let me die.

El esquife del Lady Vain venía remolcando detrás; estaba a medias lleno de agua, no tenía remos y carecía de todo equipamiento. Me negué a subir a bordo de él y me arrojé de cuerpo entero sobre la cubierta. Al final, me introdujeron en ella por una cuerda (pues no tenían escalera de popa), y luego me dejaron a la deriva. Me alejé lentamente de la goleta. En una especie de estupor, observé cómo todos los tripulantes se subían a las jarcias y, lenta pero seguramente, la goleta se orientaba hacia el viento; las velas ondeaban y luego se inclinaban hacia fuera a medida que el viento entraba en ellas. Me quedé mirando su costado azotado por la intemperie escorándose bruscamente hacia mí; y luego pasó fuera de mi campo de visión.

No volví la cabeza para seguirla. Al principio apenas podía creer lo que había sucedido. Me agazapé en el fondo del bote, aturdido, y con la mirada perdida en el vacío y aceitoso mar. Luego me di cuenta de que estaba de nuevo en aquel pequeño infierno mío, ahora medio inundado; y mirando hacia atrás por encima de la borda, vi la goleta alejada de mí, con el capitán pelirrojo burlándose de mí por encima del brazol; y volviéndome hacia la isla vi que la lancha se hacía más pequeña a medida que se acercaba a la playa.

Bruscamente, la crueldad de esta deserción se me hizo evidente. No tenía ningún medio de llegar a tierra a menos que me tocara la suerte de llegar allí a la deriva. Todavía estaba débil, deben recordar, por mi exposición a la intemperie en el bote; estaba vacío y muy débil, o habría tenido más corazón. Pero así las cosas, de repente empecé a sollozar y a llorar, como nunca lo había hecho desde que era un niño pequeño. Las lágrimas corrían por mi rostro. En una pasión fruto de la desesperación golpeé con los puños el agua del fondo de la barca y pateé salvajemente la borda. Recé en voz alta a Dios para que me dejara morir.

But the islanders, seeing that I was really adrift, took pity on me. I drifted very slowly to the eastward, approaching the island slantingly; and presently I saw, with hysterical relief, the launch come round and return towards me. She was heavily laden, and I could make out as she drew nearer Montgomery's white-haired, broad-shouldered companion sitting cramped up with the dogs and several packing-cases in the stern sheets. This individual stared fixedly at me without moving or speaking. The black-faced cripple was glaring at me as fixedly in the bows near the puma. There were three other men besides,—three strange brutish-looking fellows, at whom the staghounds were snarling savagely. Montgomery, who was steering, brought the boat by me, and rising, caught and fastened my painter to the tiller to tow me, for there was no room aboard.

I had recovered from my hysterical phase by this time and answered his hail, as he approached, bravely enough. I told him the dingey was nearly swamped, and he reached me a piggin. I was jerked back as the rope tightened between the boats. For some time I was busy baling.

It was not until I had got the water under (for the water in the dingey had been shipped; the boat was perfectly sound) that I had leisure to look at the people in the launch again.

The white-haired man I found was still regarding me steadfastly, but with an expression, as I now fancied, of some perplexity. When my eyes met his, he looked down at the staghound that sat between his knees. He was a powerfully-built man, as I have said, with a fine forehead and rather heavy features; but his eyes had that odd drooping of the skin above the lids which often comes with advancing years, and the fall of his heavy mouth at the corners gave him an expression of pugnacious resolution. He talked to Montgomery in a tone too low for me to hear.

From him my eyes travelled to his three men; and a strange crew they were. I saw only their faces, yet there was something in their faces—I knew not what—that gave me a queer spasm of disgust. I looked steadily at them, and the impression did not pass, though I

VI — LOS BARQUEROS DE ASPECTO MALVADO

Pero los isleños, al ver que estaba realmente a la deriva, se apiadaron de mí. Derivé muy lentamente hacia el este, acercándome oblicuamente a la isla; y en seguida vi, con histérico alivio, que la lancha daba la vuelta y regresaba hacia mí. Iba muy cargada, y pude distinguir a medida que se acercaba al compañero de Montgomery, de pelo blanco y hombros anchos, sentado apretujado con los perros y varias cajas de embalaje en las planchas de popa. Este individuo me miraba fijamente sin moverse ni hablar. El tullido de cara negra me miraba con la misma fijeza en la proa, cerca del puma. Había además otros tres hombres, tres tipos extraños de aspecto bruto, a los que los sabuesos gruñían salvajemente. Montgomery, que llevaba el timón, acercó el bote a mí y, levantándose, agarró y sujetó mi esquife a la caña del timón para remolcarme, pues no había sitio a bordo.

Para entonces ya me había recuperado de mi fase histérica y respondí a su llamada, mientras se acercaba, con bastante valentía. Le dije que el esquife estaba casi inundado y me alcanzó un balde. Fui sacudido hacia atrás cuando la cuerda se tensó entre los botes. Durante algún tiempo estuve ocupado sacando agua.

No fue hasta que hube sacado el agua por debajo (ya que el agua se había juntado al embarcar; el barco estaba perfectamente sano) que tuve tiempo para volver a mirar a la gente de la lancha.

El hombre de pelo blanco que encontré seguía mirándome fijamente, pero con una expresión, según me pareció ahora, de cierta perplejidad. Cuando mis ojos se encontraron con los suyos, bajó la mirada hacia el sabueso que tenía entre las rodillas. Era un hombre de complexión poderosa, como ya he dicho, con una frente fina y rasgos más bien pesados; pero sus ojos tenían esa extraña caída de la piel sobre los párpados que suele sobrevenir con la edad avanzada, y la caída de su pesada boca en las comisuras le daba una expresión de resolución pugnaz. Hablaba con Montgomery en un tono demasiado bajo para que yo pudiera oírlo.

De él mis ojos se dirigieron a sus tres hombres; y eran una extraña tripulación. Sólo vi sus rostros, pero había algo en ellos —no sabía qué— que me produjo un extraño espasmo de repugnancia. Los miré fijamente, y la impresión no pasó, aunque no logré ver qué la había provocado.

failed to see what had occasioned it. They seemed to me then to be brown men; but their limbs were oddly swathed in some thin, dirty, white stuff down even to the fingers and feet: I have never seen men so wrapped up before, and women so only in the East. They wore turbans too, and thereunder peered out their elfin faces at me,—faces with protruding lower-jaws and bright eyes. They had lank black hair, almost like horsehair, and seemed as they sat to exceed in stature any race of men I have seen. The white-haired man, who I knew was a good six feet in height, sat a head below any one of the three. I found afterwards that really none were taller than myself; but their bodies were abnormally long, and the thigh-part of the leg short and curiously twisted. At any rate, they were an amazingly ugly gang, and over the heads of them under the forward lug peered the black face of the man whose eyes were luminous in the dark. As I stared at them, they met my gaze; and then first one and then another turned away from my direct stare, and looked at me in an odd, furtive manner. It occurred to me that I was perhaps annoying them, and I turned my attention to the island we were approaching.

It was low, and covered with thick vegetation,—chiefly a kind of palm, that was new to me. From one point a thin white thread of vapour rose slantingly to an immense height, and then frayed out like a down feather. We were now within the embrace of a broad bay flanked on either hand by a low promontory. The beach was of dull-grey sand, and sloped steeply up to a ridge, perhaps sixty or seventy feet above the sea-level, and irregularly set with trees and undergrowth. Half way up was a square enclosure of some greyish stone, which I found subsequently was built partly of coral and partly of pumiceous lava. Two thatched roofs peeped from within this enclosure. A man stood awaiting us at the water's edge. I fancied while we were still far off that I saw some other and very grotesque-looking creatures scuttle into the bushes upon the slope; but I saw nothing of these as we drew nearer. This man was of a moderate size, and with a black negroid face. He had a large, almost lipless, mouth, extraordinary lank arms, long thin feet, and bow-legs, and stood with his heavy face thrust forward staring at us. He was dressed like Montgomery and his white-haired companion, in jacket and trousers of blue serge. As we came still nearer, this individual began to run to and fro on the beach, making the most grotesque movements.

Me parecieron entonces hombres morenos; pero sus miembros estaban extrañamente envueltos en alguna cosa fina, sucia y blanca hasta los dedos y los pies… nunca había visto hombres tan envueltos, y mujeres así sólo en Oriente. También llevaban turbantes, y bajo ellos asomaban sus rostros de elfos hacia mí, rostros con mandíbulas inferiores salientes y ojos brillantes. Tenían el pelo negro y lacio, casi como crin de caballo, y parecían, mientras estaban sentados, superar en estatura a cualquier raza de hombres que yo haya visto. El hombre de pelo blanco, que yo sabía que medía unos seis pies de altura, estaba sentado una cabeza por debajo de cualquiera de los tres. Después descubrí que en realidad ninguno era más alto que yo; pero sus cuerpos eran anormalmente largos, y la parte del muslo de la pierna corta y curiosamente retorcida. En cualquier caso, eran una pandilla asombrosamente fea, y por encima de sus cabezas, bajo el doblez delantero, asomaba el rostro negro del hombre cuyos ojos eran luminosos en la oscuridad. Mientras los miraba fijamente, ellos se encontraron con mi mirada; y entonces primero uno y luego otro se apartaron de mi mirada directa, y me miraron de un modo extraño y furtivo. Se me ocurrió que tal vez les estaba molestando, y volví mi atención hacia la isla a la que nos acercábamos.

Era baja y estaba cubierta de espesa vegetación, principalmente una especie de palmera que era nueva para mí. Desde un punto, un fino hilo blanco de vapor se elevaba oblicuamente hasta una inmensa altura y luego se deshilachaba como una pluma de plumón. Nos encontrábamos ahora dentro del abrazo de una amplia bahía flanqueada a ambos lados por un bajo promontorio. La playa era de arena gris apagada, y se inclinaba abruptamente hasta una cresta, quizás sesenta o setenta pies por encima del nivel del mar, e irregularmente salpicada de árboles y maleza. A mitad de camino había un recinto cuadrado de piedra grisácea, que posteriormente descubrí que estaba construido en parte de coral y en parte de lava pumícea. Dos tejados de paja asomaban desde el interior de este recinto. Un hombre nos esperaba al borde del agua. Cuando aún estábamos lejos, me pareció ver a otras criaturas de aspecto muy grotesco escabullirse entre los arbustos de la ladera; pero no vi nada de ellas a medida que nos acercábamos. Este hombre era de un tamaño moderado y tenía un rostro negroide. Tenía una boca grande, casi sin labios, unos brazos extraordinariamente larguiruchos, unos pies largos y delgados y unas piernas arqueadas, y permanecía de pie con su pesado rostro echado hacia delante mirándonos fijamente. Iba vestido como Montgomery y su compañero de pelo blanco, con chaqueta y pantalones

At a word of command from Montgomery, the four men in the launch sprang up, and with singularly awkward gestures struck the lugs. Montgomery steered us round and into a narrow little dock excavated in the beach. Then the man on the beach hastened towards us. This dock, as I call it, was really a mere ditch just long enough at this phase of the tide to take the longboat. I heard the bows ground in the sand, staved the dingey off the rudder of the big boat with my piggin, and freeing the painter, landed. The three muffled men, with the clumsiest movements, scrambled out upon the sand, and forthwith set to landing the cargo, assisted by the man on the beach. I was struck especially by the curious movements of the legs of the three swathed and bandaged boatmen,—not stiff they were, but distorted in some odd way, almost as if they were jointed in the wrong place. The dogs were still snarling, and strained at their chains after these men, as the white-haired man landed with them. The three big fellows spoke to one another in odd guttural tones, and the man who had waited for us on the beach began chattering to them excitedly—a foreign language, as I fancied—as they laid hands on some bales piled near the stern. Somewhere I had heard such a voice before, and I could not think where. The white-haired man stood, holding in a tumult of six dogs, and bawling orders over their din. Montgomery, having unshipped the rudder, landed likewise, and all set to work at unloading. I was too faint, what with my long fast and the sun beating down on my bare head, to offer any assistance.

Presently the white-haired man seemed to recollect my presence, and came up to me.

"You look," said he, "as though you had scarcely breakfasted." His little eyes were a brilliant black under his heavy brows. "I must apologise for that. Now you are our guest, we must make you comfortable,—though you are uninvited, you know." He looked keenly into my face. "Montgomery says you are an educated man, Mr. Prendick;

de sarga azul. Cuando nos acercamos aún más, este individuo empezó a correr de un lado a otro de la playa, haciendo los movimientos más grotescos.

A una orden de Montgomery, los cuatro hombres de la lancha se levantaron de un salto y, con gestos singularmente torpes, golpearon las agarraderas. Montgomery nos dirigió y nos metió en un pequeño y estrecho muelle excavado en la playa. Entonces el hombre de la playa se dirigió hacia nosotros. Este muelle, como yo lo llamo, era en realidad una mera zanja lo suficientemente larga en esta fase de la marea como para llevar la lancha. Oí cómo la proa se clavaba en la arena, aparté el esquife del timón del gran bote con mi balde y, liberando la amarra, desembarqué. Los tres hombres embozados, con los movimientos más torpes, salieron a la arena e inmediatamente se dispusieron a desembarcar la carga, ayudados por el hombre de la playa. Me llamaron especialmente la atención los curiosos movimientos de las piernas de los tres barqueros enfundados y vendados: no estaban rígidas, sino distorsionadas de alguna extraña manera, casi como si estuvieran articuladas en el lugar equivocado. Los perros seguían gruñendo y tiraban de sus cadenas tras estos hombres, mientras el hombre de pelo blanco desembarcaba con ellos. Los tres enormes compañeros hablaban entre sí en extraños tonos guturales, y el hombre que nos había esperado en la playa empezó a parlotear con ellos animadamente —una lengua extranjera, según me pareció— mientras echaban mano a unos fardos apilados cerca de la popa. En algún lugar había oído antes una voz semejante, pero no podía recordar dónde. El hombre de pelo blanco estaba de pie, conteniendo un lío de seis perros y vociferando órdenes por encima de su alboroto. Montgomery, habiendo bajado el timón, desembarcó igualmente, y todos se pusieron a trabajar en la descarga. Yo estaba demasiado débil, con mi largo ayuno y el sol pegándome en la cabeza desnuda, para ofrecer ayuda.

De pronto, el hombre de pelo blanco pareció recordar mi presencia y se acercó a mí.

«Parece», dijo, «como si ni siquiera hubiera desayunado». Sus pequeños ojos eran de un negro brillante bajo sus pesadas cejas. «Debo disculparme por ello. Ahora que es nuestra invitado, debemos ponerle cómodo... aunque no ha sido invitado, ya lo sabe». Me miró agudamente a la cara. «Montgomery dice que usted es un hombre educado, Mr.

says you know something of science. May I ask what that signifies?"

I told him I had spent some years at the Royal College of Science, and had done some researches in biology under Huxley. He raised his eyebrows slightly at that.

"That alters the case a little, Mr. Prendick," he said, with a trifle more respect in his manner. "As it happens, we are biologists here. This is a biological station—of a sort." His eye rested on the men in white who were busily hauling the puma, on rollers, towards the walled yard. "I and Montgomery, at least," he added. Then, "When you will be able to get away, I can't say. We're off the track to anywhere. We see a ship once in a twelve-month or so."

He left me abruptly, and went up the beach past this group, and I think entered the enclosure. The other two men were with Montgomery, erecting a pile of smaller packages on a low-wheeled truck. The llama was still on the launch with the rabbit hutches; the staghounds were still lashed to the thwarts. The pile of things completed, all three men laid hold of the truck and began shoving the ton-weight or so upon it after the puma. Presently Montgomery left them, and coming back to me held out his hand.

"I'm glad," said he, "for my own part. That captain was a silly ass. He'd have made things lively for you."

"It was you," said I, "that saved me again."

"That depends. You'll find this island an infernally rum place, I promise you. I'd watch my goings carefully, if I were you. He—" He hesitated, and seemed to alter his mind about what was on his lips. "I wish you'd help me with these rabbits," he said.

His procedure with the rabbits was singular. I waded in with him, and helped him lug one of the hutches ashore. No sooner was that done than he opened the door of it, and tilting the thing on one end turned its living contents out on the ground. They fell in a struggling

Prendick; dice que sabe algo de ciencia. ¿Puedo preguntar qué significa eso?».

Le dije que había pasado algunos años en el Royal College of Science y que había realizado algunas investigaciones en biología bajo la dirección de Huxley. Levantó ligeramente las cejas ante eso.

«Eso altera un poco el caso, Mr. Prendick», dijo, con un poco más de respeto en sus modales. «Da la casualidad de que aquí somos biólogos. Esto es una estación biológica, en cierto modo». Su mirada se posó en los hombres de blanco que arrastraban afanosamente al puma, sobre rodillos, hacia el patio amurallado. «Yo y Montgomery, al menos», añadió. Luego dijo «cuándo podrá escapar, no puedo decirlo. Estamos fuera del camino a cualquier parte. Vemos un barco una vez cada doce meses más o menos».

Me dejó bruscamente y subió por la playa pasando junto a este grupo, y creo que entró en el recinto. Los otros dos hombres estaban con Montgomery, montando una pila de paquetes más pequeños en un camión de ruedas bajas. La llama seguía en la lancha con las conejeras; los sabuesos seguían amarrados a los timones. Una vez completado el traslado del montón de cosas, los tres hombres se agarraron al camión y empezaron a empujar la tonelada de peso que llevaba encima tras el puma. En seguida Montgomery los dejó y, volviendo hacia mí, me tendió la mano.

«Me alegro», dijo, «por mi parte. Ese capitán era un asno tonto. Le habría hecho sudar».

«Fue usted», le dije, «quien me salvó de nuevo».

«Eso depende. Encontrará que esta isla es un lugar infernal, se lo prometo. Yo en su lugar vigilaría mis pasos con cuidado. Él...», vaciló, y pareció cambiar de opinión sobre lo que tenía en la punta de la lengua. «Me gustaría que me ayudara con estos conejos», dijo.

Su procedimiento con los conejos fue singular. Me zambullí con él y le ayudé a arrastrar una de las conejeras hasta la orilla. Nada más hacerlo, abrió la puerta y, torciéndola sobre un extremo, volcó su contenido vivo sobre el suelo. Cayeron en un penoso montón uno encima del otro.

heap one on the top of the other. He clapped his hands, and forthwith they went off with that hopping run of theirs, fifteen or twenty of them I should think, up the beach.

"Increase and multiply, my friends," said Montgomery. "Replenish the island. Hitherto we've had a certain lack of meat here."

As I watched them disappearing, the white-haired man returned with a brandy-flask and some biscuits. "Something to go on with, Prendick," said he, in a far more familiar tone than before. I made no ado, but set to work on the biscuits at once, while the white-haired man helped Montgomery to release about a score more of the rabbits. Three big hutches, however, went up to the house with the puma. The brandy I did not touch, for I have been an abstainer from my birth.

Dio una palmada y de inmediato salieron con esa carrera saltarina suya, quince o veinte de ellos, creo, playa arriba.

«Crezcan y multiplíquense, amigos míos», dijo Montgomery. «Reabastezcan la isla. Hasta ahora hemos tenido cierta escasez de carne aquí».

Mientras los veía desaparecer, el hombre de pelo blanco regresó con una petaca de brandy y unas galletas. «Algo para continuar, Prendick», dijo, en un tono mucho más familiar que antes. No dije nada, sino que me ocupé de las galletas de inmediato, mientras el hombre de pelo blanco ayudaba a Montgomery a liberar a una veintena más de conejos. Tres grandes conejos, sin embargo, subieron a la casa con el puma. El brandy no lo toqué, pues he sido abstemio desde mi nacimiento.

VII — THE LOCKED DOOR

The reader will perhaps understand that at first everything was so strange about me, and my position was the outcome of such unexpected adventures, that I had no discernment of the relative strangeness of this or that thing. I followed the llama up the beach, and was overtaken by Montgomery, who asked me not to enter the stone enclosure. I noticed then that the puma in its cage and the pile of packages had been placed outside the entrance to this quadrangle.

I turned and saw that the launch had now been unloaded, run out again, and was being beached, and the white-haired man was walking towards us. He addressed Montgomery.

"And now comes the problem of this uninvited guest. What are we to do with him?"

"He knows something of science," said Montgomery.

"I'm itching to get to work again—with this new stuff," said the white-haired man, nodding towards the enclosure. His eyes grew brighter.

"I daresay you are," said Montgomery, in anything but a cordial tone.

"We can't send him over there, and we can't spare the time to build him a new shanty; and we certainly can't take him into our confidence just yet."

"I'm in your hands," said I. I had no idea of what he meant by "over there."

"I've been thinking of the same things," Montgomery answered. "There's my room with the outer door—"

"That's it," said the elder man, promptly, looking at Montgomery; and all three of us went towards the enclosure. "I'm sorry to make a mystery, Mr. Prendick; but you'll remember you're uninvited. Our little establishment here contains a secret or so, is a kind of Blue-

El lector quizá comprenderá que al principio todo me resultaba tan extraño, y mi posición era el resultado de aventuras tan inesperadas, que no tenía discernimiento de la relativa extrañeza de una u otra cosa. Seguí a la llama por la playa y fui alcanzado por Montgomery, que me pidió que no entrara en el recinto de piedra. Me di cuenta entonces de que el puma en su jaula y la pila de paquetes habían sido colocados fuera de la entrada de este cuadrilátero.

Me volví y vi que la lancha ya había sido descargada, corrida de nuevo y estaba siendo varada, y el hombre de pelo blanco caminaba hacia nosotros. Se dirigió a Montgomery.

«Y ahora viene el problema de este huésped no invitado. ¿Qué vamos a hacer con él?».

«Sabe algo de ciencia», dijo Montgomery.

«Estoy impaciente por volver a trabajar con este nuevo material», dijo el hombre de pelo blanco, señalando con la cabeza hacia el recinto. Sus ojos se iluminaron.

«Me atrevería a decir que sí», dijo Montgomery, de cualquier modo menos un tono cordial.

«No podemos enviarle allí, y no podemos dedicar tiempo a construirle una nueva casucha; y desde luego no podemos tenerle confianza todavía».

«Estoy en sus manos», le dije. No tenía ni idea de lo que quería decir con «allí».

«He estado pensando en lo mismo», respondió Montgomery. «Ahí está mi habitación con la puerta exterior...».

«Eso es», dijo el hombre mayor, con prontitud, mirando a Montgomery; y los tres nos dirigimos hacia el recinto. «Siento crear un misterio, Mr. Prendick; pero recordará que no está invitado. Nuestro pequeño establecimiento aquí contiene un secreto más o un secreto menos, es

Beard's chamber, in fact. Nothing very dreadful, really, to a sane man; but just now, as we don't know you—"

"Decidedly," said I, "I should be a fool to take offence at any want of confidence."

He twisted his heavy mouth into a faint smile—he was one of those saturnine people who smile with the corners of the mouth down,—and bowed his acknowledgment of my complaisance. The main entrance to the enclosure was passed; it was a heavy wooden gate, framed in iron and locked, with the cargo of the launch piled outside it, and at the corner we came to a small doorway I had not previously observed. The white-haired man produced a bundle of keys from the pocket of his greasy blue jacket, opened this door, and entered. His keys, and the elaborate locking-up of the place even while it was still under his eye, struck me as peculiar. I followed him, and found myself in a small apartment, plainly but not uncomfortably furnished and with its inner door, which was slightly ajar, opening into a paved courtyard. This inner door Montgomery at once closed. A hammock was slung across the darker corner of the room, and a small unglazed window defended by an iron bar looked out towards the sea.

This the white-haired man told me was to be my apartment; and the inner door, which "for fear of accidents," he said, he would lock on the other side, was my limit inward. He called my attention to a convenient deck-chair before the window, and to an array of old books, chiefly, I found, surgical works and editions of the Latin and Greek classics (languages I cannot read with any comfort), on a shelf near the hammock. He left the room by the outer door, as if to avoid opening the inner one again.

"We usually have our meals in here," said Montgomery, and then, as if in doubt, went out after the other. "Moreau!" I heard him call, and for the moment I do not think I noticed. Then as I handled the books on the shelf it came up in consciousness: Where had I heard the name of Moreau before? I sat down before the window, took out the biscuits that still remained to me, and ate them with an excellent appetite. Moreau!

una especie de cámara de Barba Azul, de hecho. Nada muy espantoso, en realidad, para un hombre cuerdo; pero por ahora, como no le conocemos...».

«Decididamente», dije, «sería un tonto si me ofendiera por cualquier falta de confianza».

Torció su pesada boca en una leve sonrisa —era una de esas personas saturninas que sonríen con las comisuras de los labios hacia abajo— e hizo una reverencia en reconocimiento por mi complacencia. Pasamos la entrada principal del recinto; era una pesada puerta de madera, enmarcada en hierro y cerrada con llave, con la carga de la lancha apilada fuera de ella, y en la esquina llegamos a una pequeña puerta que no había observado antes. El hombre de pelo blanco sacó un manojo de llaves del bolsillo de su grasienta chaqueta azul, abrió esta puerta y entró. Sus llaves, y el elaborado cerrojo del lugar incluso cuando aún estaba bajo su mirada, me parecieron peculiares. Le seguí y me encontré en un pequeño apartamento, amueblado de forma sencilla pero no incómoda y cuya puerta interior, ligeramente entreabierta, daba a un patio pavimentado. Esta puerta interior Montgomery la cerró de inmediato. Había una hamaca colgada en la esquina más oscura de la habitación, y una pequeña ventana sin acristalar defendida por una barra de hierro miraba hacia el mar.

Este, me dijo el hombre de pelo blanco, iba a ser mi apartamento; y la puerta interior, que «por temor a accidentes», dijo, cerraría con llave por el otro lado, era mi límite hacia el interior. Me llamó la atención sobre un cómodo sofá situado ante la ventana, y sobre un montón de libros antiguos, principalmente, según descubrí, obras quirúrgicas y ediciones de los clásicos latinos y griegos (lenguas que no puedo leer con ninguna comodidad), en un estante cerca de la hamaca. Salió de la habitación por la puerta exterior, como para evitar abrir de nuevo la interior.

«Solemos comer aquí», dijo Montgomery, y luego, como si tuviera dudas, salió tras el otro. «¡Moreau!», le oí llamar, y por el momento creo que no me di cuenta. Luego, mientras hojeaba los libros de la biblioteca, surgió en mi conciencia: ¿Dónde había oído antes el nombre de Moreau? Me senté ante la ventana, saqué las galletas que aún me quedaban y me las comí con excelente apetito. ¡Moreau!

Through the window I saw one of those unaccountable men in white, lugging a packing-case along the beach. Presently the window-frame hid him. Then I heard a key inserted and turned in the lock behind me. After a little while I heard through the locked door the noise of the staghounds, that had now been brought up from the beach. They were not barking, but sniffing and growling in a curious fashion. I could hear the rapid patter of their feet, and Montgomery's voice soothing them.

I was very much impressed by the elaborate secrecy of these two men regarding the contents of the place, and for some time I was thinking of that and of the unaccountable familiarity of the name of Moreau; but so odd is the human memory that I could not then recall that well-known name in its proper connection. From that my thoughts went to the indefinable queerness of the deformed man on the beach. I never saw such a gait, such odd motions as he pulled at the box. I recalled that none of these men had spoken to me, though most of them I had found looking at me at one time or another in a peculiarly furtive manner, quite unlike the frank stare of your unsophisticated savage. Indeed, they had all seemed remarkably taciturn, and when they did speak, endowed with very uncanny voices. What was wrong with them? Then I recalled the eyes of Montgomery's ungainly attendant.

Just as I was thinking of him he came in. He was now dressed in white, and carried a little tray with some coffee and boiled vegetables thereon. I could hardly repress a shuddering recoil as he came, bending amiably, and placed the tray before me on the table. Then astonishment paralysed me. Under his stringy black locks I saw his ear; it jumped upon me suddenly close to my face. The man had pointed ears, covered with a fine brown fur!

"Your breakfast, sair," he said.

I stared at his face without attempting to answer him. He turned and went towards the door, regarding me oddly over his shoulder. I followed him out with my eyes; and as I did so, by some odd trick of unconscious cerebration, there came surging into my head the phrase, "The Moreau Hollows"—was it? "The Moreau—" Ah! It sent my memory back ten years. "The Moreau Horrors!" The phrase drift-

A través de la ventana vi a uno de esos inexplicables hombres de blanco, arrastrando una caja de embalaje por la playa. Enseguida el marco de la ventana le ocultó. Entonces oí una llave que se introducía y giraba en la cerradura detrás de mí. Al cabo de un rato oí a través de la puerta cerrada el ruido de los sabuesos, que ahora habían subido de la playa. No ladraban, sino que olfateaban y gruñían de un modo curioso. Podía oír el rápido repiqueteo de sus patas y la voz de Montgomery tranquilizándolos.

Me impresionó mucho el elaborado secretismo de estos dos hombres respecto al contenido del lugar, y durante algún tiempo estuve pensando en eso y en la familiaridad inexplicable del nombre de Moreau; pero tan extraña es la memoria humana que no pude recordar entonces ese nombre tan conocido en su conexión adecuada. De ahí mis pensamientos pasaron a la indefinible rareza del hombre deforme en la playa. Nunca vi un andar semejante, unos movimientos tan extraños como los que él hacía con la caja. Recordé que ninguno de aquellos hombres me había dirigido la palabra, aunque a la mayoría los había encontrado mirándome en un momento u otro de una manera peculiarmente furtiva, muy distinta a la mirada franca de su salvaje poco sofisticado. De hecho, todos habían parecido notablemente taciturnos y, cuando hablaban, dotados de voces muy extrañas. ¿Qué les ocurría? Entonces recordé los ojos del desgarbado ayudante de Montgomery.

Justo cuando pensaba en él, entró. Ahora iba vestido de blanco y llevaba una bandejita con algo de café y unas verduras hervidas. Apenas pude reprimir un estremecimiento cuando se acercó, inclinándose amablemente, y colocó la bandeja ante mí sobre la mesa. Entonces el asombro me paralizó. Bajo sus mechones negros y fibrosos vi su oreja; me saltó de repente cerca de la cara. El hombre tenía las orejas puntiagudas, ¡cubiertas de un fino pelaje marrón!

«Su desayuno, *senior*», dijo.

Me quedé mirándole a la cara sin intentar responderle. Se dio la vuelta y se dirigió hacia la puerta, mirándome extrañamente por encima del hombro. Le seguí con la mirada; y mientras lo hacía, por algún extraño truco de la cerebración inconsciente, surgió en mi cabeza la frase: «Las hondonadas de Moreau», ¿no? «Los ... de Moreau». ¡Ah! Hizo retroceder mi memoria diez años. «¡Los *horrores* de Moreau!». La frase quedó

ed loose in my mind for a moment, and then I saw it in red lettering on a little buff-coloured pamphlet, to read which made one shiver and creep. Then I remembered distinctly all about it. That long-forgotten pamphlet came back with startling vividness to my mind. I had been a mere lad then, and Moreau was, I suppose, about fifty,—a prominent and masterful physiologist, well-known in scientific circles for his extraordinary imagination and his brutal directness in discussion.

Was this the same Moreau? He had published some very astonishing facts in connection with the transfusion of blood, and in addition was known to be doing valuable work on morbid growths. Then suddenly his career was closed. He had to leave England. A journalist obtained access to his laboratory in the capacity of laboratory-assistant, with the deliberate intention of making sensational exposures; and by the help of a shocking accident (if it was an accident), his gruesome pamphlet became notorious. On the day of its publication a wretched dog, flayed and otherwise mutilated, escaped from Moreau's house. It was in the silly season, and a prominent editor, a cousin of the temporary laboratory-assistant, appealed to the conscience of the nation. It was not the first time that conscience has turned against the methods of research. The doctor was simply howled out of the country. It may be that he deserved to be; but I still think that the tepid support of his fellow-investigators and his desertion by the great body of scientific workers was a shameful thing. Yet some of his experiments, by the journalist's account, were wantonly cruel. He might perhaps have purchased his social peace by abandoning his investigations; but he apparently preferred the latter, as most men would who have once fallen under the overmastering spell of research. He was unmarried, and had indeed nothing but his own interest to consider.

I felt convinced that this must be the same man. Everything pointed to it. It dawned upon me to what end the puma and the other animals—which had now been brought with other luggage into the enclosure behind the house—were destined; and a curious faint odour, the halitus of something familiar, an odour that had been in the background of my consciousness hitherto, suddenly came forward into the forefront of my thoughts. It was the antiseptic odour of the dissecting-room. I heard the puma growling through the wall, and

fija en mi mente por un momento, y entonces la vi en letras rojas en un pequeño panfleto color gamuza, cuya lectura le hacía a uno estremecerse y atemorizarse. Entonces lo recordé claramente. Aquel panfleto largamente olvidado volvió a mi mente con sorprendente viveza. Yo era entonces un mero muchacho y Moreau tenía, supongo, unos cincuenta años, un fisiólogo prominente y magistral, muy conocido en los círculos científicos por su extraordinaria imaginación y su brutal franqueza en la discusión.

¿Se trataba del mismo Moreau? Había publicado algunos hechos muy sorprendentes en relación con la transfusión de sangre y, además, se sabía que estaba realizando un valioso trabajo sobre las neoplasias mórbidas. Entonces, de repente, su carrera se cortó. Tuvo que abandonar Inglaterra. Un periodista obtuvo acceso a su laboratorio en calidad de ayudante de laboratorio, con la intención deliberada de hacer exposiciones sensacionales y, con la ayuda de un accidente espantoso (si es que fue un accidente), su horripilante panfleto se hizo notorio. El día de su publicación, un desdichado perro, desollado y mutilado de varias formas, escapó de la casa de Moreau. Era la época de las tonterías, y un destacado editor, primo del ayudante temporal del laboratorio, apeló a la conciencia de la nación. No era la primera vez que la conciencia se volvía contra los métodos de investigación. El doctor fue sencillamente expulsado a gritos del país. Puede que lo mereciera; pero sigo pensando que el tibio apoyo de sus compañeros de investigación y su deserción por parte del gran cuerpo de trabajadores científicos fue algo vergonzoso. Sin embargo, algunos de sus experimentos, según el relato del periodista, fueron crueles sin motivo. Tal vez podría haber comprado su paz social abandonando sus investigaciones pero, al parecer, prefirió esto último, como harían la mayoría de los hombres que una vez han caído bajo el hechizo dominador de la investigación. No estaba casado y, de hecho, no tenía nada más que su propio interés que considerar.

Me sentí convencido de que debía tratarse del mismo hombre. Todo apuntaba a ello. Entendí la finalidad del puma y los demás animales, que ahora habían sido llevados con otro equipaje al recinto situado detrás de la casa; y un curioso olor tenue, el hálito de algo familiar, un olor que hasta entonces había estado en el fondo de mi conciencia, apareció de repente en el primer plano de mis pensamientos. Era el olor antiséptico de la sala de disección. Oí gruñir al puma a través de la pared y uno de los perros chilló como si lo hubieran golpeado.

one of the dogs yelped as though it had been struck.

Yet surely, and especially to another scientific man, there was nothing so horrible in vivisection as to account for this secrecy; and by some odd leap in my thoughts the pointed ears and luminous eyes of Montgomery's attendant came back again before me with the sharpest definition. I stared before me out at the green sea, frothing under a freshening breeze, and let these and other strange memories of the last few days chase one another through my mind.

What could it all mean? A locked enclosure on a lonely island, a notorious vivisector, and these crippled and distorted men?

Sin embargo, seguramente, y especialmente para otro hombre científico, no había nada tan horrible en la vivisección como para explicar este secreto; y por algún extraño salto en mis pensamientos, las orejas puntiagudas y los ojos luminosos del ayudante de Montgomery volvieron de nuevo ante mí con la más nítida definición. Me quedé mirando el mar verde, espumeante bajo una brisa fresca y dejé que estos y otros extraños recuerdos de los últimos días se persiguieran unos a otros por mi mente.

¿Qué puede significar todo esto? ¿Un recinto cerrado en una isla solitaria, un notorio vivisector y estos hombres tullidos y distorsionados?

Montgomery interrupted my tangle of mystification and suspicion about one o'clock, and his grotesque attendant followed him with a tray bearing bread, some herbs and other eatables, a flask of whiskey, a jug of water, and three glasses and knives. I glanced askance at this strange creature, and found him watching me with his queer, restless eyes. Montgomery said he would lunch with me, but that Moreau was too preoccupied with some work to come.

"Moreau!" said I. "I know that name."

"The devil you do!" said he. "What an ass I was to mention it to you! I might have thought. Anyhow, it will give you an inkling of our—mysteries. Whiskey?"

"No, thanks; I'm an abstainer."

"I wish I'd been. But it's no use locking the door after the steed is stolen. It was that infernal stuff which led to my coming here,—that, and a foggy night. I thought myself in luck at the time, when Moreau offered to get me off. It's queer—"

"Montgomery," said I, suddenly, as the outer door closed, "why has your man pointed ears?"

"Damn!" he said, over his first mouthful of food. He stared at me for a moment, and then repeated, "Pointed ears?"

"Little points to them," said I, as calmly as possible, with a catch in my breath; "and a fine black fur at the edges?"

He helped himself to whiskey and water with great deliberation. "I was under the impression—that his hair covered his ears."

"I saw them as he stooped by me to put that coffee you sent to me on the table. And his eyes shine in the dark."

By this time Montgomery had recovered from the surprise of my

Montgomery interrumpió mi maraña de mistificaciones y sospechas hacia la una, y su grotesco ayudante le siguió con una bandeja que llevaba pan, algunas hierbas y otros comestibles, una petaca de whisky, una jarra de agua y tres vasos y cuchillos. Miré con recelo a aquella extraña criatura y me encontré con que me observaba con sus ojos extraños e inquietos. Montgomery dijo que almorzaría conmigo pero que Moreau estaba demasiado ocupado con algún trabajo como para venir.

«¡Moreau!», dije yo. «Conozco ese nombre».

«¡Al diablo con todo!», dijo él. «¡Qué imbécil fui al mencionarlo! Podría haberlo pensado. De todos modos, le dará una idea de nuestros misterios. ¿Whisky?».

«No, gracias; soy abstemio».

«Ojalá yo lo fuera. Pero no sirve de nada cerrar la puerta después de robar el corcel. Fue esa cosa infernal la que me hizo venir aquí... eso y una noche de tinieblas. Creí que tenía suerte en ese momento, cuando Moreau se ofreció a sacarme de allí. Es extraño...».

«Montgomery», dije yo, de repente, al cerrarse la puerta exterior, «¿por qué tiene su hombre las orejas puntiagudas?».

«¡Maldita sea!», dijo, sobre su primer bocado de comida. Me miró fijamente un momento y luego repitió: «¿Orejas puntiagudas?».

«¿Pequeñas puntas en ellas?», dije, lo más tranquilamente posible, con la respiración entrecortada; «¿y un fino pelaje negro en los bordes?».

Se sirvió whisky y agua con gran deliberación. «Tenía la impresión de que su pelo le cubría las orejas».

«Las vi cuando se inclinó a mi lado para poner en la mesa el café que me envió. Y sus ojos brillan en la oscuridad».

Para entonces Montgomery se había recuperado de la sorpresa de mi

question. "I always thought," he said deliberately, with a certain accentuation of his flavouring of lisp, "that there was something the matter with his ears, from the way he covered them. What were they like?"

I was persuaded from his manner that this ignorance was a pretence. Still, I could hardly tell the man that I thought him a liar. "Pointed," I said; "rather small and furry,—distinctly furry. But the whole man is one of the strangest beings I ever set eyes on."

A sharp, hoarse cry of animal pain came from the enclosure behind us. Its depth and volume testified to the puma. I saw Montgomery wince.

"Yes?" he said.

"Where did you pick up the creature?"

"San Francisco. He's an ugly brute, I admit. Half-witted, you know. Can't remember where he came from. But I'm used to him, you know. We both are. How does he strike you?"

"He's unnatural," I said. "There's something about him—don't think me fanciful, but it gives me a nasty little sensation, a tightening of my muscles, when he comes near me. It's a touch—of the diabolical, in fact."

Montgomery had stopped eating while I told him this. "Rum!" he said. "I can't see it." He resumed his meal. "I had no idea of it," he said, and masticated. "The crew of the schooner must have felt it the same. Made a dead set at the poor devil. You saw the captain?"

Suddenly the puma howled again, this time more painfully. Montgomery swore under his breath. I had half a mind to attack him about the men on the beach. Then the poor brute within gave vent to a series of short, sharp cries.

"Your men on the beach," said I; "what race are they?"

pregunta. «Siempre pensé», dijo deliberadamente, con cierta acentuación con sabor a ceceo, «que le pasaba algo en las orejas, por la forma en que se las tapaba. ¿Cómo eran?».

Por sus modales, me convencí de que esta ignorancia era fingida. Aun así, apenas podía decirle al hombre que lo consideraba un mentiroso. «Puntiagudas», dije; «más bien pequeñas y peludas, distintamente peludas. Pero el hombre entero es uno de los seres más extraños en los que he puesto los ojos».

Un grito agudo y ronco de dolor animal llegó desde el recinto situado detrás de nosotros. Su profundidad y volumen daban fe del puma. Vi a Montgomery hacer una mueca de dolor.

«¿Sí?», dijo.

«¿Dónde recogió la criatura?».

«San Francisco. Es un bruto feo, lo admito. Medio tonto, ya sabe. No recuerdo de dónde viene. Pero estoy acostumbrado a él, ¿sabe? Los dos lo estamos. ¿Qué le parece?».

«Él es antinatural», dije. «Hay algo en él... no piense que soy fantasioso, pero me produce una desagradable sensación, una tensión en los músculos, cuando se acerca a mí. Es un toque... de lo demoníaco, de hecho».

Montgomery había dejado de comer mientras le contaba esto. «¡Extraño!», dijo. «No lo veo así». Reanudó su comida. «No tenía ni idea», dijo, y masticó. «La tripulación de la goleta debió de sentir lo mismo. Se ensañaron con el pobre diablo. ¿Vio al capitán?».

De repente, el puma volvió a aullar, esta vez más dolorosamente. Montgomery maldijo en voz baja. Tenía ganas de atacarle por lo de los hombres de la playa. Entonces el pobre bruto que llevaba dentro dio rienda suelta a una serie de gritos cortos y agudos.

«Sus hombres en la playa», dije; «¿de qué raza son?».

"Excellent fellows, aren't they?" said he, absentmindedly, knitting his brows as the animal yelled out sharply.

I said no more. There was another outcry worse than the former. He looked at me with his dull grey eyes, and then took some more whiskey. He tried to draw me into a discussion about alcohol, professing to have saved my life with it. He seemed anxious to lay stress on the fact that I owed my life to him. I answered him distractedly.

Presently our meal came to an end; the misshapen monster with the pointed ears cleared the remains away, and Montgomery left me alone in the room again. All the time he had been in a state of ill-concealed irritation at the noise of the vivisected puma. He had spoken of his odd want of nerve, and left me to the obvious application.

I found myself that the cries were singularly irritating, and they grew in depth and intensity as the afternoon wore on. They were painful at first, but their constant resurgence at last altogether upset my balance. I flung aside a crib of Horace I had been reading, and began to clench my fists, to bite my lips, and to pace the room. Presently I got to stopping my ears with my fingers.

The emotional appeal of those yells grew upon me steadily, grew at last to such an exquisite expression of suffering that I could stand it in that confined room no longer. I stepped out of the door into the slumberous heat of the late afternoon, and walking past the main entrance—locked again, I noticed—turned the corner of the wall.

The crying sounded even louder out of doors. It was as if all the pain in the world had found a voice. Yet had I known such pain was in the next room, and had it been dumb, I believe—I have thought since—I could have stood it well enough. It is when suffering finds a voice and sets our nerves quivering that this pity comes troubling us. But in spite of the brilliant sunlight and the green fans of the trees waving in the soothing sea-breeze, the world was a confusion, blurred with drifting black and red phantasms, until I was out of earshot of the house in the chequered wall.

«Excelentes compañeros, ¿verdad?», dijo distraídamente, frunciendo las cejas cuando el animal gritó fuertemente.

No dije nada más. Hubo otro grito peor que el anterior. Me miró con sus apagados ojos grises y tomó un poco más de whisky. Intentó arrastrarme a una discusión sobre el alcohol, afirmando haberme salvado la vida con él. Parecía ansioso por insistir en el hecho de que yo le debía la vida. Le contesté distraídamente.

Pronto nuestra comida llegó a su fin; el monstruo deforme de orejas puntiagudas retiró los restos y Montgomery volvió a dejarme solo en la habitación. Todo el tiempo había estado en un estado de irritación mal disimulada por el ruido del puma viviseccionado. Había hablado gracias a su extraña falta de control de sus nervios y me había dejado concluir lo que era obvio.

Me di cuenta de que los gritos eran singularmente irritantes, y aumentaron en profundidad e intensidad a medida que avanzaba la tarde. Al principio eran dolorosos pero su constante resurgimiento acabó por alterar por completo mi equilibrio. Tiré a un lado una copia de Horacio que había estado leyendo y empecé a apretar los puños, a morderme los labios y a pasearme por la habitación. Pronto llegué a taparme los oídos con los dedos.

El atractivo emocional de aquellos gritos crecía en mí sin cesar, crecía al fin hasta una expresión tan exquisita de sufrimiento que no pude soportarlo más en aquella habitación confinada. Salí por la puerta al calor soporífero del atardecer, y caminando junto a la entrada principal —cerrada de nuevo, me di cuenta— doblé la esquina de la pared.

El grito sonaba aún más fuerte en el exterior. Era como si todo el dolor del mundo hubiera encontrado una voz. Sin embargo, si hubiera sabido que semejante dolor estaba en la habitación contigua, y si hubiera sido mudo, creo —lo he pensado desde entonces— que lo habría soportado bastante bien. Es cuando el sufrimiento encuentra una voz y hace temblar nuestros nervios cuando esta lástima llega a perturbarnos. Pero a pesar de la brillante luz del sol y de los verdes abanicos de los árboles ondeando en la calmante brisa marina, el mundo era una confusión, borroso con fantasmas negros y rojos a la deriva, hasta que estuve fuera del alcance del oído de la casa del muro a cuadros.

IX — THE THING IN THE FOREST

I strode through the undergrowth that clothed the ridge behind the house, scarcely heeding whither I went; passed on through the shadow of a thick cluster of straight-stemmed trees beyond it, and so presently found myself some way on the other side of the ridge, and descending towards a streamlet that ran through a narrow valley. I paused and listened. The distance I had come, or the intervening masses of thicket, deadened any sound that might be coming from the enclosure. The air was still. Then with a rustle a rabbit emerged, and went scampering up the slope before me. I hesitated, and sat down in the edge of the shade.

The place was a pleasant one. The rivulet was hidden by the luxuriant vegetation of the banks save at one point, where I caught a triangular patch of its glittering water. On the farther side I saw through a bluish haze a tangle of trees and creepers, and above these again the luminous blue of the sky. Here and there a splash of white or crimson marked the blooming of some trailing epiphyte. I let my eyes wander over this scene for a while, and then began to turn over in my mind again the strange peculiarities of Montgomery's man. But it was too hot to think elaborately, and presently I fell into a tranquil state midway between dozing and waking.

From this I was aroused, after I know not how long, by a rustling amidst the greenery on the other side of the stream. For a moment I could see nothing but the waving summits of the ferns and reeds. Then suddenly upon the bank of the stream appeared something—at first I could not distinguish what it was. It bowed its round head to the water, and began to drink. Then I saw it was a man, going on all-fours like a beast. He was clothed in bluish cloth, and was of a copper-coloured hue, with black hair. It seemed that grotesque ugliness was an invariable character of these islanders. I could hear the suck of the water at his lips as he drank.

I leant forward to see him better, and a piece of lava, detached by my hand, went pattering down the slope. He looked up guiltily, and his eyes met mine. Forthwith he scrambled to his feet, and stood wiping his clumsy hand across his mouth and regarding me. His legs

Atravesé a grandes zancadas la maleza que cubría la cresta detrás de la casa, sin apenas fijarme por dónde iba; pasé a través de la sombra de un espeso grupo de árboles de tallo recto que había más allá, y así me encontré en algún momento al otro lado de la cresta, y descendiendo hacia un riachuelo que corría por un estrecho valle. Me detuve y escuché. La distancia a la que había llegado, o las masas de matorral intermedias, amortiguaban cualquier sonido que pudiera provenir del recinto. El aire estaba quieto. Entonces, con un susurro, salió un conejo y se fue correteando por la ladera ante mí. Vacilé y me senté al borde de la sombra.

El lugar era agradable. El riachuelo estaba oculto por la frondosa vegetación de las orillas salvo en un punto, donde capté una mancha triangular de sus brillantes aguas. En el lado más alejado vi a través de una bruma azulada una maraña de árboles y enredaderas, y por encima de éstos de nuevo el luminoso azul del cielo. Aquí y allá una salpicadura de blanco o carmesí marcaba la floración de alguna epífita rastrera. Dejé que mis ojos vagaran por esta escena durante un rato y luego empecé a dar vueltas en mi mente de nuevo a las extrañas peculiaridades del hombre de Montgomery. Pero hacía demasiado calor para pensar elaboradamente, y en seguida caí en un estado tranquilo a medio camino entre el adormecimiento y la vigilia.

De esto me despertó, después de no sé cuánto tiempo, un crujido que venía del verdor del otro lado del arroyo. Por un momento no pude ver nada más que las cumbres ondulantes de los helechos y los juncos. Entonces, de repente, en la orilla del arroyo apareció algo; al principio no pude distinguir lo que era. Inclinó su redonda cabeza hacia el agua y comenzó a beber. Entonces vi que era un hombre, que iba a cuatro patas como una bestia. Estaba vestido con una tela azulada y era de un tono cobrizo, con el pelo negro. Parecía que la grotesca fealdad era un carácter invariable de estos isleños. Podía oír el chupeteo del agua en sus labios mientras bebía.

Me incliné hacia delante para verle mejor y un trozo de lava, desprendido por mi mano, bajó repiqueteando por la ladera. Levantó la vista con culpa y sus ojos se encontraron con los míos. En seguida se puso en pie, se pasó la torpe mano por la boca y me miró. Sus piernas apenas

were scarcely half the length of his body. So, staring one another out of countenance, we remained for perhaps the space of a minute. Then, stopping to look back once or twice, he slunk off among the bushes to the right of me, and I heard the swish of the fronds grow faint in the distance and die away. Long after he had disappeared, I remained sitting up staring in the direction of his retreat. My drowsy tranquillity had gone.

I was startled by a noise behind me, and turning suddenly saw the flapping white tail of a rabbit vanishing up the slope. I jumped to my feet. The apparition of this grotesque, half-bestial creature had suddenly populated the stillness of the afternoon for me. I looked around me rather nervously, and regretted that I was unarmed. Then I thought that the man I had just seen had been clothed in bluish cloth, had not been naked as a savage would have been; and I tried to persuade myself from that fact that he was after all probably a peaceful character, that the dull ferocity of his countenance belied him.

Yet I was greatly disturbed at the apparition. I walked to the left along the slope, turning my head about and peering this way and that among the straight stems of the trees. Why should a man go on all-fours and drink with his lips? Presently I heard an animal wailing again, and taking it to be the puma, I turned about and walked in a direction diametrically opposite to the sound. This led me down to the stream, across which I stepped and pushed my way up through the undergrowth beyond.

I was startled by a great patch of vivid scarlet on the ground, and going up to it found it to be a peculiar fungus, branched and corrugated like a foliaceous lichen, but deliquescing into slime at the touch; and then in the shadow of some luxuriant ferns I came upon an unpleasant thing,—the dead body of a rabbit covered with shining flies, but still warm and with the head torn off. I stopped aghast at the sight of the scattered blood. Here at least was one visitor to the island disposed of! There were no traces of other violence about it. It looked as though it had been suddenly snatched up and killed; and as I stared at the little furry body came the difficulty of how the thing had been done. The vague dread that had been in my mind since I had seen the inhuman face of the man at the stream grew distincter

llegaban a la mitad de la longitud de su cuerpo. Así, mirándonos fijamente, permanecimos tal vez durante un minuto. Luego, deteniéndose para mirar atrás una o dos veces, se escabulló entre los arbustos a mi derecha y oí el ruido de las hojas apagarse en la distancia y cesar. Mucho después de que hubiera desaparecido, permanecí sentado mirando en la dirección de su retirada. Mi somnolienta tranquilidad se había esfumado.

Me sobresaltó un ruido detrás de mí y, al girarme de repente, vi la cola blanca y agitada de un conejo que desaparecía ladera arriba. Me puse en pie de un salto. La aparición de esta criatura grotesca, medio bestial, había poblado de repente para mí la quietud de la tarde. Miré a mi alrededor con cierto nerviosismo y lamenté estar desarmado. Luego pensé que el hombre que acababa de ver había estado vestido con una tela azulada, no había estado desnudo como lo habría estado un salvaje, e intenté persuadirme a partir de ese hecho de que después de todo era probablemente un personaje pacífico, que la ferocidad sorda de su semblante desmentía.

Sin embargo, la aparición me perturbó enormemente. Caminé hacia la izquierda por la ladera, girando la cabeza y mirando a un lado y a otro entre los troncos rectos de los árboles. ¿Por qué iba un hombre a cuatro patas a beber de sus labios? En seguida oí de nuevo el ulular de un animal y, pensando que era el puma, me di la vuelta y caminé en dirección diametralmente opuesta al sonido. Esto me llevó hasta el arroyo, a través del cual di un paso y me abrí paso a través de la maleza que había más allá.

Me sobresaltó una gran mancha de vivo color escarlata en el suelo, y al acercarme a ella descubrí que era un hongo peculiar, ramificado y ondulado como un liquen foliáceo, pero que se delicuescía en baba al tacto; y luego, a la sombra de unos helechos frondosos, me topé con algo desagradable... el cadáver de un conejo cubierto de moscas brillantes, pero aún caliente y con la cabeza arrancada. Me detuve atónito ante la visión de la sangre esparcida. ¡Aquí al menos se habían deshecho de un visitante de la isla! No había rastros de otra violencia en él. Parecía como si lo hubieran cogido de repente y lo hubieran matado; y mientras miraba fijamente el pequeño cuerpo peludo surgió la dificultad de cómo se había hecho aquello. El vago temor que había estado en mi mente desde que había visto el rostro inhumano del hombre del arroyo se hizo más

as I stood there. I began to realise the hardihood of my expedition among these unknown people. The thicket about me became altered to my imagination. Every shadow became something more than a shadow,—became an ambush; every rustle became a threat. Invisible things seemed watching me. I resolved to go back to the enclosure on the beach. I suddenly turned away and thrust myself violently, possibly even frantically, through the bushes, anxious to get a clear space about me again.

I stopped just in time to prevent myself emerging upon an open space. It was a kind of glade in the forest, made by a fall; seedlings were already starting up to struggle for the vacant space; and beyond, the dense growth of stems and twining vines and splashes of fungus and flowers closed in again. Before me, squatting together upon the fungoid ruins of a huge fallen tree and still unaware of my approach, were three grotesque human figures. One was evidently a female; the other two were men. They were naked, save for swathings of scarlet cloth about the middle; and their skins were of a dull pinkish-drab colour, such as I had seen in no savages before. They had fat, heavy, chinless faces, retreating foreheads, and a scant bristly hair upon their heads. I never saw such bestial-looking creatures.

They were talking, or at least one of the men was talking to the other two, and all three had been too closely interested to heed the rustling of my approach. They swayed their heads and shoulders from side to side. The speaker's words came thick and sloppy, and though I could hear them distinctly I could not distinguish what he said. He seemed to me to be reciting some complicated gibberish. Presently his articulation became shriller, and spreading his hands he rose to his feet. At that the others began to gibber in unison, also rising to their feet, spreading their hands and swaying their bodies in rhythm with their chant. I noticed then the abnormal shortness of their legs, and their lank, clumsy feet. All three began slowly to circle round, raising and stamping their feet and waving their arms; a kind of tune crept into their rhythmic recitation, and a refrain,—"Aloola," or "Balloola," it sounded like. Their eyes began to sparkle, and their ugly faces to brighten, with an expression of strange pleasure. Saliva dripped from their lipless mouths.

nítido mientras permanecía allí. Empecé a darme cuenta de lo duro que era mi expedición entre esta gente desconocida. La espesura que me rodeaba se alteró para mi imaginación. Cada sombra se convertía en algo más que una sombra, en una emboscada; cada susurro se convertía en una amenaza. Cosas invisibles parecían observarme. Decidí volver al sector de la playa. Giré de repente y me introduje violentamente, posiblemente incluso frenéticamente, entre los arbustos, ansioso por volver a tener un espacio despejado a mi alrededor.

Me detuve justo a tiempo para evitar salir a un espacio abierto. Era una especie de claro en el bosque, hecho por una caída; las plántulas ya empezaban a luchar por el espacio vacante; y más allá, el denso crecimiento de tallos y enredaderas enroscadas y salpicaduras de hongos y flores se cerraba de nuevo. Ante mí, acuclilladas juntas sobre las fungosas ruinas de un enorme árbol caído y aún ajenas a mi aproximación, había tres grotescas figuras humanas. Una era evidentemente una mujer; las otras dos eran hombres. Estaban desnudos, salvo por unas franjas de tela escarlata alrededor de la cintura, y sus pieles eran de un apagado color rosado canoso, como no había visto antes en ningún salvaje. Tenían caras gordas, pesadas y sin barbilla, frentes retraídas y un escaso pelo erizado sobre sus cabezas. Nunca había visto criaturas de aspecto tan bestial.

Estaban hablando, o al menos uno de los hombres hablaba con los otros dos, y los tres estaban demasiado interesados como para prestar atención al susurro de mi aproximación. Balanceaban la cabeza y los hombros de un lado a otro. Las palabras del orador llegaban espesas y descuidadas, y aunque las oía claramente no podía distinguir lo que decía. Me pareció que recitaba algún galimatías complicado. En un momento dado, su voz se hizo más estridente y, extendiendo las manos, se puso en pie. En ese momento, los demás comenzaron a farfullar al unísono, poniéndose también en pie, extendiendo las manos y balanceando el cuerpo al ritmo de su cántico. Noté entonces lo anormalmente cortas que eran sus piernas y sus pies larguiruchos y torpes. Los tres empezaron a dar vueltas lentamente, levantando y zapateando y agitando los brazos; una especie de melodía se coló en su recitado rítmico, y un estribillo: «Aloola», o «Balloola», parecía decir. Sus ojos empezaron a brillar, y sus feas caras a iluminarse, con una expresión de extraño placer. La saliva goteaba de sus bocas sin labios.

Suddenly, as I watched their grotesque and unaccountable gestures, I perceived clearly for the first time what it was that had offended me, what had given me the two inconsistent and conflicting impressions of utter strangeness and yet of the strangest familiarity. The three creatures engaged in this mysterious rite were human in shape, and yet human beings with the strangest air about them of some familiar animal. Each of these creatures, despite its human form, its rag of clothing, and the rough humanity of its bodily form, had woven into it—into its movements, into the expression of its countenance, into its whole presence—some now irresistible suggestion of a hog, a swinish taint, the unmistakable mark of the beast.

I stood overcome by this amazing realisation and then the most horrible questionings came rushing into my mind. They began leaping in the air, first one and then the other, whooping and grunting. Then one slipped, and for a moment was on all-fours,—to recover, indeed, forthwith. But that transitory gleam of the true animalism of these monsters was enough.

I turned as noiselessly as possible, and becoming every now and then rigid with the fear of being discovered, as a branch cracked or a leaf rustled, I pushed back into the bushes. It was long before I grew bolder, and dared to move freely. My only idea for the moment was to get away from these foul beings, and I scarcely noticed that I had emerged upon a faint pathway amidst the trees. Then suddenly traversing a little glade, I saw with an unpleasant start two clumsy legs among the trees, walking with noiseless footsteps parallel with my course, and perhaps thirty yards away from me. The head and upper part of the body were hidden by a tangle of creeper. I stopped abruptly, hoping the creature did not see me. The feet stopped as I did. So nervous was I that I controlled an impulse to headlong flight with the utmost difficulty. Then looking hard, I distinguished through the interlacing network the head and body of the brute I had seen drinking. He moved his head. There was an emerald flash in his eyes as he glanced at me from the shadow of the trees, a half-luminous colour that vanished as he turned his head again. He was motionless for a moment, and then with a noiseless tread began running through the green confusion. In another moment he had vanished behind some bushes. I could not see him, but I felt that he had stopped and was

De repente, mientras observaba sus gestos grotescos e inexplicables, percibí claramente por primera vez qué era lo que me había impactado, qué era lo que me había dado las dos impresiones inconsistentes y contradictorias de total extrañeza y, sin embargo, de la más extraña familiaridad. Las tres criaturas que participaban en este misterioso rito tenían forma humana y, sin embargo, eran seres humanos con un aire extraño, de algún animal familiar. Cada una de estas criaturas, a pesar de su forma humana, de sus harapos de ropa y de la ruda humanidad de su forma corporal, tenía entretejida en ella —en sus movimientos, en la expresión de su semblante, en toda su presencia— alguna sugerencia irresistible de cerdo, una mancha porcina, la marca inconfundible de la bestia.

Me quedé sobrecogido por esta asombrosa constatación y entonces los interrogantes más horribles acudieron a mi mente. Empezaron a saltar en el aire, primero uno y luego el otro, chillando y gruñendo. Entonces uno resbaló y por un momento estuvo a cuatro patas, para recuperarse, por cierto, enseguida. Pero ese destello transitorio de la verdadera animalidad de estos monstruos fue suficiente.

Me volví lo más silenciosamente posible y, poniéndome de vez en cuando tieso por el miedo a ser descubierto; cuando una rama o una hoja crujía, me metía de nuevo entre los arbustos. Pasó mucho tiempo antes de que tomara valor y me atreviera a moverme libremente. Mi única idea por el momento era alejarme de aquellos seres repugnantes, y apenas me di cuenta de que había salido a un tenue sendero entre los árboles. Entonces, atravesando de repente un pequeño claro, vi con un desagradable sobresalto dos torpes piernas entre los árboles, que caminaban con pasos silenciosos paralelos a mi rumbo y a unas treinta yardas de mí. La cabeza y la parte superior del cuerpo estaban ocultas por una maraña de enredaderas. Me detuve bruscamente, esperando que la criatura no me viera. Los pies se detuvieron al mismo tiempo que yo. Tan nervioso estaba que controlé con suma dificultad el impulso de huir a toda prisa. Entonces, mirando fijamente, distinguí a través de la red entrelazada la cabeza y el cuerpo de la bestia que había visto beber. Movió la cabeza. Había un destello esmeralda en sus ojos cuando me miró desde la sombra de los árboles, un color medio luminoso que se desvaneció cuando volvió a girar la cabeza. Permaneció inmóvil un momento y luego, con paso silencioso, empezó a correr a través de la verde confusión. Inmediatamente había desaparecido detrás de unos

watching me again.

What on earth was he,—man or beast? What did he want with me? I had no weapon, not even a stick. Flight would be madness. At any rate the Thing, whatever it was, lacked the courage to attack me. Setting my teeth hard, I walked straight towards him. I was anxious not to show the fear that seemed chilling my backbone. I pushed through a tangle of tall white-flowered bushes, and saw him twenty paces beyond, looking over his shoulder at me and hesitating. I advanced a step or two, looking steadfastly into his eyes.

"Who are you?" said I.

He tried to meet my gaze. "No!" he said suddenly, and turning went bounding away from me through the undergrowth. Then he turned and stared at me again. His eyes shone brightly out of the dusk under the trees.

My heart was in my mouth; but I felt my only chance was bluff, and walked steadily towards him. He turned again, and vanished into the dusk. Once more I thought I caught the glint of his eyes, and that was all.

For the first time I realised how the lateness of the hour might affect me. The sun had set some minutes since, the swift dusk of the tropics was already fading out of the eastern sky, and a pioneer moth fluttered silently by my head. Unless I would spend the night among the unknown dangers of the mysterious forest, I must hasten back to the enclosure. The thought of a return to that pain-haunted refuge was extremely disagreeable, but still more so was the idea of being overtaken in the open by darkness and all that darkness might conceal. I gave one more look into the blue shadows that had swallowed up this odd creature, and then retraced my way down the slope towards the stream, going as I judged in the direction from which I had come.

I walked eagerly, my mind confused with many things, and presently found myself in a level place among scattered trees. The colourless clearness that comes after the sunset flush was darkling;

arbustos. No pude verle, pero sentí que se había detenido y que volvía a observarme.

¿Qué demonios era, hombre o bestia? ¿Qué quería de mí? No tenía ningún arma, ni siquiera un bastón. Huir sería una locura. En cualquier caso, la Cosa, fuera lo que fuera, carecía de valor para atacarme. Apretando los dientes con fuerza, caminé directamente hacia él. Estaba ansioso por no mostrar el miedo que parecía helarme la espina dorsal. Me abrí paso a través de una maraña de altos arbustos de flores blancas y le vi veinte pasos más allá, mirándome por encima del hombro y vacilando. Avancé uno o dos pasos, mirándole fijamente a los ojos.

«¿Quién es usted?», le dije.

Intentó encontrarse con mi mirada. «¡No!», dijo de repente, y dándose la vuelta se alejó de mí a través de la maleza. Luego se volvió y me miró fijamente de nuevo. Sus ojos brillaban en el crepúsculo bajo los árboles.

Yo tenía el corazón en la boca, pero sentí que mi única oportunidad era fanfarronear y caminé con paso firme hacia él. Se volvió de nuevo y desapareció en el crepúsculo. Una vez más creí captar el brillo de sus ojos, y eso fue todo.

Por primera vez me di cuenta de cómo podía afectarme lo avanzado de la hora. El sol se había puesto hacía unos minutos, el rápido crepúsculo de los trópicos ya se desvanecía en el cielo oriental y una polilla pionera revoloteaba silenciosamente junto a mi cabeza. A menos que quisiera pasar la noche entre los desconocidos peligros de la misteriosa selva, debía apresurarme a regresar al recinto. La idea de regresar a aquel refugio acechado por el dolor me resultaba sumamente desagradable, pero aún más lo era la de verme sorprendido en campo abierto por la oscuridad y todo lo que ésta pudiera ocultar. Eché una mirada más a las sombras azules que habían engullido a aquella extraña criatura y luego desanduve el camino por la ladera hacia el arroyo, yendo, según creía, en la dirección de la que había venido.

Caminé ansiosamente, con la mente confusa por muchas cosas, y en seguida me encontré en un lugar llano entre árboles dispersos. La claridad incolora que llega tras el rubor del atardecer se oscurecía; el cielo

the blue sky above grew momentarily deeper, and the little stars one by one pierced the attenuated light; the interspaces of the trees, the gaps in the further vegetation, that had been hazy blue in the day-light, grew black and mysterious. I pushed on. The colour vanished from the world. The tree-tops rose against the luminous blue sky in inky silhouette, and all below that outline melted into one formless blackness. Presently the trees grew thinner, and the shrubby under-growth more abundant. Then there was a desolate space covered with a white sand, and then another expanse of tangled bushes. I did not remember crossing the sand-opening before. I began to be tormented by a faint rustling upon my right hand. I thought at first it was fancy, for whenever I stopped there was silence, save for the evening breeze in the tree-tops. Then when I turned to hurry on again there was an echo to my footsteps.

I turned away from the thickets, keeping to the more open ground, and endeavouring by sudden turns now and then to surprise something in the act of creeping upon me. I saw nothing, and nevertheless my sense of another presence grew steadily. I increased my pace, and after some time came to a slight ridge, crossed it, and turned sharply, regarding it steadfastly from the further side. It came out black and clear-cut against the darkling sky; and presently a shapeless lump heaved up momentarily against the sky-line and vanished again. I felt assured now that my tawny-faced antagonist was stalking me once more; and coupled with that was another unpleasant realisation, that I had lost my way.

For a time I hurried on hopelessly perplexed, and pursued by that stealthy approach. Whatever it was, the Thing either lacked the courage to attack me, or it was waiting to take me at some disadvantage. I kept studiously to the open. At times I would turn and listen; and presently I had half persuaded myself that my pursuer had abandoned the chase, or was a mere creation of my disordered imagination. Then I heard the sound of the sea. I quickened my footsteps almost into a run, and immediately there was a stumble in my rear.

I turned suddenly, and stared at the uncertain trees behind me. One black shadow seemed to leap into another. I listened, rigid, and

azul encima mío se hizo momentáneamente más profundo y las pequeñas estrellas, una a una, atravesaron la luz atenuada; los intersticios de los árboles, los huecos en la vegetación más lejana, que habían sido de un azul brumoso a la luz del día, se volvieron negros y misteriosos. Seguí adelante. El color desapareció del mundo. Las copas de los árboles se alzaban contra el luminoso cielo azul en una silueta entintada, y todo lo que había por debajo de ese contorno se fundía en una negrura informe. Luego los árboles se hicieron más delgados y la maleza más abundante. A continuación hubo un espacio desolado cubierto de una arena blanca y después otra extensión de arbustos enmarañados. No recordaba haber cruzado antes la abertura de arena. Empecé a sentirme atormentado por un débil crujido en mi mano derecha. Al principio pensé que era una fantasía, pues siempre que me detenía reinaba el silencio, salvo por la brisa vespertina en las copas de los árboles. Luego, cuando me volví para darme prisa nuevamente, hubo un eco a mis pasos.

Me alejé de los matorrales, manteniéndome en el terreno más abierto, y procurando con bruscos giros de vez en cuando sorprender a algo en el acto de arrastrarse sobre mí. No vi nada y, sin embargo, mi sensación de otra presencia crecía sin cesar. Apuré el paso y, al cabo de un rato, llegué a una ligera cresta, la crucé y giré bruscamente, observándola con fijeza desde el otro lado. Se veía negra y nítida contra el cielo oscuro, y en seguida un bulto informe se elevó momentáneamente contra la línea del cielo y volvió a desaparecer. Ahora tenía la certeza de que mi antagonista de rostro leonado me acechaba una vez más; y a ello se unía otra desagradable constatación: que yo había perdido el rumbo.

Durante un rato me apresuré a avanzar desesperadamente perplejo y perseguido por aquel sigiloso acercamiento. Fuera lo que fuese, la Cosa o carecía de valor para atacarme, o estaba esperando para tomarme en cierta desventaja. Me mantuve estudiadamente al descubierto. De vez en cuando me volvía y escuchaba; y en un momento me había medio convencido a medias de que mi perseguidor había abandonado la persecución o que era una mera creación de mi desordenada imaginación. Entonces oí el sonido del mar. Aceleré mis pasos hasta casi correr e inmediatamente se oyó un tropiezo en mi retaguardia.

Me volví de repente y miré fijamente los árboles inciertos que había detrás de mí. Una sombra negra parecía saltar dentro de otra. Escuché,

heard nothing but the creep of the blood in my ears. I thought that my nerves were unstrung, and that my imagination was tricking me, and turned resolutely towards the sound of the sea again.

In a minute or so the trees grew thinner, and I emerged upon a bare, low headland running out into the sombre water. The night was calm and clear, and the reflection of the growing multitude of the stars shivered in the tranquil heaving of the sea. Some way out, the wash upon an irregular band of reef shone with a pallid light of its own. Westward I saw the zodiacal light mingling with the yellow brilliance of the evening star. The coast fell away from me to the east, and westward it was hidden by the shoulder of the cape. Then I recalled the fact that Moreau's beach lay to the west.

A twig snapped behind me, and there was a rustle. I turned, and stood facing the dark trees. I could see nothing—or else I could see too much. Every dark form in the dimness had its ominous quality, its peculiar suggestion of alert watchfulness. So I stood for perhaps a minute, and then, with an eye to the trees still, turned westward to cross the headland; and as I moved, one among the lurking shadows moved to follow me.

My heart beat quickly. Presently the broad sweep of a bay to the westward became visible, and I halted again. The noiseless shadow halted a dozen yards from me. A little point of light shone on the further bend of the curve, and the grey sweep of the sandy beach lay faint under the starlight. Perhaps two miles away was that little point of light. To get to the beach I should have to go through the trees where the shadows lurked, and down a bushy slope.

I could see the Thing rather more distinctly now. It was no animal, for it stood erect. At that I opened my mouth to speak, and found a hoarse phlegm choked my voice. I tried again, and shouted, "Who is there?" There was no answer. I advanced a step. The Thing did not move, only gathered itself together. My foot struck a stone. That gave me an idea. Without taking my eyes off the black form before me, I stooped and picked up this lump of rock; but at my motion the Thing turned abruptly as a dog might have done, and slunk obliquely into the further darkness. Then I recalled a schoolboy expedient against

tieso, y no oí nada más que el crepitar de la sangre en mis oídos. Pensé que mis nervios estaban desquiciados y que mi imaginación me estaba engañando y me volví resueltamente hacia el sonido del mar de nuevo.

En un minuto más o menos, los árboles se hicieron más delgados y emergí sobre un promontorio desnudo y bajo que se adentraba en las sombrías aguas. La noche era tranquila y clara, y el reflejo de la creciente multitud de estrellas temblaba en el tranquilo oleaje del mar. A cierta distancia, la resaca sobre una banda irregular de arrecifes brillaba con una pálida luz propia. Hacia el oeste vi la luz zodiacal mezclándose con el brillo amarillo de la estrella vespertina. La costa se alejaba de mí hacia el este, y hacia el oeste quedaba oculta por el hombro del cabo. Entonces recordé el hecho de que la playa de Moreau se encontraba al oeste.

Una ramita se quebró detrás de mí y se oyó un crujido. Me giré y me quedé de pie frente a los árboles oscuros. No veía nada, o veía demasiado. Cada forma oscura en la penumbra tenía su cualidad ominosa, su peculiar sugerencia de vigilancia alerta. Así que permanecí de pie durante un minuto, y luego, con la vista puesta aún en los árboles, me volví hacia el oeste para cruzar el promontorio; y mientras me movía, una de las sombras acechantes se movió para seguirme.

Mi corazón latía rápidamente. Enseguida se hizo visible la amplia extensión de una bahía hacia el oeste y me detuve de nuevo. La sombra silenciosa se detuvo a una docena de yardas de mí. Un pequeño punto de luz brillaba en el recodo más lejano de la curva y el barrido gris de la playa arenosa yacía tenue bajo la luz de las estrellas. Quizás a dos millas de distancia se encontraba ese pequeño punto de luz. Para llegar a la playa tendría que atravesar los árboles donde acechaban las sombras y descender por una pendiente tupida.

Ahora podía ver la Cosa con más claridad. No era un animal, pues se mantenía erguido. En ese momento abrí la boca para hablar y descubrí que una flema ronca ahogaba mi voz. Lo intenté de nuevo y grité: «¿Quién está ahí?». No hubo respuesta. Avancé un paso. La Cosa no se movió, sólo se encogió. Mi pie golpeó una piedra. Eso me dio una idea. Sin apartar los ojos de la forma negra que tenía ante mí, me agaché y recogí este trozo de roca; pero ante mi movimiento la Cosa se volvió bruscamente como podría haberlo hecho un perro, y se escabulló oblicuamente hacia la oscuridad más lejana. Entonces recordé un recurso

big dogs, and twisted the rock into my handkerchief, and gave this a turn round my wrist. I heard a movement further off among the shadows, as if the Thing was in retreat. Then suddenly my tense excitement gave way; I broke into a profuse perspiration and fell a-trembling, with my adversary routed and this weapon in my hand.

It was some time before I could summon resolution to go down through the trees and bushes upon the flank of the headland to the beach. At last I did it at a run; and as I emerged from the thicket upon the sand, I heard some other body come crashing after me. At that I completely lost my head with fear, and began running along the sand. Forthwith there came the swift patter of soft feet in pursuit. I gave a wild cry, and redoubled my pace. Some dim, black things about three or four times the size of rabbits went running or hopping up from the beach towards the bushes as I passed.

So long as I live, I shall remember the terror of that chase. I ran near the water's edge, and heard every now and then the splash of the feet that gained upon me. Far away, hopelessly far, was the yellow light. All the night about us was black and still. Splash, splash, came the pursuing feet, nearer and nearer. I felt my breath going, for I was quite out of training; it whooped as I drew it, and I felt a pain like a knife at my side. I perceived the Thing would come up with me long before I reached the enclosure, and, desperate and sobbing for my breath, I wheeled round upon it and struck at it as it came up to me,—struck with all my strength. The stone came out of the sling of the handkerchief as I did so. As I turned, the Thing, which had been running on all-fours, rose to its feet, and the missile fell fair on its left temple. The skull rang loud, and the animal-man blundered into me, thrust me back with its hands, and went staggering past me to fall headlong upon the sand with its face in the water; and there it lay still.

I could not bring myself to approach that black heap. I left it there, with the water rippling round it, under the still stars, and giving it a wide berth pursued my way towards the yellow glow of the house; and presently, with a positive effect of relief, came the pitiful moaning of the puma, the sound that had originally driven me out to explore this mysterious island. At that, though I was faint and horribly fatigued, I

de colegial contra los perros grandes, enrosqué la roca en mi pañuelo y le di una vuelta alrededor de mi muñeca. Oí un movimiento más allá, entre las sombras, como si la Cosa estuviera en retirada. Entonces, de repente, mi tensa excitación cedió; empecé a sudar profusamente y caí temblando, con mi adversario derrotado y esta arma en mi mano.

Pasó algún tiempo antes de que pudiera reunir las fuerzas para bajar a través de los árboles y arbustos del flanco del promontorio hasta la playa. Por fin lo hice a la carrera; y cuando salí de la espesura sobre la arena, oí que algún otro cuerpo venía chocando tras de mí. En ese momento perdí completamente la cabeza por el miedo y empecé a correr por la arena. En seguida llegó el rápido repiqueteo de unos pies blandos que me perseguían. Di un grito salvaje y redoblé el paso. Algunas cosas oscuras y negras de un tamaño tres o cuatro veces superior al de los conejos salieron corriendo o saltando de la playa hacia los arbustos mientras yo pasaba.

Mientras viva, recordaré el terror de aquella persecución. Corrí cerca de la orilla del agua, y oía de vez en cuando el chapoteo de los pies que se acercaban. Lejos, desesperadamente lejos, estaba la luz amarilla. Toda la noche a nuestro alrededor era negra y quieta. Chapoteando, chapoteando, venían los pies perseguidores, cada vez más cerca. Sentí que se me cortaba la respiración, pues estaba bastante fuera de forma; tenía sibilancias al respirar y sentí un dolor como un cuchillo en el costado. Percibí que la Cosa vendría a por mí mucho antes de que yo alcanzara el recinto y, desesperado y sollozando por la falta de aliento, giré hacia ella y la golpeé mientras se acercaba a mí... golpeé con todas mis fuerzas. La piedra salió de la honda del pañuelo al hacerlo. Cuando me volví, la Cosa, que había estado corriendo a cuatro patas, se puso en pie, y el proyectil cayó justo sobre su sien izquierda. El cráneo sonó con fuerza, y el animal-hombre chocó contra mí, me empujó hacia atrás con las manos y pasó tambaleándose a mi lado para caer de cabeza sobre la arena con la cara en el agua; y allí se quedó inmóvil.

No me atrevía a acercarme a aquel negro montón. Lo dejé allí, con el agua ondulando a su alrededor, bajo las estrellas inmóviles, y dándole amplio margen seguí mi camino hacia el resplandor amarillo de la casa; y de pronto, con un positivo efecto de alivio, llegó el lastimero gemido del puma, el sonido que originalmente me había impulsado a salir a explorar esta isla misteriosa. En ese momento, aunque estaba desfallecido

gathered together all my strength, and began running again towards the light. I thought I heard a voice calling me.

y horriblemente fatigado, reuní todas mis fuerzas y empecé a correr de nuevo hacia la luz. Me pareció oír una voz que me llamaba.

As I drew near the house I saw that the light shone from the open door of my room; and then I heard coming from out of the darkness at the side of that orange oblong of light, the voice of Montgomery shouting, "Prendick!" I continued running. Presently I heard him again. I replied by a feeble "Hullo!" and in another moment had staggered up to him.

"Where have you been?" said he, holding me at arm's length, so that the light from the door fell on my face. "We have both been so busy that we forgot you until about half an hour ago." He led me into the room and sat me down in the deck chair. For awhile I was blinded by the light. "We did not think you would start to explore this island of ours without telling us," he said; and then, "I was afraid—But—what—Hullo!"

My last remaining strength slipped from me, and my head fell forward on my chest. I think he found a certain satisfaction in giving me brandy.

"For God's sake," said I, "fasten that door."

"You've been meeting some of our curiosities, eh?" said he.

He locked the door and turned to me again. He asked me no questions, but gave me some more brandy and water and pressed me to eat. I was in a state of collapse. He said something vague about his forgetting to warn me, and asked me briefly when I left the house and what I had seen.

I answered him as briefly, in fragmentary sentences. "Tell me what it all means," said I, in a state bordering on hysterics.

"It's nothing so very dreadful," said he. "But I think you have had about enough for one day." The puma suddenly gave a sharp yell of pain. At that he swore under his breath. "I'm damned," said he, "if this place is not as bad as Gower Street, with its cats."

"Montgomery," said I, "what was that thing that came after me?

Al acercarme a la casa vi que la luz brillaba desde la puerta abierta de mi habitación; y entonces oí salir de la oscuridad, al lado de aquel óvalo de luz anaranjada, la voz de Montgomery gritando «¡Prendick!». Continué corriendo. Al poco rato volví a oírle. Respondí con un débil «¡Hola!», e inmediatamente me acerqué a él tambaleándome.

«¿Dónde ha estado?», dijo él, sosteniéndome a un brazo de distancia, de modo que la luz de la puerta caía sobre mi cara. «Los dos hemos estado tan ocupados que nos olvidamos de usted hasta hace media hora». Me condujo a la habitación y me senté en el sofá. Durante un rato estuve cegado por la luz. «No pensábamos que se lanzaría a explorar nuestra isla sin avisarnos», dijo; y luego: «Tenía miedo... ¡Pero qué...! ¡Hola!».

Las últimas fuerzas que me quedaban se me escaparon y mi cabeza cayó hacia delante sobre mi pecho. Creo que encontró cierta satisfacción en darme brandy.

«Por el amor de Dios», le dije, «cierre esa puerta».

«Ha estado conociendo algunas de nuestras curiosidades, ¿eh?», dijo.

Cerró la puerta y se volvió de nuevo hacia mí. No me hizo preguntas, pero me dio más brandy y agua y me instó a que comiera. Yo estaba a punto de colapsar. Dijo algo vago sobre que se había olvidado de avisarme y me preguntó brevemente cuándo había salido de la casa y qué había visto.

Le respondí con la misma brevedad, en frases fragmentarias. «Dígame qué significa todo esto», le dije, en un estado rayano en la histeria.

«No es nada tan espantoso», dijo él. «Pero creo que ya ha tenido bastante por hoy». El puma dio de repente un agudo grito de dolor. Al oírlo, maldijo en voz baja. «Que me parta un rayo», dijo, «si este lugar no es tan malo como Gower Street, con sus gatos».

«Montgomery», dije yo, «¿qué era esa cosa que vino tras de mí? ¿Era

Was it a beast or was it a man?"

"If you don't sleep to-night," he said, "you'll be off your head to-morrow."

I stood up in front of him. "What was that thing that came after me?" I asked.

He looked me squarely in the eyes, and twisted his mouth askew. His eyes, which had seemed animated a minute before, went dull. "From your account," said he, "I'm thinking it was a bogle."

I felt a gust of intense irritation, which passed as quickly as it came. I flung myself into the chair again, and pressed my hands on my forehead. The puma began once more.

Montgomery came round behind me and put his hand on my shoulder. "Look here, Prendick," he said, "I had no business to let you drift out into this silly island of ours. But it's not so bad as you feel, man. Your nerves are worked to rags. Let me give you something that will make you sleep. That—will keep on for hours yet. You must simply get to sleep, or I won't answer for it."

I did not reply. I bowed forward, and covered my face with my hands. Presently he returned with a small measure containing a dark liquid. This he gave me. I took it unresistingly, and he helped me into the hammock.

When I awoke, it was broad day. For a little while I lay flat, staring at the roof above me. The rafters, I observed, were made out of the timbers of a ship. Then I turned my head, and saw a meal prepared for me on the table. I perceived that I was hungry, and prepared to clamber out of the hammock, which, very politely anticipating my intention, twisted round and deposited me upon all-fours on the floor.

I got up and sat down before the food. I had a heavy feeling in my head, and only the vaguest memory at first of the things that had happened over night. The morning breeze blew very pleasantly through the unglazed window, and that and the food contributed to the sense

una bestia o era un hombre?».

«Si no duerme esta noche», me dijo, «mañana estará mal de la cabeza».

Me puse de pie frente a él. «¿Qué era esa cosa que me perseguía?», le pregunté.

Me miró directamente a los ojos y torció la boca. Sus ojos, que habían parecido animados un minuto antes, se apagaron. «Por lo que cuenta», dijo, «creo que era un espíritu».

Sentí una ráfaga de intensa irritación, que pasó tan rápido como llegó. Volví a arrojarme en el asiento y me presioné la frente con las manos. El puma comenzó a gritar una vez más.

Montgomery vino por detrás y me puso la mano en el hombro. «Mire, Prendick», me dijo, «no tenía por qué dejarle a la deriva en esta tonta isla nuestra. Pero no es tan malo como cree, hombre. Sus nervios están hechos trizas. Déjeme darle algo que le haga dormir. Esos nervios durarán horas. Simplemente debe dormir, o no responderé por ello».

No respondí. Me incliné hacia delante y me cubrí la cara con las manos. Enseguida regresó con una pequeña medida que contenía un líquido oscuro. Me lo dio. Lo tomé sin resistirme, y él me ayudó a meterme en la hamaca.

Cuando me desperté, era pleno día. Durante un rato me quedé tumbado, mirando el tejado que había sobre mí. Las vigas, observé, estaban hechas con los maderos de un barco. Luego volví la cabeza y vi una comida preparada para mí sobre la mesa. Me di cuenta de que tenía hambre, y me dispuse a trepar fuera de la hamaca, que, anticipándose muy cortésmente a mi intención, giró sobre sí misma y me depositó a cuatro patas en el suelo.

Me levanté y me senté ante la comida. Tenía una sensación de pesadez en la cabeza, y, al principio, sólo el recuerdo más vago de las cosas que habían sucedido durante la noche. La brisa matinal soplaba muy agradablemente a través de la ventana sin cristales, y eso y la comida

of animal comfort which I experienced. Presently the door behind me—the door inward towards the yard of the enclosure—opened. I turned and saw Montgomery's face.

"All right," said he. "I'm frightfully busy." And he shut the door.

Afterwards I discovered that he forgot to re-lock it. Then I recalled the expression of his face the previous night, and with that the memory of all I had experienced reconstructed itself before me. Even as that fear came back to me came a cry from within; but this time it was not the cry of a puma. I put down the mouthful that hesitated upon my lips, and listened. Silence, save for the whisper of the morning breeze. I began to think my ears had deceived me.

After a long pause I resumed my meal, but with my ears still vigilant. Presently I heard something else, very faint and low. I sat as if frozen in my attitude. Though it was faint and low, it moved me more profoundly than all that I had hitherto heard of the abominations behind the wall. There was no mistake this time in the quality of the dim, broken sounds; no doubt at all of their source. For it was groaning, broken by sobs and gasps of anguish. It was no brute this time; it was a human being in torment!

As I realised this I rose, and in three steps had crossed the room, seized the handle of the door into the yard, and flung it open before me.

"Prendick, man! Stop!" cried Montgomery, intervening.

A startled deerhound yelped and snarled. There was blood, I saw, in the sink,—brown, and some scarlet—and I smelt the peculiar smell of carbolic acid. Then through an open doorway beyond, in the dim light of the shadow, I saw something bound painfully upon a framework, scarred, red, and bandaged; and then blotting this out appeared the face of old Moreau, white and terrible. In a moment he had gripped me by the shoulder with a hand that was smeared red, had twisted me off my feet, and flung me headlong back into my own room. He lifted me as though I was a little child. I fell at full length upon the floor, and the door slammed and shut out the passionate intensity of his face. Then I heard the key turn in the lock, and Mont-

contribuyeron a la sensación de confort animal que experimenté. De pronto, la puerta que había detrás de mí —la que daba al patio del recinto— se abrió. Me volví y vi la cara de Montgomery.

«Muy bien», dijo él. «Estoy terriblemente ocupado». Y cerró la puerta.

Después descubrí que se había olvidado de volver a cerrarla. Entonces recordé la expresión de su rostro la noche anterior, y con ello el recuerdo de todo lo que había vivido se reconstruyó ante mí. Mientras ese miedo volvía a mí, me llegó un grito del interior; pero esta vez no era el grito de un puma. Dejé el bocado que vacilaba en mis labios y escuché. Silencio, salvo el susurro de la brisa matinal. Empecé a pensar que mis oídos me habían engañado.

Tras una larga pausa reanudé mi comida, pero con los oídos aún atentos. En seguida oí algo más, muy débil y bajo. Me quedé como congelado. Aunque era débil y bajo, me conmovió más profundamente que todo lo que había oído hasta entonces de las abominaciones tras el muro. Esta vez no había error en la calidad de los sonidos tenues y entrecortados; no había duda en absoluto de su fuente. Eran gemidos entrecortados por sollozos y jadeos de angustia. Esta vez no era un bruto; ¡era un ser humano atormentado!

Al darme cuenta, me levanté y en tres pasos había cruzado la habitación, agarrado el picaporte de la puerta que daba al patio y la había abierto de par en par ante mí.

«¡Prendick, hombre! ¡Alto!», gritó Montgomery, interviniendo.

Un sabueso asustado aulló y gruñó. Vi que había sangre en el fregadero, marrón y algo escarlata, y percibí el peculiar olor del ácido carbólico. Entonces, a través de una puerta abierta más allá, en la tenue luz de la sombra, vi algo atado dolorosamente sobre un armazón, con cicatrices, rojo y vendado; y entonces, cubriendo esto, apareció el rostro del viejo Moreau, blanco y terrible. En un instante me había agarrado por el hombro con una mano embadurnada de rojo, me había hecho girar sobre mis pies y me había arrojado de cabeza a mi propia habitación. Me levantó como si fuera un niño pequeño. Caí de bruces en el suelo, y la puerta se cerró de golpe y dejó fuera la intensidad apasionada de su rostro. Entonces oí girar la llave en la cerradura, y la voz de Montgomery

gomery's voice in expostulation.

"Ruin the work of a lifetime," I heard Moreau say.

"He does not understand," said Montgomery. and other things that were inaudible.

"I can't spare the time yet," said Moreau.

The rest I did not hear. I picked myself up and stood trembling, my mind a chaos of the most horrible misgivings. Could it be possible, I thought, that such a thing as the vivisection of men was carried on here? The question shot like lightning across a tumultuous sky; and suddenly the clouded horror of my mind condensed into a vivid realisation of my own danger.

protestando.

«Arruinar el trabajo de toda una vida», oí decir a Moreau.

«Él no entiende», dijo Montgomery, y otras cosas inaudibles.

«Lo mismo no tengo tiempo», dijo Moreau.

El resto no lo oí. Me levanté y me quedé temblando, con la mente convertida en un caos con los más horribles recelos. ¿Podía ser posible, pensé, que aquí se llevara a cabo tal cosa como la vivisección de hombres? La pregunta se disparó como un relámpago a través de un cielo tumultuoso; y de repente el nublado horror de mi mente se condensó en una vívida comprensión de mi propio peligro.

XI — THE HUNTING OF THE MAN

It came before my mind with an unreasonable hope of escape that the outer door of my room was still open to me. I was convinced now, absolutely assured, that Moreau had been vivisecting a human being. All the time since I had heard his name, I had been trying to link in my mind in some way the grotesque animalism of the islanders with his abominations; and now I thought I saw it all. The memory of his work on the transfusion of blood recurred to me. These creatures I had seen were the victims of some hideous experiment. These sickening scoundrels had merely intended to keep me back, to fool me with their display of confidence, and presently to fall upon me with a fate more horrible than death,—with torture; and after torture the most hideous degradation it is possible to conceive,—to send me off a lost soul, a beast, to the rest of their Comus rout.

I looked round for some weapon. Nothing. Then with an inspiration I turned over the deck chair, put my foot on the side of it, and tore away the side rail. It happened that a nail came away with the wood, and projecting, gave a touch of danger to an otherwise petty weapon. I heard a step outside, and incontinently flung open the door and found Montgomery within a yard of it. He meant to lock the outer door! I raised this nailed stick of mine and cut at his face; but he sprang back. I hesitated a moment, then turned and fled, round the corner of the house. "Prendick, man!" I heard his astonished cry, "don't be a silly ass, man!"

Another minute, thought I, and he would have had me locked in, and as ready as a hospital rabbit for my fate. He emerged behind the corner, for I heard him shout, "Prendick!" Then he began to run after me, shouting things as he ran. This time running blindly, I went northeastward in a direction at right angles to my previous expedition. Once, as I went running headlong up the beach, I glanced over my shoulder and saw his attendant with him. I ran furiously up the slope, over it, then turning eastward along a rocky valley fringed on either side with jungle I ran for perhaps a mile altogether, my chest straining, my heart beating in my ears; and then hearing nothing of Montgomery or his man, and feeling upon the verge of exhaustion, I doubled sharply back towards the beach as I judged, and lay down in

Me vino a la mente, con una irrazonable esperanza de escapar, que la puerta exterior de mi habitación seguía abierta. Ahora estaba convencido, absolutamente seguro, de que Moreau había estado viviseccionando a un ser humano. Todo el tiempo desde que había oído su nombre, había estado intentando vincular en mi mente de alguna manera el grotesco animalismo de los isleños con sus abominaciones; y ahora creía verlo todo. El recuerdo de su trabajo sobre la transfusión de sangre volvió a mí. Estas criaturas que había visto eran las víctimas de algún horrible experimento. Estos canallas enfermizos sólo habían pretendido retenerme, engañarme con su alarde de confianza, para luego caer sobre mí con un destino más horrible que la muerte, con la tortura; y después de la tortura la degradación más espantosa que es posible concebir, para enviarme como un alma perdida, como una bestia, al resto de su derrota de Comus.

Miré a mi alrededor en busca de algún arma. Nada. Entonces, con una inspiración, di la vuelta al sofá, apoyé el pie en un lateral y arranqué la barandilla lateral. Dio la casualidad de que un clavo se desprendió con la madera y, sobresaliendo, dio un toque de peligro a un arma por lo demás insignificante. Oí un paso fuera, y con todas mis fuerzas abrí de golpe la puerta y encontré a Montgomery a menos de una yarda de ella. ¡Él quería cerrar la puerta exterior! Levanté este palo clavado mío y le corté en la cara; pero retrocedió de un salto. Dudé un momento, luego di media vuelta y huí, doblando la esquina de la casa. «¡Prendick, hombre!», oí su grito atónito, «¡no seas un asno tonto, hombre!».

Un minuto más, pensé, y me habría tenido encerrado y listo como un conejillo de Indias para mi destino. Salió por detrás de la esquina, pues le oí gritar: «¡Prendick!». Entonces empezó a correr tras de mí, gritando cosas mientras corría. Esta vez corriendo a ciegas, me dirigí hacia el noreste en dirección perpendicular a mi expedición anterior. Una vez, mientras corría de cabeza por la playa, miré por encima del hombro y vi a su ayudante con él. Corrí furiosamente ladera arriba, por encima de ella, y luego girando hacia el este a lo largo de un valle rocoso bordeado a ambos lados por la selva, corrí durante quizás una milla en total, con el pecho en tensión, el corazón latiéndome en los oídos; y entonces, al no oír nada de Montgomery ni de su hombre, y sintiéndome al borde del agotamiento, doblé bruscamente hacia atrás, hacia la playa, según

the shelter of a canebrake. There I remained for a long time, too fearful to move, and indeed too fearful even to plan a course of action. The wild scene about me lay sleeping silently under the sun, and the only sound near me was the thin hum of some small gnats that had discovered me. Presently I became aware of a drowsy breathing sound, the soughing of the sea upon the beach.

After about an hour I heard Montgomery shouting my name, far away to the north. That set me thinking of my plan of action. As I interpreted it then, this island was inhabited only by these two vivisectors and their animalised victims. Some of these no doubt they could press into their service against me if need arose. I knew both Moreau and Montgomery carried revolvers; and, save for a feeble bar of deal spiked with a small nail, the merest mockery of a mace, I was unarmed.

So I lay still there, until I began to think of food and drink; and at that thought the real hopelessness of my position came home to me. I knew no way of getting anything to eat. I was too ignorant of botany to discover any resort of root or fruit that might lie about me; I had no means of trapping the few rabbits upon the island. It grew blanker the more I turned the prospect over. At last in the desperation of my position, my mind turned to the animal men I had encountered. I tried to find some hope in what I remembered of them. In turn I recalled each one I had seen, and tried to draw some augury of assistance from my memory.

Then suddenly I heard a staghound bay, and at that realised a new danger. I took little time to think, or they would have caught me then, but snatching up my nailed stick, rushed headlong from my hiding-place towards the sound of the sea. I remember a growth of thorny plants, with spines that stabbed like pen-knives. I emerged bleeding and with torn clothes upon the lip of a long creek opening northward. I went straight into the water without a minute's hesitation, wading up the creek, and presently finding myself kneedeep in a little stream. I scrambled out at last on the westward bank, and with my heart beating loudly in my ears, crept into a tangle of ferns to await the issue. I heard the dog (there was only one) draw nearer, and yelp

juzgué, y me tumbé al abrigo de un cañaveral. Allí permanecí largo rato, demasiado temeroso para moverme y, de hecho, demasiado temeroso incluso para planear un curso de acción. La escena salvaje a mi alrededor yacía dormida en silencio bajo el sol, y el único sonido cerca de mí era el delgado zumbido de unos pequeños mosquitos que me habían descubierto. De pronto fui consciente de un sonido de respiración somnolienta, el susurro del mar sobre la playa.

Al cabo de una hora oí a Montgomery gritar mi nombre, muy lejos, hacia el norte. Eso me hizo pensar en mi plan de acción. Tal y como lo interpreté entonces, esta isla estaba habitada únicamente por estos dos vivisectores y sus víctimas animalizadas. A algunas de éstas, sin duda, podrían ponerlas a su servicio contra mí si surgía la necesidad. Sabía que tanto Moreau como Montgomery llevaban revólveres; y, salvo una débil estaca con un pequeño clavo, el mero remedo de una maza, yo estaba desarmado.

Así que me quedé allí tumbado, hasta que empecé a pensar en comida y bebida; y al pensar en ello me di cuenta de la verdadera desesperación de mi situación. No sabía cómo conseguir algo de comer. Era demasiado ignorante en botánica para conocer una raíz o fruto que pudiera haber a mi alrededor; no tenía medios para atrapar a los pocos conejos que había en la isla. La situación se volvía más desoladora cuanto más daba vueltas a la perspectiva. Por fin, en la desesperación de mi posición, mi mente se volvió hacia los hombres animales que había encontrado. Intenté encontrar alguna esperanza en lo que recordaba de ellos. Por turnos, recordé a cada uno de los que había visto y traté de extraer de mi memoria algún augurio de ayuda.

Entonces, de repente, oí el aullido de un sabueso, y en ese momento me di cuenta de un nuevo peligro. Me tomé poco tiempo para pensar, o me habrían atrapado entonces, pero tomando mi bastón con clavo, me lancé de cabeza desde mi escondite hacia el sonido del mar. Recuerdo un crecimiento de plantas espinosas, con espinas que se clavaban como navajas. Salí sangrando y con la ropa desgarrada sobre el borde de un largo arroyo que se abría hacia el norte. Me metí directamente en el agua sin dudarlo ni un minuto, vadeé la cala y en seguida me encontré de rodillas en un pequeño riachuelo. Salí por fin a la orilla oeste y, con el corazón latiéndome fuertemente en los oídos, me arrastré hasta una maraña de helechos para esperar el desenlace. Oí al perro (sólo había

when it came to the thorns. Then I heard no more, and presently began to think I had escaped.

The minutes passed; the silence lengthened out, and at last after an hour of security my courage began to return to me. By this time I was no longer very much terrified or very miserable. I had, as it were, passed the limit of terror and despair. I felt now that my life was practically lost, and that persuasion made me capable of daring anything. I had even a certain wish to encounter Moreau face to face; and as I had waded into the water, I remembered that if I were too hard pressed at least one path of escape from torment still lay open to me,—they could not very well prevent my drowning myself. I had half a mind to drown myself then; but an odd wish to see the whole adventure out, a queer, impersonal, spectacular interest in myself, restrained me. I stretched my limbs, sore and painful from the pricks of the spiny plants, and stared around me at the trees; and, so suddenly that it seemed to jump out of the green tracery about it, my eyes lit upon a black face watching me. I saw that it was the simian creature who had met the launch upon the beach. He was clinging to the oblique stem of a palm-tree. I gripped my stick, and stood up facing him. He began chattering. "You, you, you," was all I could distinguish at first. Suddenly he dropped from the tree, and in another moment was holding the fronds apart and staring curiously at me.

I did not feel the same repugnance towards this creature which I had experienced in my encounters with the other Beast Men. "You," he said, "in the boat." He was a man, then,—at least as much of a man as Montgomery's attendant,—for he could talk.

"Yes," I said, "I came in the boat. From the ship."

"Oh!" he said, and his bright, restless eyes travelled over me, to my hands, to the stick I carried, to my feet, to the tattered places in my coat, and the cuts and scratches I had received from the thorns. He seemed puzzled at something. His eyes came back to my hands. He held his own hand out and counted his digits slowly, "One, two, three, four, five—eigh?"

I did not grasp his meaning then; afterwards I was to find that a

uno) acercarse y aullar cuando llegó a las espinas. Luego no oí nada más, y en seguida empecé a pensar que había escapado.

Los minutos pasaban; el silencio se alargaba y, por fin, tras una hora de seguridad, volví a tomar valor. Para entonces ya no estaba ni muy aterrorizado ni era muy desdichado. Había sobrepasado, por así decirlo, el límite del terror y la desesperación. Sentía ahora que mi vida estaba prácticamente perdida y esa persuasión me hacía capaz de atreverme a cualquier cosa. Tenía incluso cierto deseo de encontrarme cara a cara con Moreau; y cuando me hube metido en el agua, recordé que si me presionaban demasiado, al menos una vía de escape del tormento seguía abierta para mí… no podían evitar que me ahogara. Tuve entonces, a medias, ganas de ahogarme; pero un extraño deseo de ver cómo se desarrollaba toda la aventura, un extraño, impersonal y espectacular interés por mí mismo, me contuvo. Estiré mis miembros, doloridos y aquejados por los pinchazos de las plantas espinosas, y miré fijamente los árboles a mi alrededor; y, tan de repente que pareció saltar de la verde tracería que lo rodeaba, mis ojos se iluminaron sobre un rostro negro que me observaba. Vi que era la criatura simiesca que había encontrado la lancha en la playa. Estaba agarrado al tronco oblicuo de una palmera. Agarré mi bastón y me puse de pie frente a él. Empezó a parlotear. «Tú, tú, tú», fue todo lo que pude distinguir al principio. De repente se bajó del árbol, y en un instante estaba separando las frondas y mirándome con curiosidad.

No sentí hacia esta criatura la misma repugnancia que había experimentado en mis encuentros con los otros Hombres Bestia. «Tú», dijo, «en el bote». Era un hombre, entonces —al menos tan hombre como el ayudante de Montgomery—, pues podía hablar.

«Sí», dije, «vine en el barco. Desde el barco».

«¡Oh!», dijo, y sus ojos brillantes e inquietos se posaron sobre mí, a mis manos, al bastón que llevaba, a mis pies, a los jirones de mi abrigo y a los cortes y arañazos que había recibido de las espinas. Parecía desconcertado por algo. Sus ojos volvieron a mis manos. Extendió su propia mano y contó sus dígitos lentamente: «¿Uno, dos, tres, cuatro, cinco… eh?».

En ese entonces no entendí lo que quería decir; más tarde descubriría

great proportion of these Beast People had malformed hands, lacking sometimes even three digits. But guessing this was in some way a greeting, I did the same thing by way of reply. He grinned with immense satisfaction. Then his swift roving glance went round again; he made a swift movement—and vanished. The fern fronds he had stood between came swishing together.

I pushed out of the brake after him, and was astonished to find him swinging cheerfully by one lank arm from a rope of creepers that looped down from the foliage overhead. His back was to me.

"Hullo!" said I.

He came down with a twisting jump, and stood facing me.

"I say," said I, "where can I get something to eat?"

"Eat!" he said. "Eat Man's food, now." And his eye went back to the swing of ropes. "At the huts."

"But where are the huts?"

"Oh!"

"I'm new, you know."

At that he swung round, and set off at a quick walk. All his motions were curiously rapid. "Come along," said he.

I went with him to see the adventure out. I guessed the huts were some rough shelter where he and some more of these Beast People lived. I might perhaps find them friendly, find some handle in their minds to take hold of. I did not know how far they had forgotten their human heritage.

My ape-like companion trotted along by my side, with his hands hanging down and his jaw thrust forward. I wondered what memory he might have in him. "How long have you been on this island?" said I.

que una gran proporción de esta Gente Bestia tenía las manos malformadas, careciendo a veces incluso de tres dígitos. Pero adivinando que se trataba en cierto modo de un saludo, hice lo mismo a modo de respuesta. Él sonrió con inmensa satisfacción. Entonces su rápida mirada errante volvió a dar vueltas; hizo un rápido movimiento... y desapareció. Las frondas de helecho entre las que se encontraba se agitaron.

Salí corriendo tras él y me sorprendió encontrarlo balanceándose alegremente por un brazo larguirucho de una cuerda de enredaderas que bajaba en bucle desde el follaje superior. Estaba de espaldas a mí.

«¡Hola!», dije.

Bajó de un salto, girando, y se quedó de pie frente a mí.

«Digo yo», dije, «¿dónde puedo encontrar algo de comer?».

«¡Comer!», dijo. «Come la comida del hombre, ahora». Y su mirada volvió al balanceo de las cuerdas. «En las cabañas».

«¿Pero dónde están las cabañas?».

«¡Oh!».

«Soy nuevo, ya sabes».

En ese momento dio media vuelta y se puso a caminar rápidamente. Todos sus movimientos eran curiosamente rápidos. «Vamos», dijo.

Fui con él a ver cómo salía la aventura. Supuse que las cabañas eran algún refugio tosco donde vivían él y algunos más de esa Gente Bestia. Quizá podría encontrarlos amistosos, hallar algún asidero en sus mentes del que agarrarme. No sabía hasta qué punto habían olvidado su herencia humana.

Mi compañero simiesco trotaba a mi lado, con las manos colgando y la mandíbula hacia delante. Me pregunté qué recuerdos tendría. «¿Cuánto tiempo llevas en esta isla?», le dije.

"How long?" he asked; and after having the question repeated, he held up three fingers.

The creature was little better than an idiot. I tried to make out what he meant by that, and it seems I bored him. After another question or two he suddenly left my side and went leaping at some fruit that hung from a tree. He pulled down a handful of prickly husks and went on eating the contents. I noted this with satisfaction, for here at least was a hint for feeding. I tried him with some other questions, but his chattering, prompt responses were as often as not quite at cross purposes with my question. Some few were appropriate, others quite parrot-like.

I was so intent upon these peculiarities that I scarcely noticed the path we followed. Presently we came to trees, all charred and brown, and so to a bare place covered with a yellow-white incrustation, across which a drifting smoke, pungent in whiffs to nose and eyes, went drifting. On our right, over a shoulder of bare rock, I saw the level blue of the sea. The path coiled down abruptly into a narrow ravine between two tumbled and knotty masses of blackish scoriae. Into this we plunged.

It was extremely dark, this passage, after the blinding sunlight reflected from the sulphurous ground. Its walls grew steep, and ap-proached each other. Blotches of green and crimson drifted across my eyes. My conductor stopped suddenly. "Home!" said he, and I stood in a floor of a chasm that was at first absolutely dark to me. I heard some strange noises, and thrust the knuckles of my left hand into my eyes. I became aware of a disagreeable odor, like that of a monkey's cage ill-cleaned. Beyond, the rock opened again upon a gradual slope of sunlit greenery, and on either hand the light smote down through narrow ways into the central gloom.

«¿Cuánto tiempo?», preguntó; y después de que le repitiera la pregunta, levantó tres dedos.

La criatura era poco más que un idiota. Intenté entender qué quería decir con eso y parece que le aburrí. Tras una o dos preguntas más, se apartó de repente de mi lado y se fue saltando hacia unas frutas que colgaban de un árbol. Arrancó un puñado de cáscaras espinosas y comió el contenido. Observé esto con satisfacción, pues aquí al menos había una pista para alimentarse. Le hice otras preguntas pero sus respuestas, parlanchinas y rápidas, a menudo no coincidían con mis preguntas. Algunas eran apropiadas, otras parecían las de un loro.

Estaba tan concentrado en estas peculiaridades que apenas me fijé en el camino que seguíamos. Enseguida llegamos a unos árboles, todos carbonizados y marrones, y así a un lugar desnudo cubierto de una incrustación blanco-amarillenta, a través de la cual se deslizaba un humo a la deriva, en bocanadas, acre para la nariz y los ojos. A nuestra derecha, sobre un macizo de roca desnuda, vi el azul llano del mar. El sendero descendía abruptamente hacia un estrecho barranco entre dos masas desplomadas y nudosas de escoria negruzca. En este nos sumergimos.

Era extremadamente oscuro este pasadizo, después de la cegadora luz del sol que se reflejaba en el suelo sulfuroso. Sus paredes se empinaban y se acercaban unas a otras. Manchas verdes y carmesí se deslizaban por mis ojos. Mi guía se detuvo de repente. «¡Casa!», dijo, y me detuve en el suelo de una sima que al principio me resultó absolutamente oscura. Oí unos ruidos extraños y me llevé los nudillos de la mano izquierda a los ojos. Me di cuenta de un olor desagradable, como el de la jaula de un mono mal limpiada. Más allá, la roca se abría de nuevo sobre una pendiente gradual de verdor iluminada por el sol, y a ambos lados la luz se abría paso a través de estrechos caminos hacia la penumbra central.

Then something cold touched my hand. I started violently, and saw close to me a dim pinkish thing, looking more like a flayed child than anything else in the world. The creature had exactly the mild but repulsive features of a sloth, the same low forehead and slow gestures.

As the first shock of the change of light passed, I saw about me more distinctly. The little sloth-like creature was standing and staring at me. My conductor had vanished. The place was a narrow passage between high walls of lava, a crack in the knotted rock, and on either side interwoven heaps of sea-mat, palm-fans, and reeds leaning against the rock formed rough and impenetrably dark dens. The winding way up the ravine between these was scarcely three yards wide, and was disfigured by lumps of decaying fruit-pulp and other refuse, which accounted for the disagreeable stench of the place.

The little pink sloth-creature was still blinking at me when my Ape-man reappeared at the aperture of the nearest of these dens, and beckoned me in. As he did so a slouching monster wriggled out of one of the places, further up this strange street, and stood up in featureless silhouette against the bright green beyond, staring at me. I hesitated, having half a mind to bolt the way I had come; and then, determined to go through with the adventure, I gripped my nailed stick about the middle and crawled into the little evil-smelling lean-to after my conductor.

It was a semi-circular space, shaped like the half of a bee-hive; and against the rocky wall that formed the inner side of it was a pile of variegated fruits, cocoa-nuts among others. Some rough vessels of lava and wood stood about the floor, and one on a rough stool. There was no fire. In the darkest corner of the hut sat a shapeless mass of darkness that grunted "Hey!" as I came in, and my Ape-man stood in the dim light of the doorway and held out a split cocoa-nut to me as I crawled into the other corner and squatted down. I took it, and began gnawing it, as serenely as possible, in spite of a certain trepidation and the nearly intolerable closeness of the den. The little pink sloth-creature stood in the aperture of the hut, and something else with a

Entonces algo frío tocó mi mano. Me sobresalté violentamente y vi cerca de mí una cosa tenue y rosácea, que se parecía más a un niño desollado que a nada en el mundo. La criatura tenía exactamente los rasgos suaves pero repulsivos de un perezoso, la misma frente baja y gestos lentos.

Cuando pasó el primer sobresalto del cambio de luz, vi a mi alrededor con mayor nitidez. La pequeña criatura parecida a un perezoso estaba de pie y me miraba fijamente. Mi guía se había desvanecido. El lugar era un estrecho pasadizo entre altas paredes de lava, una grieta en la roca nudosa y a ambos lados montones entretejidos de esteras marinas, palmitos y juncos apoyados en la roca formaban madrigueras ásperas e impenetrablemente oscuras. El sinuoso camino que ascendía por el barranco entre éstas apenas tenía tres yardas de ancho y estaba desfigurado por trozos de pulpa de fruta en descomposición y otros desperdicios, lo que explicaba el desagradable hedor del lugar.

La pequeña criatura perezosa de color rosa seguía guiñándome el ojo cuando mi Hombre Mono reapareció en la abertura de la más cercana de estas guaridas y me hizo señas para que entrara. Mientras lo hacía, un monstruo encorvado salió de uno de los lugares, más arriba de esta extraña calle, y se alzó en una silueta tosca contra el verde brillante más lejano, mirándome fijamente. Dudé, pensando a medias en salir corriendo por donde había venido; pero luego, decidido a seguir adelante con la aventura, agarré mi bastón con clave por el centro y me arrastré hasta el pequeño cobertizo maloliente tras mi guía.

Era un espacio semicircular, tenía la forma de la mitad de una colmena de abejas; y contra la pared rocosa que formaba el lado interior de la misma había un montón de frutos abigarrados, nueces de cacao entre otros. Algunas toscas vasijas de lava y madera se alzaban sobre el suelo, y había una sobre un tosco taburete. No había fuego. En el rincón más oscuro de la cabaña estaba sentada una masa informe de oscuridad que gruñó «¡eh!» cuando entré, y mi Hombre Mono se paró en la tenue luz de la puerta y me tendió una nuez de cacao partida mientras me arrastraba hasta el otro rincón y me ponía en cuclillas. La cogí y empecé a roerla, lo más serenamente posible, a pesar de cierto temor y de la casi intolerable cercanía de la guarida. La pequeña criatura perezosa de color

drab face and bright eyes came staring over its shoulder.

"Hey!" came out of the lump of mystery opposite. "It is a man."

"It is a man," gabbled my conductor, "a man, a man, a five-man, like me."

"Shut up!" said the voice from the dark, and grunted. I gnawed my cocoa-nut amid an impressive stillness.

I peered hard into the blackness, but could distinguish nothing.

"It is a man," the voice repeated. "He comes to live with us?"

It was a thick voice, with something in it—a kind of whistling over-tone—that struck me as peculiar; but the English accent was strange-ly good.

The Ape-man looked at me as though he expected something. I perceived the pause was interrogative. "He comes to live with you," I said.

"It is a man. He must learn the Law."

I began to distinguish now a deeper blackness in the black, a vague outline of a hunched-up figure. Then I noticed the opening of the place was darkened by two more black heads. My hand tightened on my stick.

The thing in the dark repeated in a louder tone, "Say the words." I had missed its last remark. "Not to go on all-fours; that is the Law," it repeated in a kind of sing-song.

I was puzzled.

"Say the words," said the Ape-man, repeating, and the figures in the doorway echoed this, with a threat in the tone of their voices.

I realised that I had to repeat this idiotic formula; and then began

rosa se quedó de pie en la abertura de la cabaña, y algo más, con la cara apagada y los ojos brillantes se asomó por encima de su hombro.

«¡Eh!», salió del bulto misterioso de enfrente. «Es un hombre».

«Es un hombre», balbuceó mi guía, «un hombre, un hombre, un hombre de cinco, como yo».

«¡Cállate!», dijo la voz desde la oscuridad, y gruñó. Roí mi nuez de cacao en medio de una impresionante quietud.

Me asomé con fuerza a la negrura, pero no pude distinguir nada.

«Es un hombre», repitió la voz. «¿Viene a vivir con nosotros?».

Era una voz gruesa, con algo en ella —una especie de sobretono silbante— que me pareció peculiar; pero el acento inglés era extrañamente bueno.

El Hombre Mono me miró como si esperara algo. Percibí que la pausa era una interrogación. «Él viene a vivir con ustedes», le dije.

«Es un hombre. Debe aprender la Ley».

Empecé a distinguir ahora una negrura más profunda en el negro, un vago contorno de una figura encorvada. Entonces me di cuenta de que la abertura del lugar estaba oscurecida por otras dos cabezas negras. Mi mano se tensó sobre mi bastón.

La cosa en la oscuridad repitió en un tono más alto: «Di las palabras». Me había perdido su última observación. «No ir a cuatro patas; ésa es la Ley», repitió en una especie de sonsonete.

Me quedé perplejo.

«Di las palabras», dijo el Hombre Mono, repitiendo, y las figuras de la puerta se hicieron eco de ello, con una amenaza en el tono de sus voces.

Me di cuenta de que tenía que repetir esta fórmula idiota; y entonces

the insanest ceremony. The voice in the dark began intoning a mad litany, line by line, and I and the rest to repeat it. As they did so, they swayed from side to side in the oddest way, and beat their hands upon their knees; and I followed their example. I could have imagined I was already dead and in another world. That dark hut, these grotesque dim figures, just flecked here and there by a glimmer of light, and all of them swaying in unison and chanting,

"Not to go on all-fours; that is the Law. Are we not Men?

"Not to suck up Drink; that is the Law. Are we not Men?

"Not to eat Fish or Flesh; that is the Law. Are we not Men?

"Not to claw the Bark of Trees; that is the Law. Are we not Men?

"Not to chase other Men; that is the Law. Are we not Men?"

And so from the prohibition of these acts of folly, on to the prohibition of what I thought then were the maddest, most impossible, and most indecent things one could well imagine. A kind of rhythmic fervour fell on all of us; we gabbled and swayed faster and faster, repeating this amazing Law. Superficially the contagion of these brutes was upon me, but deep down within me the laughter and disgust struggled together. We ran through a long list of prohibitions, and then the chant swung round to a new formula.

"His is the House of Pain.

"His is the Hand that makes.

"His is the Hand that wounds.

"His is the Hand that heals."

And so on for another long series, mostly quite incomprehensible

comenzó la ceremonia más insana. La voz en la oscuridad comenzó a entonar una insana letanía, línea por línea, y yo y el resto a repetirla. Mientras lo hacían, se balanceaban de un lado a otro de la forma más extraña, y golpeaban sus manos sobre las rodillas; y yo seguí su ejemplo. Hubiera podido imaginar que ya estaba muerto y en otro mundo. Aquella cabaña oscura, aquellas grotescas figuras tenues, apenas salpicadas aquí y allá por un destello de luz, y todas ellas balanceándose al unísono y cantando,

«No ir a cuatro patas; ésa es la Ley. ¿Acaso no somos Hombres?

«No chupar la Bebida; esa es la Ley. ¿Acaso no somos Hombres?

«No comer Pescado ni Carne; ésa es la Ley. ¿Acaso no somos Hombres?

«No trepar al Tronco de los Árboles; ésa es la Ley. ¿Acaso no somos Hombres?

«No perseguir a otros Hombres; esa es la Ley. ¿Acaso no somos Hombres?».

Y así, de la prohibición de estos actos de locura, pasamos a la prohibición de lo que entonces me parecieron las cosas más locas, imposibles e indecentes que uno pudiera imaginar. Una especie de fervor rítmico cayó sobre todos nosotros; balbuceábamos y nos balanceábamos cada vez más rápido, repitiendo esta asombrosa Ley. Superficialmente, el contagio de estos brutos se apoderó de mí, pero en lo más profundo de mi ser la risa y el asco luchaban juntos. Recorrimos una larga lista de prohibiciones y luego el cántico giró hacia una nueva fórmula.

«Suya es la Casa del Dolor.

«Suya es la Mano que hace.

«Suya es la Mano que hiere.

«Suya es la Mano que sana».

Y así durante otra larga serie, en su mayoría galimatías bastante in-

gibberish to me about Him, whoever he might be. I could have fancied it was a dream, but never before have I heard chanting in a dream.

"His is the lightning flash," we sang. "His is the deep, salt sea."

A horrible fancy came into my head that Moreau, after animalising these men, had infected their dwarfed brains with a kind of deification of himself. However, I was too keenly aware of white teeth and strong claws about me to stop my chanting on that account.

"His are the stars in the sky."

At last that song ended. I saw the Ape-man's face shining with perspiration; and my eyes being now accustomed to the darkness, I saw more distinctly the figure in the corner from which the voice came. It was the size of a man, but it seemed covered with a dull grey hair almost like a Skye-terrier. What was it? What were they all? Imagine yourself surrounded by all the most horrible cripples and maniacs it is possible to conceive, and you may understand a little of my feelings with these grotesque caricatures of humanity about me.

"He is a five-man, a five-man, a five-man—like me," said the Ape-man.

I held out my hands. The grey creature in the corner leant forward.

"Not to run on all-fours; that is the Law. Are we not Men?" he said.

He put out a strangely distorted talon and gripped my fingers. The thing was almost like the hoof of a deer produced into claws. I could have yelled with surprise and pain. His face came forward and peered at my nails, came forward into the light of the opening of the hut and I saw with a quivering disgust that it was like the face of neither man nor beast, but a mere shock of grey hair, with three shadowy over-archings to mark the eyes and mouth.

comprensibles para mí sobre Él, quienquiera que fuera. Podría haber creído que era un sueño, pero nunca antes había oído cánticos en un sueño.

«Suyo es el relámpago», cantamos. «Suyo es el profundo mar salado».

Me vino a la cabeza la horrible fantasía de que Moreau, tras animalizar a aquellos hombres, había infectado sus diminutos cerebros con una especie de endiosamiento de sí mismo. Sin embargo, era demasiado consciente de la presencia de dientes blancos y fuertes garras a mi alrededor como para detener mis cánticos por ese motivo.

«Suyas son las estrellas del cielo».

Por fin terminó aquella canción. Vi que la cara del Hombre Mono brillaba por la transpiración; y como mis ojos estaban ahora acostumbrados a la oscuridad, vi con mayor nitidez la figura del rincón de donde procedía la voz. Era del tamaño de un hombre, pero parecía cubierto de un pelo gris opaco casi como un perro Skye-terrier. ¿Qué era? ¿Qué eran todos ellos? Imagínese el lector rodeado de todos los tullidos y maníacos más horribles que sea posible concebir, y podrá comprender un poco mis sentimientos con estas grotescas caricaturas de la humanidad a mi alrededor.

«Es un hombre cinco, un hombre cinco, un hombre cinco como yo», dijo el Hombre Mono.

Extendí las manos. La criatura gris de la esquina se inclinó hacia delante.

«No correr a cuatro patas; ésa es la Ley. ¿Acaso no somos hombres?», dijo.

Sacó una garra extrañamente deformada y me agarró los dedos. Era casi como la pezuña de un ciervo convertida en garra. Me contuve para no gritar de sorpresa y de dolor. Su rostro se adelantó y me miró las uñas, se acercó a la luz de la abertura de la cabaña y vi con un estremecimiento de asco que no era como el rostro de un hombre ni de una bestia, sino una mera mata de pelo gris, con tres sombríos arcos que marcaban los ojos y la boca.

"He has little nails," said this grisly creature in his hairy beard. "It is well."

He threw my hand down, and instinctively I gripped my stick.

"Eat roots and herbs; it is His will," said the Ape-man.

"I am the Sayer of the Law," said the grey figure. "Here come all that be new to learn the Law. I sit in the darkness and say the Law."

"It is even so," said one of the beasts in the doorway.

"Evil are the punishments of those who break the Law. None escape."

"None escape," said the Beast Folk, glancing furtively at one another.

"None, none," said the Ape-man,—"none escape. See! I did a little thing, a wrong thing, once. I jabbered, jabbered, stopped talking. None could understand. I am burnt, branded in the hand. He is great. He is good!"

"None escape," said the grey creature in the corner.

"None escape," said the Beast People, looking askance at one another.

"For every one the want that is bad," said the grey Sayer of the Law. "What you will want we do not know; we shall know. Some want to follow things that move, to watch and slink and wait and spring; to kill and bite, bite deep and rich, sucking the blood. It is bad. 'Not to chase other Men; that is the Law. Are we not Men? Not to eat Flesh or Fish; that is the Law. Are we not Men?'"

"None escape," said a dappled brute standing in the doorway.

"For every one the want is bad," said the grey Sayer of the Law. "Some want to go tearing with teeth and hands into the roots of

«Tiene uñas pequeñas», dijo esta espeluznante criatura con su barba peluda. «Está bien».

Me tiró la mano al suelo e instintivamente agarré mi bastón.

«Come raíces y hierbas; es Su voluntad», dijo el Hombre Mono.

«Soy el Recitador de la Ley», dijo la figura gris. «Aquí vienen todos los que son nuevos para aprender la Ley. Me siento en la oscuridad y digo la Ley».

«Así es», dijo una de las bestias en la puerta.

«Malos son los castigos de los que quebrantan la Ley. Ninguno escapa».

«Ninguno escapa», dijeron las Personas Bestia, mirándose furtivamente unos a otros.

«Ninguno, ninguno», dijo el Hombre Mono, «ninguno escapa. ¡Mira! Una vez hice una pequeña cosa, una cosa equivocada. Farfullé, farfullé, dejé de hablar. Nadie pudo entenderme. Estoy quemado, marcado en la mano. Él es grande. Él es bueno».

«Ninguno escapa», dijo la criatura gris de la esquina.

«Ninguno escapa», dijeron las Personas Bestia, mirándose furtivamente unos a otros.

«Para cada uno la necesidad es mala», dijo el gris Recitador de la Ley. «Lo que querrán no lo sabemos; lo sabremos. Algunos quieren seguir las cosas que se mueven, vigilar y escabullirse y esperar y saltar; matar y morder, morder profundo y rico, chupando la sangre. Es malo. No perseguir a otros Hombres; esa es la Ley. ¿Acaso no somos Hombres? No comer carne ni pescado; ésa es la Ley. ¿Acaso no somos Hombres?

«Ninguno escapa», dijo un bruto moteado de pie en la puerta.

«Para cada uno la necesidad es mala», dijo el gris Recitador de la Ley. «Algunos quieren ir desgarrando con dientes y manos las raíces de las

things, snuffing into the earth. It is bad."

"None escape," said the men in the door.

"Some go clawing trees; some go scratching at the graves of the dead; some go fighting with foreheads or feet or claws; some bite suddenly, none giving occasion; some love uncleanness."

"None escape," said the Ape-man, scratching his calf.

"None escape," said the little pink sloth-creature.

"Punishment is sharp and sure. Therefore learn the Law. Say the words."

And incontinently he began again the strange litany of the Law, and again I and all these creatures began singing and swaying. My head reeled with this jabbering and the close stench of the place; but I kept on, trusting to find presently some chance of a new development.

"Not to go on all-fours; that is the Law. Are we not Men?"

We were making such a noise that I noticed nothing of a tumult outside, until some one, who I think was one of the two Swine Men I had seen, thrust his head over the little pink sloth-creature and shouted something excitedly, something that I did not catch. Incontinently those at the opening of the hut vanished; my Ape-man rushed out; the thing that had sat in the dark followed him (I only observed that it was big and clumsy, and covered with silvery hair), and I was left alone. Then before I reached the aperture I heard the yelp of a staghound.

In another moment I was standing outside the hovel, my chair-rail in my hand, every muscle of me quivering. Before me were the clumsy backs of perhaps a score of these Beast People, their misshapen heads half hidden by their shoulder-blades. They were gesticulating excitedly. Other half-animal faces glared interrogation out of the hovels. Looking in the direction in which they faced, I saw coming

cosas, resoplando en la tierra. Es malo».

«Ninguno escapa», dijeron los hombres de la puerta.

«Algunos van arañando árboles; otros van arañando las tumbas de los muertos; algunos van peleando con la frente, los pies o las garras; algunos muerden de repente, sin ninguna ocasión; algunos aman la inmundicia».

«Ninguno escapa», dijo el Hombre Mono, rascándose la pantorrilla.

«Ninguno escapa», dijo la pequeña criatura perezosa rosa.

«El castigo es grave y seguro. Por lo tanto, aprende la Ley. Di las palabras».

Y sin pausa comenzó de nuevo la extraña letanía de la Ley, y de nuevo yo y todas aquellas criaturas comenzamos a cantar y a balancearnos. Mi cabeza se tambaleaba con este parloteo y el hedor cercano del lugar; pero seguí adelante, confiando en encontrar pronto alguna oportunidad de un nuevo desarrollo.

«No ir a cuatro patas; esa es la Ley. ¿Acaso no somos hombres?».

Estábamos haciendo tanto ruido que no noté nada de un tumulto fuera, hasta que alguien, que creo que era uno de los dos Hombres Cerdo que había visto, asomó la cabeza por encima de la pequeña criatura perezosa rosa y gritó algo con excitación, algo que no capté. Inmediatamente, los que estaban en la abertura de la cabaña desaparecieron; mi Hombre Mono salió corriendo; la cosa que se había sentado en la oscuridad le siguió (sólo observé que era grande y torpe, y que estaba cubierta de pelo plateado), y me quedé solo. Entonces, antes de llegar a la abertura, oí el aullido de un sabueso.

En otro momento estaba de pie fuera de la casucha, con la barra del sofá en la mano, me temblaba cada músculo. Ante mí estaban las torpes espaldas de quizás una veintena de estas Personas Bestia, sus deformes cabezas medio ocultas por sus omóplatos. Gesticulaban excitados. Otros rostros animales a medias miraban interrogantes desde las casuchas. Al mirar en la misma dirección que ellos, vi venir a través de la

through the haze under the trees beyond the end of the passage of dens the dark figure and awful white face of Moreau. He was holding the leaping staghound back, and close behind him came Montgomery revolver in hand.

For a moment I stood horror-struck. I turned and saw the passage behind me blocked by another heavy brute, with a huge grey face and twinkling little eyes, advancing towards me. I looked round and saw to the right of me and a half-dozen yards in front of me a narrow gap in the wall of rock through which a ray of light slanted into the shadows.

"Stop!" cried Moreau as I strode towards this, and then, "Hold him!"

At that, first one face turned towards me and then others. Their bestial minds were happily slow. I dashed my shoulder into a clumsy monster who was turning to see what Moreau meant, and flung him forward into another. I felt his hands fly round, clutching at me and missing me. The little pink sloth-creature dashed at me, and I gashed down its ugly face with the nail in my stick and in another minute was scrambling up a steep side pathway, a kind of sloping chimney, out of the ravine. I heard a howl behind me, and cries of "Catch him!" "Hold him!" and the grey-faced creature appeared behind me and jammed his huge bulk into the cleft. "Go on! go on!" they howled. I clambered up the narrow cleft in the rock and came out upon the sulphur on the westward side of the village of the Beast Men.

That gap was altogether fortunate for me, for the narrow chimney, slanting obliquely upward, must have impeded the nearer pursuers. I ran over the white space and down a steep slope, through a scattered growth of trees, and came to a low-lying stretch of tall reeds, through which I pushed into a dark, thick undergrowth that was black and succulent under foot. As I plunged into the reeds, my foremost pursuers emerged from the gap. I broke my way through this undergrowth for some minutes. The air behind me and about me was soon full of threatening cries. I heard the tumult of my pursuers in the gap up the slope, then the crashing of the reeds, and every now and then the crackling crash of a branch. Some of the creatures roared like excited beasts of prey. The staghound yelped to the left.

bruma bajo los árboles, más allá del final del pasadizo de madrigueras, la figura oscura y el horrible rostro blanco de Moreau. Estaba sosteniendo al sabueso, que saltaba, y cerca de él venía Montgomery, revólver en mano.

Por un momento me quedé horrorizado. Me volví y vi el paso detrás de mí bloqueado por otro bruto pesado, con una enorme cara gris y ojillos centelleantes, que avanzaba hacia mí. Miré a mi alrededor y vi a mi derecha y a media docena de yardas delante de mí una estrecha brecha en la pared de roca por la que se colaba un rayo de luz entre las sombras.

«¡Deténgase!», gritó Moreau cuando me dirigí hacia él, y luego: «¡Agárrenlo!».

En ese momento, primero una cara se volvió hacia mí y luego otras. Sus mentes bestiales eran felizmente lentas. Choqué con mi hombro contra un torpe monstruo que giraba para ver a qué se refería Moreau, y lo lancé hacia otro. Sentí que sus manos iban en redondo, aferrándose a mí sin lograrlo. La pequeña criatura, el perezoso rosa, se abalanzó sobre mí, y yo le aplasté su fea cara con el clavo de mi bastón y al momento siguiente estaba trepando por un empinado sendero lateral, una especie de chimenea inclinada, para salir del barranco. Oí un aullido detrás de mí y gritos de «¡Atrápenlo!», «¡Agárrenlo!» y la criatura de rostro gris apareció detrás de mí e introdujo su enorme bulto en la hendidura. «¡Adelante! ¡Adelante!», aullaban. Trepé por la estrecha hendidura de la roca y salí al azufre por el lado oeste de la aldea de los Hombres Bestia.

Aquel hueco fue toda una suerte para mí, pues la estrecha cañada, inclinada oblicuamente hacia arriba, debía de haber impedido el paso a los perseguidores más cercanos. Corrí por encima del espacio en blanco y bajé por una pendiente empinada, a través de un crecimiento disperso de árboles, y llegué a un tramo bajo de altos juncos, a través del cual me adentré en una maleza oscura y espesa que era negra y suculenta bajo los pies. Mientras me internaba entre los juncos, mis principales perseguidores emergieron de la brecha. Me abrí paso a través de esta maleza durante algunos minutos. El aire a mis espaldas y a mi alrededor pronto se llenó de gritos amenazadores. Oí el ruido de mis perseguidores en la brecha, ladera arriba, luego el chocar de los juncos y, de vez en cuando, el crujido de una rama. Algunas de las criaturas rugían como

I heard Moreau and Montgomery shouting in the same direction. I turned sharply to the right. It seemed to me even then that I heard Montgomery shouting for me to run for my life.

Presently the ground gave rich and oozy under my feet; but I was desperate and went headlong into it, struggled through kneedeep, and so came to a winding path among tall canes. The noise of my pursuers passed away to my left. In one place three strange, pink, hopping animals, about the size of cats, bolted before my footsteps. This pathway ran up hill, across another open space covered with white incrustation, and plunged into a canebrake again. Then suddenly it turned parallel with the edge of a steep-walled gap, which came without warning, like the ha-ha of an English park,—turned with an unexpected abruptness. I was still running with all my might, and I never saw this drop until I was flying headlong through the air.

I fell on my forearms and head, among thorns, and rose with a torn ear and bleeding face. I had fallen into a precipitous ravine, rocky and thorny, full of a hazy mist which drifted about me in wisps, and with a narrow streamlet from which this mist came meandering down the centre. I was astonished at this thin fog in the full blaze of daylight; but I had no time to stand wondering then. I turned to my right, down-stream, hoping to come to the sea in that direction, and so have my way open to drown myself. It was only later I found that I had dropped my nailed stick in my fall.

Presently the ravine grew narrower for a space, and carelessly I stepped into the stream. I jumped out again pretty quickly, for the water was almost boiling. I noticed too there was a thin sulphurous scum drifting upon its coiling water. Almost immediately came a turn in the ravine, and the indistinct blue horizon. The nearer sea was flashing the sun from a myriad facets. I saw my death before me; but I was hot and panting, with the warm blood oozing out on my face and running pleasantly through my veins. I felt more than a touch of exultation too, at having distanced my pursuers. It was not in me then to go out and drown myself yet. I stared back the way I had come.

excitadas bestias de presa. El sabueso aulló a la izquierda. Oí a Moreau y a Montgomery gritar en la misma dirección. Giré bruscamente a la derecha. Incluso entonces me pareció oír a Montgomery gritándome que corriera por mi vida.

De pronto, el suelo cedió, rico y viscoso bajo mis pies; pero yo estaba desesperado y me metí de cabeza en él, luché a través de él, me llegaba a las rodillas, y así llegué a un sendero serpenteante entre cañas altas. El ruido de mis perseguidores se alejaba a mi izquierda. En un lugar, tres extraños animales rosados y saltarines, del tamaño de un gato, salieron disparados ante mis pasos. Este sendero discurría colina arriba, a través de otro espacio abierto cubierto de incrustaciones blancas, y se hundía de nuevo en un cañaveral. Luego, de repente, giró en paralelo al borde de una brecha de paredes escarpadas, que se abrió sin previo aviso, como la verja de un parque inglés, y giró con una brusquedad inesperada. Yo seguía corriendo con todas mis fuerzas y no vi esta pendiente hasta que estaba volando de cabeza por el aire.

Caí sobre los antebrazos y la cabeza, entre espinas, y me levanté con una oreja desgarrada y la cara ensangrentada. Había caído en un barranco abrupto, rocoso y espinoso, lleno de una bruma nebulosa que flotaba a mi alrededor en volutas y con un estrecho riachuelo del que esta bruma salía serpenteando por el centro. Me asombró esta fina niebla en pleno resplandor de la luz del día pero entonces no tuve tiempo de quedarme maravillado. Me volví hacia mi derecha, corriente abajo, con la esperanza de llegar al mar en esa dirección y tener así el camino libre para ahogarme. Sólo más tarde descubrí que se me había caído el bastón con el clavo en mi caída.

En seguida el barranco se hizo más estrecho y descuidadamente me metí en la corriente. Salí de nuevo con bastante rapidez, pues el agua estaba casi hirviendo. Noté también que había una fina escoria sulfurosa flotando sobre sus aguas en remolino. Casi inmediatamente se produjo un giro en el barranco, y el horizonte azul indistinto se dejó ver. El mar más cercano destellaba al sol desde una miríada de facetas. Vi mi muerte ante mí; pero estaba acalorado y jadeante, con la sangre caliente rezumándome en la cara y corriendo placenteramente por mis venas. Sentí también algo más que un toque de euforia por haber alejado a mis perseguidores. No estaba en mí entonces avanzar y ahogarme todavía. Miré hacia atrás por donde había venido.

I listened. Save for the hum of the gnats and the chirp of some small insects that hopped among the thorns, the air was absolutely still. Then came the yelp of a dog, very faint, and a chattering and gibbering, the snap of a whip, and voices. They grew louder, then fainter again. The noise receded up the stream and faded away. For a while the chase was over; but I knew now how much hope of help for me lay in the Beast People.

Escuché. Salvo el zumbido de los mosquitos y el gorjeo de algunos pequeños insectos que saltaban entre las espinas, el aire estaba absolutamente quieto. Luego llegó el aullido de un perro, muy débil, y un parloteo y farfulleo, el chasquido de un látigo y voces. Se hicieron más fuertes, luego más débiles de nuevo. El ruido retrocedió por el arroyo y se desvaneció. Por ahora la persecución había terminado; pero en adelante sabía cuánta esperanza podía tener en la Gente Bestia.

I turned again and went on down towards the sea. I found the hot stream broadened out to a shallow, weedy sand, in which an abundance of crabs and long-bodied, many-legged creatures started from my footfall. I walked to the very edge of the salt water, and then I felt I was safe. I turned and stared, arms akimbo, at the thick green behind me, into which the steamy ravine cut like a smoking gash. But, as I say, I was too full of excitement and (a true saying, though those who have never known danger may doubt it) too desperate to die.

Then it came into my head that there was one chance before me yet. While Moreau and Montgomery and their bestial rabble chased me through the island, might I not go round the beach until I came to their enclosure,—make a flank march upon them, in fact, and then with a rock lugged out of their loosely-built wall, perhaps, smash in the lock of the smaller door and see what I could find (knife, pistol, or what not) to fight them with when they returned? It was at any rate something to try.

So I turned to the westward and walked along by the water's edge. The setting sun flashed his blinding heat into my eyes. The slight Pacific tide was running in with a gentle ripple. Presently the shore fell away southward, and the sun came round upon my right hand. Then suddenly, far in front of me, I saw first one and then several figures emerging from the bushes,—Moreau, with his grey staghound, then Montgomery, and two others. At that I stopped.

They saw me, and began gesticulating and advancing. I stood watching them approach. The two Beast Men came running forward to cut me off from the undergrowth, inland. Montgomery came, running also, but straight towards me. Moreau followed slower with the dog.

At last I roused myself from my inaction, and turning seaward walked straight into the water. The water was very shallow at first. I was thirty yards out before the waves reached to my waist. Dimly I could see the intertidal creatures darting away from my feet.

XIII — UNA NEGOCIACIÓN

Me volví de nuevo y seguí bajando hacia el mar. Encontré que la corriente caliente se ensanchaba hasta una arena poco profunda y llena de maleza, en la que había una cantidad de cangrejos y criaturas de cuerpo largo y muchas patas que se ponían en movimiento bajo mis pisadas. Caminé hasta el borde del agua salada y entonces sentí que estaba a salvo. Me volví y contemplé, con los brazos en alto, el espeso verdor a mis espaldas, en el que el vaporoso barranco se abría paso como un tajo humeante. Pero, como digo, yo estaba demasiado lleno de excitación y (un dicho cierto, aunque quienes nunca han conocido el peligro puedan dudarlo) demasiado desesperado para morir.

Entonces me vino a la cabeza que aún tenía una oportunidad ante mí. Mientras Moreau y Montgomery y su pandilla bestial me perseguían por la isla, ¿no podría rodear la playa hasta llegar a su recinto, dirigirme por el flanco sobre ellos y luego con una roca arrancada de su muro de construcción poco sólida, tal vez, romper la cerradura de la puerta más pequeña y ver qué podía encontrar —cuchillo, pistola o lo que fuera— para luchar contra ellos cuando regresaran? En cualquier caso, era algo que había que intentar.

Así que me volví hacia el oeste y caminé por la orilla del agua. El sol poniente proyectaba su calor cegador en mis ojos. La ligera marea del Pacífico subía con una suave ondulación. Enseguida la orilla se alejó hacia el sur y el sol se puso a mi derecha. Entonces, de repente, muy por delante de mí, vi primero una y luego varias figuras que salían de entre los arbustos: Moreau, con su sabueso gris, luego Montgomery y otros dos. En ese momento me detuve.

Me vieron y empezaron a gesticular y a avanzar. Me quedé mirando cómo se acercaban. Los dos Hombres Bestia avanzaron corriendo para cortarme el paso entre la maleza, hacia el interior. Montgomery vino, corriendo también, pero directo hacia mí. Moreau le seguía más despacio con el perro.

Por fin me desperté de mi inacción y, volviéndome hacia el mar, caminé directamente hacia el agua. Al principio el agua era muy poco profunda. Yo estaba a treinta yardas antes de que las olas me llegaran a la cintura. Pude ver tenuemente a las criaturas intermareales alejándose

"What are you doing, man?" cried Montgomery.

I turned, standing waist deep, and stared at them. Montgomery stood panting at the margin of the water. His face was bright-red with exertion, his long flaxen hair blown about his head, and his dropping nether lip showed his irregular teeth. Moreau was just coming up, his face pale and firm, and the dog at his hand barked at me. Both men had heavy whips. Farther up the beach stared the Beast Men.

"What am I doing? I am going to drown myself," said I.

Montgomery and Moreau looked at each other. "Why?" asked Moreau.

"Because that is better than being tortured by you."

"I told you so," said Montgomery, and Moreau said something in a low tone.

"What makes you think I shall torture you?" asked Moreau.

"What I saw," I said. "And those—yonder."

"Hush!" said Moreau, and held up his hand.

"I will not," said I. "They were men: what are they now? I at least will not be like them."

I looked past my interlocutors. Up the beach were M'ling, Montgomery's attendant, and one of the white-swathed brutes from the boat. Farther up, in the shadow of the trees, I saw my little Ape-man, and behind him some other dim figures.

"Who are these creatures?" said I, pointing to them and raising my voice more and more that it might reach them. "They were men, men like yourselves, whom you have infected with some bestial taint,—

de mis pies.

«¿Qué hace, hombre?», gritó Montgomery.

Me volví, con el agua hasta la cintura, y me quedé mirándoles. Montgomery estaba de pie jadeando al margen del agua. Su rostro estaba rojo brillante por el esfuerzo, su largo pelo de lino ondeaba alrededor de su cabeza y su labio inferior caído mostraba sus dientes irregulares. Moreau se acercaba, con el rostro pálido y firme, y el perro que tenía con su mano me ladró. Ambos hombres llevaban pesados látigos. Más arriba, en la playa, miraban los Hombres Bestia.

«¿Qué estoy haciendo? Me voy a ahogar», dije.

Montgomery y Moreau se miraron. «¿Por qué?», preguntó Moreau.

«Porque eso es mejor que ser torturado por ustedes».

«Se lo dije», dijo Montgomery, y Moreau dijo algo en voz baja.

«¿Qué le hace pensar que voy a torturarle?», preguntó Moreau.

«Lo que vi», dije. «Y esos... allí».

«¡Silencio!», dijo Moreau, y levantó la mano.

«No lo haré», dije. «Eran hombres: ¿qué son ahora? Yo, al menos, no seré como ellos».

Miré más allá de mis interlocutores. Arriba, en la playa, estaban M'ling, el ayudante de Montgomery, y uno de los brutos del barco. Más arriba, a la sombra de los árboles, vi a mi pequeño Hombre Mono, y detrás de él algunas otras figuras tenues.

«¿Quiénes son estas criaturas?», dije, señalándolas y alzando cada vez más la voz para que pudiera llegar hasta ellas. «Eran hombres, hombres como ustedes, a los que han infectado con alguna mancha bestial, hom-

men whom you have enslaved, and whom you still fear.

"You who listen," I cried, pointing now to Moreau and shouting past him to the Beast Men,—"You who listen! Do you not see these men still fear you, go in dread of you? Why, then, do you fear them? You are many—"

"For God's sake," cried Montgomery, "stop that, Prendick!"

"Prendick!" cried Moreau.

They both shouted together, as if to drown my voice; and behind them lowered the staring faces of the Beast Men, wondering, their deformed hands hanging down, their shoulders hunched up. They seemed, as I fancied, to be trying to understand me, to remember, I thought, something of their human past.

I went on shouting, I scarcely remember what,—that Moreau and Montgomery could be killed, that they were not to be feared: that was the burden of what I put into the heads of the Beast People. I saw the green-eyed man in the dark rags, who had met me on the evening of my arrival, come out from among the trees, and others followed him, to hear me better. At last for want of breath I paused.

"Listen to me for a moment," said the steady voice of Moreau; "and then say what you will."

"Well?" said I.

He coughed, thought, then shouted: "Latin, Prendick! bad Latin, schoolboy Latin; but try and understand. *Hi non sunt homines; sunt animalia qui nos habemus—vivisected.* A humanising process. I will explain. Come ashore."

I laughed. "A pretty story," said I. "They talk, build houses. They were men. It's likely I'll come ashore."

"The water just beyond where you stand is deep—and full of sharks."

bres a los que han esclavizado y a los que aún temen.

«Ustedes que escuchan», grité, señalando ahora a Moreau y gritando más allá de él a los Hombres Bestia, «¡Ustedes que escuchan! ¿No ven que estos hombres aún les temen, les temen? ¿Por qué, entonces, les temen? Ustedes son muchos...».

«Por el amor de Dios», gritó Montgomery, «¡deténgase, Prendick!».

«¡Prendick!», gritó Moreau.

Ambos gritaron a la vez, como si quisieran ahogar mi voz; y detrás de ellos bajaron los rostros fijos de los Hombres Bestia, asombrados, con las manos deformes colgando y los hombros encorvados. Parecían, según me imaginaba, estar intentando comprenderme, recordar, pensé, algo de su pasado humano.

Seguí gritando, apenas recuerdo qué, que se podía matar a Moreau y a Montgomery, que no había que temerles: ése fue el peso de lo que metí en la cabeza de la Gente Bestia. Vi salir de entre los árboles al hombre de ojos verdes y harapos oscuros que me había recibido la tarde de mi llegada, y otros le siguieron para oírme mejor. Al final, por falta de aliento, me detuve.

«Escúcheme un momento», dijo la voz firme de Moreau; «y luego diga lo que quiera».

«¿Y bien?», dije yo.

Tosió, pensó y luego gritó: «¡Latín, Prendick! Mal latín, latín de colegial; pero intente entenderlo. *Hi non sunt homines; sunt animalia qui nos habemus...* viviseccionado. Un proceso de humanización. Se lo explicaré. Venga a tierra».

Me reí. «Una bonita historia», dije. «Hablan, construyen casas. Eran hombres. Seguro que voy a ir hasta la orilla».

«El agua más allá de donde usted está parado es profunda... y llena de tiburones».

"That's my way," said I. "Short and sharp. Presently."

"Wait a minute." He took something out of his pocket that flashed back the sun, and dropped the object at his feet. "That's a loaded revolver," said he. "Montgomery here will do the same. Now we are going up the beach until you are satisfied the distance is safe. Then come and take the revolvers."

"Not I! You have a third between you."

"I want you to think over things, Prendick. In the first place, I never asked you to come upon this island. If we vivisected men, we should import men, not beasts. In the next, we had you drugged last night, had we wanted to work you any mischief; and in the next, now your first panic is over and you can think a little, is Montgomery here quite up to the character you give him? We have chased you for your good. Because this island is full of inimical phenomena. Besides, why should we want to shoot you when you have just offered to drown yourself?"

"Why did you set—your people onto me when I was in the hut?"

"We felt sure of catching you, and bringing you out of danger. Afterwards we drew away from the scent, for your good."

I mused. It seemed just possible. Then I remembered something again. "But I saw," said I, "in the enclosure—"

"That was the puma."

"Look here, Prendick," said Montgomery, "you're a silly ass! Come out of the water and take these revolvers, and talk. We can't do anything more than we could do now."

I will confess that then, and indeed always, I distrusted and dreaded Moreau; but Montgomery was a man I felt I understood.

"Go up the beach," said I, after thinking, and added, "holding your hands up."

«Esa será mi manera», dije. «Corta y precisa. En un instante».

«Un momento». Sacó algo de su bolsillo que hizo brillar el sol y dejó caer el objeto a sus pies. «Es un revólver cargado», dijo. «Montgomery hará lo mismo. Ahora subiremos por la playa hasta que esté convencido de que la distancia es segura. Entonces venga y coja los revólveres».

«¡No lo haré! Tienen otro más».

«Quiero que reflexione, Prendick. En primer lugar, nunca le pedí que viniera a esta isla. Si viviseccionamos hombres, deberíamos importar hombres, no bestias. En el siguiente, le teníamos drogado anoche, si hubiéramos querido hacerle algún mal; y en el siguiente lugar, ahora que su primer pánico ha pasado y puedes pensar un poco, ¿está Montgomery aquí a la altura del personaje que le da? Le hemos perseguido por su bien. Porque esta isla está llena de fenómenos hostiles. Además, ¿por qué íbamos a querer dispararle cuando acaba de ofrecer ahogarse?».

«¿Por qué pusieron… su gente sobre mí cuando estaba en la cabaña?».

«Nos sentíamos seguros de atraparle y sacarle del peligro. Después abandonamos la búsqueda, por su bien».

Reflexioné. Parecía posible. Entonces volví a recordar algo. «Pero vi», dije, «en el recinto…»

«Era el puma».

«Mire, Prendick», dijo Montgomery, «¡usted es un asno! Salga del agua y coja estos revólveres, y hable. No podemos hacer nada más de lo que hemos hecho».

Confesaré que entonces, y de hecho siempre, desconfié y temí a Moreau, pero Montgomery era un hombre al que sentía que comprendía.

«Suban por la playa», dije, después de pensarlo, y añadí, «con las manos en alto».

"Can't do that," said Montgomery, with an explanatory nod over his shoulder. "Undignified."

"Go up to the trees, then," said I, "as you please."

"It's a damned silly ceremony," said Montgomery.

Both turned and faced the six or seven grotesque creatures, who stood there in the sunlight, solid, casting shadows, moving, and yet so incredibly unreal. Montgomery cracked his whip at them, and forthwith they all turned and fled helter-skelter into the trees; and when Montgomery and Moreau were at a distance I judged sufficient, I waded ashore, and picked up and examined the revolvers. To satisfy myself against the subtlest trickery, I discharged one at a round lump of lava, and had the satisfaction of seeing the stone pulverised and the beach splashed with lead. Still I hesitated for a moment.

"I'll take the risk," said I, at last; and with a revolver in each hand I walked up the beach towards them.

"That's better," said Moreau, without affectation. "As it is, you have wasted the best part of my day with your confounded imagination." And with a touch of contempt which humiliated me, he and Montgomery turned and went on in silence before me.

The knot of Beast Men, still wondering, stood back among the trees. I passed them as serenely as possible. One started to follow me, but retreated again when Montgomery cracked his whip. The rest stood silent—watching. They may once have been animals; but I never before saw an animal trying to think.

«No podemos hacer eso», dijo Montgomery, con un gesto explicativo por encima del hombro. «Es indigno».

«Suban a los árboles, entonces», le dije, «como quieran».

«Es una ceremonia condenadamente tonta», dijo Montgomery.

Ambos se volvieron y encararon a las seis o siete grotescas criaturas, que permanecían allí a la luz del sol, sólidas, proyectando sombras, moviéndose y, sin embargo, tan increíblemente irreales. Cuando Montgomery y Moreau estuvieron a una distancia que me pareció suficiente, vadeé la orilla y recogí y examiné los revólveres. Para satisfacerme contra las artimañas más sutiles, descargué uno contra un bulto redondo de lava, y tuve la satisfacción de ver la piedra pulverizada y la playa salpicada de plomo. Aun así, dudé un momento.

«Correré el riesgo», dije al fin; y con un revólver en cada mano subí por la playa hacia ellos.

«Así está mejor», dijo Moreau, sin afectación. «Tal como están las cosas, ha desperdiciado la mejor parte de mi día con su confusa imaginación». Y con un toque de desprecio que me humilló, él y Montgomery se dieron la vuelta y siguieron en silencio ante mí.

El conjunto de Hombres Bestia, aún asombrado, retrocedió entre los árboles. Pasé junto a ellos con la mayor serenidad posible. Uno empezó a seguirme, pero retrocedió de nuevo cuando Montgomery hizo sonar su látigo. El resto se quedó mirando en silencio. Puede que alguna vez fueran animales; pero nunca antes había visto a un animal intentando pensar.

"And now, Prendick, I will explain," said Doctor Moreau, so soon as we had eaten and drunk. "I must confess that you are the most dictatorial guest I ever entertained. I warn you that this is the last I shall do to oblige you. The next thing you threaten to commit suicide about, I shan't do,—even at some personal inconvenience."

He sat in my deck chair, a cigar half consumed in his white, dexterous-looking fingers. The light of the swinging lamp fell on his white hair; he stared through the little window out at the starlight. I sat as far away from him as possible, the table between us and the revolvers to hand. Montgomery was not present. I did not care to be with the two of them in such a little room.

"You admit that the vivisected human being, as you called it, is, after all, only the puma?" said Moreau. He had made me visit that horror in the inner room, to assure myself of its inhumanity.

"It is the puma," I said, "still alive, but so cut and mutilated as I pray I may never see living flesh again. Of all vile—"

"Never mind that," said Moreau; "at least, spare me those youthful horrors. Montgomery used to be just the same. You admit that it is the puma. Now be quiet, while I reel off my physiological lecture to you."

And forthwith, beginning in the tone of a man supremely bored, but presently warming a little, he explained his work to me. He was very simple and convincing. Now and then there was a touch of sarcasm in his voice. Presently I found myself hot with shame at our mutual positions.

The creatures I had seen were not men, had never been men. They were animals, humanised animals,—triumphs of vivisection.

"You forget all that a skilled vivisector can do with living things," said Moreau. "For my own part, I'm puzzled why the things I have done here have not been done before. Small efforts, of course, have

«Y ahora, Prendick, le explicaré», dijo el Dr. Moreau, en cuanto hubimos comido y bebido. «Debo confesar que es usted el invitado más dictatorial que he recibido nunca. Le advierto que esto es lo último que haré para complacerle. La próxima vez que amenace con suicidarse, no intervendré, incluso si causa algún inconveniente personal».

Él estaba sentado en mi sofá, con un puro a medio consumir entre sus expertos dedos blancos. La luz de la lámpara oscilante caía sobre su pelo blanco; miraba fijamente a través de la pequeña ventana hacia la luz de las estrellas. Me senté lo más lejos posible de él, con la mesa entre nosotros y los revólveres a mano. Montgomery no estaba presente. No quería estar con los dos en una habitación tan pequeña.

«¿Admite que el ser humano viviseccionado, como usted lo llamó, después de todo, no es sino el puma?», dijo Moreau. Me había hecho visitar aquel horror en la habitación interior, para asegurarme de su inhumanidad.

«Es el puma», dije, «aún vivo, pero tan cortado y mutilado que ruego no volver a ver carne viva. De todos los viles...».

«Eso no importa», dijo Moreau; «al menos, ahórreme esos horrores de juventud. Montgomery solía ser igual. Usted admite que es el puma. Ahora cállese, mientras desarrollo mi sermón fisiológico».

E inmediatamente, empezando en el tono de un hombre sumamente aburrido, pero que enseguida tomó un poco de ánimo, me explicó su trabajo. Era muy sencillo y convincente. De vez en cuando había un toque de sarcasmo en su voz. En un momento me encontré acalorado de vergüenza por las posiciones tomadas.

Las criaturas que había visto no eran hombres, nunca habían sido hombres. Eran animales, animales humanizados, triunfos de la vivisección.

«Se olvida de todo lo que un vivisector experto puede hacer con los seres vivos», dijo Moreau. «Por mi parte, me deja perplejo por qué las cosas que he hecho aquí no se han hecho antes. Se han hecho pequeños

been made,—amputation, tongue-cutting, excisions. Of course you know a squint may be induced or cured by surgery? Then in the case of excisions you have all kinds of secondary changes, pigmentary disturbances, modifications of the passions, alterations in the secretion of fatty tissue. I have no doubt you have heard of these things?"

"Of course," said I. "But these foul creatures of yours—"

"All in good time," said he, waving his hand at me; "I am only beginning. Those are trivial cases of alteration. Surgery can do better things than that. There is building up as well as breaking down and changing. You have heard, perhaps, of a common surgical operation resorted to in cases where the nose has been destroyed: a flap of skin is cut from the forehead, turned down on the nose, and heals in the new position. This is a kind of grafting in a new position of part of an animal upon itself. Grafting of freshly obtained material from another animal is also possible,—the case of teeth, for example. The grafting of skin and bone is done to facilitate healing: the surgeon places in the middle of the wound pieces of skin snipped from another animal, or fragments of bone from a victim freshly killed. Hunter's cockspur—possibly you have heard of that—flourished on the bull's neck; and the rhinoceros rats of the Algerian zouaves are also to be thought of,—monsters manufactured by transferring a slip from the tail of an ordinary rat to its snout, and allowing it to heal in that position."

"Monsters manufactured!" said I. "Then you mean to tell me—"

"Yes. These creatures you have seen are animals carven and wrought into new shapes. To that, to the study of the plasticity of living forms, my life has been devoted. I have studied for years, gaining in knowledge as I go. I see you look horrified, and yet I am telling you nothing new. It all lay in the surface of practical anatomy years ago, but no one had the temerity to touch it. It is not simply the outward form of an animal which I can change. The physiology, the chemical rhythm of the creature, may also be made to undergo an enduring modification,—of which vaccination and other methods of inoculation with living or dead matter are examples that will, no doubt, be familiar to you. A similar operation is the transfusion of blood,—with

esfuerzos, por supuesto… amputación, corte de lengua, escisiones. Por supuesto, usted sabe que un estrabismo puede inducirse o curarse con cirugía… Luego, en el caso de las escisiones, tiene todo tipo de cambios secundarios, alteraciones pigmentarias, modificaciones de las pasiones, alteraciones en la secreción de tejido graso. No me cabe duda de que ha oído hablar de estas cosas».

«Por supuesto», dije. «Pero estas asquerosas criaturas suyas…».

«Todo a su tiempo», dijo, haciéndome un gesto con la mano; «sólo estoy empezando. Esos son casos triviales de alteración. La cirugía puede hacer cosas mejores que esas. Hay que construir además de romper y cambiar. Quizá haya oído hablar de una operación quirúrgica común a la que se recurre en casos en los que la nariz ha sido destruida: se corta un colgajo de piel de la frente, se vuelve hacia abajo sobre la nariz y se cura en la nueva posición. Se trata de una especie de injerto en una nueva posición de parte de un animal sobre sí mismo. También es posible el injerto de material recién obtenido de otro animal, como en el caso de los dientes, por ejemplo. El injerto de piel y hueso se realiza para facilitar la cicatrización: el cirujano coloca en medio de la herida trozos de piel recortada de otro animal, o fragmentos de hueso de una víctima recién muerta. El espolón de gallo de caza —posiblemente haya oído hablar de él— floreció en el cuello del toro; y también hay que pensar en las ratas rinoceronte de los zuavos argelinos, monstruos fabricados transfiriendo un trozo de la cola de una rata ordinaria a su hocico, y dejándola cicatrizar en esa posición.»

«¡Monstruos fabricados!», dije yo. «Entonces quiere decirme…».

«Sí. Estas criaturas que ha visto son animales tallados y forjados en nuevas formas. A eso, al estudio de la plasticidad de las formas vivas, he dedicado mi vida. He estudiado durante años, ganando en conocimientos a medida que avanzaba. Veo que pone cara de horror y, sin embargo, no le estoy contando nada nuevo. Todo yacía en la superficie de la anatomía práctica hace años pero nadie tuvo la temeridad de encararlo. No es simplemente la forma exterior de un animal lo que puedo cambiar. También se puede hacer que la fisiología, el ritmo químico de la criatura, sufra una modificación duradera, de la que la vacunación y otros métodos de inoculación con materia viva o muerta son ejemplos que, sin duda, le resultarán familiares. Una operación similar es la transfu-

which subject, indeed, I began. These are all familiar cases. Less so, and probably far more extensive, were the operations of those mediaeval practitioners who made dwarfs and beggar-cripples, show-monsters,—some vestiges of whose art still remain in the preliminary manipulation of the young mountebank or contortionist. Victor Hugo gives an account of them in *'L'Homme qui Rit'*—But perhaps my meaning grows plain now. You begin to see that it is a possible thing to transplant tissue from one part of an animal to another, or from one animal to another; to alter its chemical reactions and methods of growth; to modify the articulations of its limbs; and, indeed, to change it in its most intimate structure.

"And yet this extraordinary branch of knowledge has never been sought as an end, and systematically, by modern investigators until I took it up! Some such things have been hit upon in the last resort of surgery; most of the kindred evidence that will recur to your mind has been demonstrated as it were by accident,—by tyrants, by criminals, by the breeders of horses and dogs, by all kinds of untrained clumsy-handed men working for their own immediate ends. I was the first man to take up this question armed with antiseptic surgery, and with a really scientific knowledge of the laws of growth. Yet one would imagine it must have been practised in secret before. Such creatures as the Siamese Twins—And in the vaults of the Inquisition. No doubt their chief aim was artistic torture, but some at least of the inquisitors must have had a touch of scientific curiosity."

"But," said I, "these things—these animals talk!"

He said that was so, and proceeded to point out that the possibility of vivisection does not stop at a mere physical metamorphosis. A pig may be educated. The mental structure is even less determinate than the bodily. In our growing science of hypnotism we find the promise of a possibility of superseding old inherent instincts by new suggestions, grafting upon or replacing the inherited fixed ideas. Very much indeed of what we call moral education, he said, is such an artificial modification and perversion of instinct; pugnacity is trained into courageous self-sacrifice, and suppressed sexuality into religious emotion. And the great difference between man and monkey is in the larynx, he continued,—in the incapacity to frame delicately different

sión de sangre… con cuyo tema, por cierto, comencé. Todos estos son casos familiares. Menos, y probablemente mucho más extensas, eran las operaciones de aquellos practicantes medievales que hacían enanos y lisiados mendigos, monstruos del espectáculo —algunos vestigios de cuyo arte aún permanecen en la manipulación preliminar del joven montador o contorsionista; Victor Hugo da cuenta de ellos en *'L'Homme qui Rit'*— pero quizás mi significado se aclare ahora. Empieza a ver que es posible trasplantar tejido de una parte de un animal a otra, o de un animal a otro; alterar sus reacciones químicas y métodos de crecimiento; modificar las articulaciones de sus miembros; y, de hecho, cambiarlo en su estructura más íntima.

«¡Y, sin embargo, esta extraordinaria rama del conocimiento nunca había sido buscada como fin, y de forma sistemática, por los investigadores modernos hasta que yo me ocupé de ella! Se ha dado con algunas de estas cosas en el último recurso de la cirugía; la mayoría de las pruebas afines que le vendrán a la mente han sido demostradas como por accidente, por tiranos, por criminales, por los criadores de caballos y perros, por todo tipo de hombres torpes sin formación que trabajan para sus propios fines inmediatos. Yo fui el primer hombre que abordó esta cuestión armado con cirugía antiséptica y con un conocimiento realmente científico de las leyes del crecimiento. Sin embargo, uno se imagina que debe haberse practicado antes en secreto. Criaturas como los gemelos siameses… y en las bóvedas de la Inquisición. Sin duda su principal objetivo era la tortura artística, pero al menos algunos de los inquisidores debían de tener un toque de curiosidad científica».

«Pero», dije yo, «estas cosas… ¡estos animales hablan!».

Dijo que así era, y procedió a señalar que la posibilidad de la vivisección no se detiene en una mera metamorfosis física. Un cerdo puede ser educado. La estructura mental está aún menos determinada que la corporal. En nuestra creciente ciencia del hipnotismo encontramos la promesa de una posibilidad de sustituir los viejos instintos inherentes por nuevas sugestiones, injertándose en las ideas fijas heredadas o sustituyéndolas. De hecho, gran parte de lo que llamamos educación moral, dijo, es una modificación y perversión artificial del instinto; la pugnacidad se entrena para convertirla en valiente abnegación, y la sexualidad reprimida en emoción religiosa. Y la gran diferencia entre el hombre y el mono está en la laringe, continuó… en la incapacidad de enmar-

sound-symbols by which thought could be sustained. In this I failed to agree with him, but with a certain incivility he declined to notice my objection. He repeated that the thing was so, and continued his account of his work.

I asked him why he had taken the human form as a model. There seemed to me then, and there still seems to me now, a strange wickedness for that choice.

He confessed that he had chosen that form by chance. "I might just as well have worked to form sheep into llamas and llamas into sheep. I suppose there is something in the human form that appeals to the artistic turn of mind more powerfully than any animal shape can. But I've not confined myself to man-making. Once or twice—" He was silent, for a minute perhaps. "These years! How they have slipped by! And here I have wasted a day saving your life, and am now wasting an hour explaining myself!"

"But," said I, "I still do not understand. Where is your justification for inflicting all this pain? The only thing that could excuse vivisection to me would be some application—"

"Precisely," said he. "But, you see, I am differently constituted. We are on different platforms. You are a materialist."

"I am not a materialist," I began hotly.

"In my view—in my view. For it is just this question of pain that parts us. So long as visible or audible pain turns you sick; so long as your own pains drive you; so long as pain underlies your propositions about sin,—so long, I tell you, you are an animal, thinking a little less obscurely what an animal feels. This pain—"

I gave an impatient shrug at such sophistry.

"Oh, but it is such a little thing! A mind truly opened to what science has to teach must see that it is a little thing. It may be that save in this little planet, this speck of cosmic dust, invisible long before the nearest star could be attained—it may be, I say, that nowhere else

car delicadamente diferentes símbolos sonoros mediante los cuales se pueda sostener el pensamiento. En esto no estuve de acuerdo con él, pero con cierta incivilidad declinó reparar en mi objeción. Repitió que la cosa era así, y continuó con el relato de su trabajo.

Le pregunté por qué había tomado la forma humana como modelo. Me pareció entonces, y me lo sigue pareciendo ahora, encontrar una extraña maldad en esa elección.

Confesó que había elegido esa forma por casualidad. «Podría haber trabajado igual para formar ovejas en llamas y llamas en ovejas. Supongo que hay algo en la forma humana que atrae al giro artístico de la mente más poderosamente de lo que puede hacerlo cualquier forma animal. Pero no me he limitado a hacer hombres. Una o dos veces...». Se quedó en silencio, tal vez un minuto. «¡Estos años! ¡Cómo se me han escapado! Y aquí he desperdiciado un día salvándole la vida, ¡y ahora estoy desperdiciando una hora explicándome!».

«Pero», dije yo, «sigo sin entenderlo. ¿Dónde está su justificación para infligir todo este dolor? Lo único que podría excusar la vivisección para mí sería alguna aplicación...».

«Precisamente», dijo él. «Pero, verá, yo tengo una constitución diferente. Estamos en plataformas diferentes. Usted es un materialista».

«No soy materialista», empecé a decir acaloradamente.

«En mi opinión, en mi opinión. Pues es precisamente esta cuestión del dolor la que nos separa. Mientras el dolor visible o audible le ponga enfermo; mientras sus propios dolores le impulsen; mientras el dolor subyazca en sus proposiciones sobre el pecado... mientras, le digo, usted es un animal, pensando un poco menos oscuramente lo que siente un animal. Este dolor...».

Me encogí de hombros impaciente ante tal sofisma.

«¡Oh, pero es tan poca cosa! Una mente verdaderamente abierta a lo que la ciencia tiene que enseñar debe ver que es una cosa pequeña. Puede ser que, salvo en este pequeño planeta, esta mota de polvo cósmico, invisible mucho antes de que pudiera alcanzarse la estrella más cer-

does this thing called pain occur. But the laws we feel our way to-wards—Why, even on this earth, even among living things, what pain is there?"

As he spoke he drew a little penknife from his pocket, opened the smaller blade, and moved his chair so that I could see his thigh. Then, choosing the place deliberately, he drove the blade into his leg and withdrew it.

"No doubt," he said, "you have seen that before. It does not hurt a pin-prick. But what does it show? The capacity for pain is not needed in the muscle, and it is not placed there,—is but little needed in the skin, and only here and there over the thigh is a spot capable of feel-ing pain. Pain is simply our intrinsic medical adviser to warn us and stimulate us. Not all living flesh is painful; nor is all nerve, not even all sensory nerve. There's no taint of pain, real pain, in the sensa-tions of the optic nerve. If you wound the optic nerve, you merely see flashes of light,—just as disease of the auditory nerve merely means a humming in our ears. Plants do not feel pain, nor the lower animals; it's possible that such animals as the starfish and crayfish do not feel pain at all. Then with men, the more intelligent they become, the more intelligently they will see after their own welfare, and the less they will need the goad to keep them out of danger. I never yet heard of a useless thing that was not ground out of existence by evolution sooner or later. Did you? And pain gets needless.

"Then I am a religious man, Prendick, as every sane man must be. It may be, I fancy, that I have seen more of the ways of this world's Maker than you,—for I have sought his laws, in my way, all my life, while you, I understand, have been collecting butterflies. And I tell you, pleasure and pain have nothing to do with heaven or hell. Plea-sure and pain—bah! What is your theologian's ecstasy but Mahomet's houri in the dark? This store which men and women set on pleasure and pain, Prendick, is the mark of the beast upon them,—the mark of the beast from which they came! Pain, pain and pleasure, they are for us only so long as we wriggle in the dust.

"You see, I went on with this research just the way it led me. That is

cana, puede ser, digo, que en ningún otro lugar ocurra esta cosa llamada dolor. Pero las leyes hacia las que nos dirigimos… ¿Por qué, incluso en esta tierra, incluso entre los seres vivos, hay dolor?».

Mientras hablaba sacó una pequeña navaja de su bolsillo, abrió la hoja más pequeña y movió su asiento para que yo pudiera ver su muslo. Luego, eligiendo el lugar deliberadamente, se clavó la hoja en la pierna y la retiró.

«Sin duda», dijo, «lo ha visto antes. No duele ni un pinchazo. Pero, ¿qué demuestra? La capacidad para el dolor no es necesaria en el músculo, y no está colocada allí… es muy poco necesaria en la piel, y sólo aquí y allá sobre el muslo hay un punto capaz de sentir dolor. El dolor es simplemente nuestro consejero médico intrínseco para advertirnos y estimularnos. No toda la carne viva es dolorosa; tampoco lo es todo el nervio, ni siquiera todo el nervio sensorial. No hay tinte de dolor, de verdadero dolor, en las sensaciones del nervio óptico. Si se hiere el nervio óptico, simplemente se ven destellos de luz, del mismo modo que la enfermedad del nervio auditivo sólo significa un zumbido en nuestros oídos. Las plantas no sienten dolor, ni los animales inferiores; es posible que animales como la estrella de mar y el cangrejo de río no sientan dolor en absoluto. En cuanto a los hombres, cuanto más inteligentes se vuelvan, más inteligentemente velarán por su propio bienestar y menos necesitarán el aguijón para alejarse del peligro. Nunca he oído hablar de una cosa inútil que no haya sido eliminada de la existencia por la evolución tarde o temprano. ¿Y usted? Y el dolor se vuelve inútil.

«Por lo tanto, soy un hombre religioso, Prendick, como debe serlo todo hombre cuerdo. Puede ser, me imagino, que yo haya visto más de los caminos del Hacedor de este mundo que usted… pues yo he buscado sus leyes, a mi manera, toda mi vida, mientras que usted, entiendo, ha estado coleccionando mariposas. Y le digo que el placer y el dolor no tienen nada que ver con el cielo o el infierno. El placer y el dolor… ¡bah! ¿Qué es el éxtasis de su teólogo sino el houri de Mahoma en la oscuridad? Esta reserva que los hombres y las mujeres ponen en el placer y el dolor, Prendick, es la marca de la bestia sobre ellos, ¡la marca de la bestia de la que proceden! Dolor, dolor y placer, sólo son para nosotros mientras nos retorcemos en el polvo.

«Verá, seguí adelante con esta investigación tal y como me condu-

the only way I ever heard of true research going. I asked a question, devised some method of obtaining an answer, and got a fresh question. Was this possible or that possible? You cannot imagine what this means to an investigator, what an intellectual passion grows upon him! You cannot imagine the strange, colourless delight of these intellectual desires! The thing before you is no longer an animal, a fellow-creature, but a problem! Sympathetic pain,—all I know of it I remember as a thing I used to suffer from years ago. I wanted—it was the one thing I wanted—to find out the extreme limit of plasticity in a living shape."

"But," said I, "the thing is an abomination—"

"To this day I have never troubled about the ethics of the matter," he continued. "The study of Nature makes a man at last as remorseless as Nature. I have gone on, not heeding anything but the question I was pursuing; and the material has—dripped into the huts yonder. It is nearly eleven years since we came here, I and Montgomery and six Kanakas. I remember the green stillness of the island and the empty ocean about us, as though it was yesterday. The place seemed waiting for me.

"The stores were landed and the house was built. The Kanakas founded some huts near the ravine. I went to work here upon what I had brought with me. There were some disagreeable things happened at first. I began with a sheep, and killed it after a day and a half by a slip of the scalpel. I took another sheep, and made a thing of pain and fear and left it bound up to heal. It looked quite human to me when I had finished it; but when I went to it I was discontented with it. It remembered me, and was terrified beyond imagination; and it had no more than the wits of a sheep. The more I looked at it the clumsier it seemed, until at last I put the monster out of its misery. These animals without courage, these fear-haunted, pain-driven things, without a spark of pugnacious energy to face torment,—they are no good for man-making.

"Then I took a gorilla I had; and upon that, working with infinite care and mastering difficulty after difficulty, I made my first man. All the week, night and day, I moulded him. With him it was chiefly the brain that needed moulding; much had to be added, much changed. I

jo. Ésa es la única manera que he oído de llevar a cabo una verdadera investigación. Hice una pregunta, ideé algún método para obtener una respuesta y obtuve una nueva pregunta. ¿Era esto posible o aquello posible? No puede imaginarse lo que esto significa para un investigador, ¡qué pasión intelectual crece en él! ¡No puede imaginarse el extraño e incoloro deleite de estos deseos intelectuales! La cosa que tiene ante sí ya no es un animal, un semejante, ¡sino un problema! Dolor simpático, todo lo que sé de él lo recuerdo como algo que solía sufrir hace años. Quería —era lo único que quería— averiguar el límite extremo de la plasticidad en una forma viva».

«Pero», dije yo, «la cosa es una abominación...».

«Hasta el día de hoy nunca me he preocupado por la ética del asunto», continuó. «El estudio de la Naturaleza hace a un hombre al fin tan implacable como la Naturaleza. He seguido adelante, sin prestar atención a nada más que a la cuestión que perseguía; y el material se ha derramado en las cabañas de allá. Hace casi once años que llegamos aquí, Montgomery, seis kanakas y yo. Recuerdo como si fuera ayer la verde quietud de la isla y el océano vacío a nuestro alrededor. El lugar parecía esperarme.

«Se desembarcaron las tiendas y se construyó la casa. Los kanakas fundaron algunas cabañas cerca del barranco. Me puse a trabajar aquí con lo que había traído conmigo. Al principio ocurrieron algunas cosas desagradables. Empecé con una oveja, y la maté al cabo de un día y medio por un resbalón del bisturí. Cogí otra oveja, le hice algo que causó dolor y miedo y la dejé atada para que se curara. Me pareció bastante humana cuando la hube terminado; pero cuando me acerqué a ella me sentí descontento con ella. Se acordaba de mí y estaba aterrorizada más allá de lo imaginable; y no tenía más que el ingenio de una oveja. Cuanto más la miraba más torpe me parecía, hasta que por fin saqué al monstruo de su miseria. Estos animales sin coraje, estas cosas acobardadas por el miedo y el dolor, sin una chispa de energía pugnaz para enfrentarse al tormento, no sirven para hacer hombres.

«Entonces cogí un gorila que tenía; y sobre él, trabajando con infinito cuidado y sorteando dificultad tras dificultad, hice mi primer hombre. Durante toda la semana, noche y día, lo moldeé. Con él era sobre todo el cerebro lo que había que moldear; había que añadir mucho, cambiar

thought him a fair specimen of the negroid type when I had finished him, and he lay bandaged, bound, and motionless before me. It was only when his life was assured that I left him and came into this room again, and found Montgomery much as you are. He had heard some of the cries as the thing grew human,—cries like those that disturbed you so. I didn't take him completely into my confidence at first. And the Kanakas too, had realised something of it. They were scared out of their wits by the sight of me. I got Montgomery over to me—in a way; but I and he had the hardest job to prevent the Kanakas deserting. Finally they did; and so we lost the yacht. I spent many days educating the brute,—altogether I had him for three or four months. I taught him the rudiments of English; gave him ideas of counting; even made the thing read the alphabet. But at that he was slow, though I've met with idiots slower. He began with a clean sheet, mentally; had no memories left in his mind of what he had been. When his scars were quite healed, and he was no longer anything but painful and stiff, and able to converse a little, I took him yonder and introduced him to the Kanakas as an interesting stowaway.

"They were horribly afraid of him at first, somehow,—which offended me rather, for I was conceited about him; but his ways seemed so mild, and he was so abject, that after a time they received him and took his education in hand. He was quick to learn, very imitative and adaptive, and built himself a hovel rather better, it seemed to me, than their own shanties. There was one among the boys a bit of a missionary, and he taught the thing to read, or at least to pick out letters, and gave him some rudimentary ideas of morality; but it seems the beast's habits were not all that is desirable.

"I rested from work for some days after this, and was in a mind to write an account of the whole affair to wake up English physiology. Then I came upon the creature squatting up in a tree and gibbering at two of the Kanakas who had been teasing him. I threatened him, told him the inhumanity of such a proceeding, aroused his sense of shame, and came home resolved to do better before I took my work back to England. I have been doing better. But somehow the things drift back again: the stubborn beast-flesh grows day by day back again. But I mean to do better things still. I mean to conquer that. This puma—

mucho. Me pareció un buen espécimen del tipo negroide cuando lo hube terminado, y yacía vendado, atado e inmóvil ante mí. Sólo cuando su vida estuvo asegurada lo dejé y volví a entrar en esta habitación, y encontré a Montgomery más o menos como usted. Había oído algunos de los gritos cuando la cosa se hizo humana, gritos como los que tanto le perturbaron a usted. Al principio no confiaba completamente en él. Y los kanakas también se habían dado cuenta de algo. Se asustaron mucho al verme. Conseguí que Montgomery se inclinara hacia mí, en cierto modo; pero yo y él tuvimos el trabajo más duro para evitar que los kanakas desertaran. Finalmente lo hicieron, y así perdimos el yate. Pasé muchos días educando al bruto, en total lo tuve tres o cuatro meses. Le enseñé los rudimentos del inglés; le di nociones para que aprendiera a contar; incluso hice que la cosa leyera el alfabeto. Pero en eso era lento, aunque he conocido idiotas más lentos. Empezó con una *tabula rasa,* mentalmente; no le quedaban recuerdos en la mente de lo que había sido. Cuando sus cicatrices se curaron del todo, y ya no tenía más dolor o rigidez, y era capaz de conversar un poco, lo llevé allá y se lo presenté a los kanakas como un polizón interesante.

«Al principio, en cierto modo, le tenían un miedo horrible, lo que me ofendió bastante, pues yo presumía con él; pero sus maneras parecían tan suaves y era tan abyecto que, al cabo de un tiempo, lo recibieron y se hicieron cargo de su educación. Aprendía rápido, imitaba mucho y se adaptaba, y se construyó una casucha bastante mejor, me pareció, que sus propios ranchos. Había uno entre los muchachos que era en cierta manera un misionero y le enseñó a leer, o al menos a distinguir las letras, y le dio algunas ideas rudimentarias de moralidad; pero parece que los hábitos de la bestia no eran del todo deseables.

«Descansé del trabajo durante algunos días después de esto, y tenía en mente escribir un relato de todo el asunto para despertar la fisiología inglesa. Entonces me encontré con la criatura acuclillada en un árbol y parloteando a dos de los kanakas que se habían burlado de él. Le amenacé, le dije la inhumanidad de tal proceder, desperté su sentido de la vergüenza y volví a casa resuelto a hacerlo mejor antes de presentar mi trabajo en Inglaterra. Lo he estado haciendo mejor. Pero de alguna manera las cosas vuelven a su cauce: la terca carne de bestia vuelve a crecer día tras día. Pero me propongo hacer aún cosas mejores. Me propongo conquistarlo. Este puma...

"But that's the story. All the Kanaka boys are dead now; one fell overboard of the launch, and one died of a wounded heel that he poisoned in some way with plant-juice. Three went away in the yacht, and I suppose and hope were drowned. The other one—was killed. Well, I have replaced them. Montgomery went on much as you are disposed to do at first, and then—

"What became of the other one?" said I, sharply,—"the other Kanaka who was killed?"

"The fact is, after I had made a number of human creatures I made a Thing—" He hesitated.

"Yes?" said I.

"It was killed."

"I don't understand," said I; "do you mean to say—"

"It killed the Kanaka—yes. It killed several other things that it caught. We chased it for a couple of days. It only got loose by accident—I never meant it to get away. It wasn't finished. It was purely an experiment. It was a limbless thing, with a horrible face, that writhed along the ground in a serpentine fashion. It was immensely strong, and in infuriating pain. It lurked in the woods for some days, until we hunted it; and then it wriggled into the northern part of the island, and we divided the party to close in upon it. Montgomery insisted upon coming with me. The man had a rifle; and when his body was found, one of the barrels was curved into the shape of an S and very nearly bitten through. Montgomery shot the thing. After that I stuck to the ideal of humanity—except for little things."

He became silent. I sat in silence watching his face.

"So for twenty years altogether—counting nine years in England—I have been going on; and there is still something in everything I do that defeats me, makes me dissatisfied, challenges me to further effort. Sometimes I rise above my level, sometimes I fall below it; but always I fall short of the things I dream. The human shape I can get now, almost with ease, so that it is lithe and graceful, or thick and

«Pero ésa es la historia. Todos los muchachos kanaka están muertos ahora; uno cayó por la borda de la lancha, y otro murió de una herida en el talón que envenenó de alguna manera con savia de plantas. Tres se fueron en el yate, y supongo, y espero, que se ahogaron. El otro murió. Bueno, los he reemplazado. Montgomery siguió, más o menos, como uno lo supone en un principio, y luego...

«¿Qué fue del otro?», dije yo, bruscamente, «¿el otro kanaka al que dieron muerte?».

«El hecho es que, después que yo hice varias criaturas humanas, hice una Cosa...». Vaciló.

«¿Sí?», dije yo.

«La mataron».

«No entiendo», dije yo; «¿quiere usted decir...?».

«La Cosa mató al kanaka... sí. Mató a varias otras cosas que atrapó. Lo perseguimos durante un par de días. Sólo se soltó por accidente, nunca quise que se escapara. No estaba acabado. Era puramente un experimento. Era una cosa sin extremidades, con una cara horrible, que se retorcía por el suelo de forma serpenteante. Era inmensamente fuerte y sufría un dolor exasperante. Acechó en el bosque durante algunos días, hasta que lo cazamos; entonces se retorció hacia la parte norte de la isla, y dividimos el grupo para acercarnos a él. Montgomery insistió en venir conmigo. El hombre tenía un rifle y, cuando se encontró su cuerpo, uno de los barriles estaba curvado en forma de S y mordido casi por todas partes. Montgomery le disparó. Después de eso me atuve al ideal de humanidad... excepto por pequeñas cosas».

Se quedó en silencio. Me quedé en silencio observando su rostro.

«Así que durante veinte años en total —contando nueve años en Inglaterra— he seguido adelante; y todavía hay algo en todo lo que hago que me derrota, me hace sentir insatisfecho, me reta a un mayor esfuerzo. A veces me elevo por encima de mi nivel, a veces caigo por debajo; pero siempre me quedo corto en lo que sueño. La forma humana puedo conseguirla ahora, casi con facilidad, de modo que sea ágil y grácil, o grue-

strong; but often there is trouble with the hands and the claws,—painful things, that I dare not shape too freely. But it is in the subtle grafting and reshaping one must needs do to the brain that my trouble lies. The intelligence is often oddly low, with unaccountable blank ends, unexpected gaps. And least satisfactory of all is something that I cannot touch, somewhere—I cannot determine where—in the seat of the emotions. Cravings, instincts, desires that harm humanity, a strange hidden reservoir to burst forth suddenly and inundate the whole being of the creature with anger, hate, or fear. These creatures of mine seemed strange and uncanny to you so soon as you began to observe them; but to me, just after I make them, they seem to be indisputably human beings. It's afterwards, as I observe them, that the persuasion fades. First one animal trait, then another, creeps to the surface and stares out at me. But I will conquer yet! Each time I dip a living creature into the bath of burning pain, I say, 'This time I will burn out all the animal; this time I will make a rational creature of my own!' After all, what is ten years? Men have been a hundred thousand in the making." He thought darkly. "But I am drawing near the fastness. This puma of mine—" After a silence, "And they revert. As soon as my hand is taken from them the beast begins to creep back, begins to assert itself again." Another long silence.

"Then you take the things you make into those dens?" said I.

"They go. I turn them out when I begin to feel the beast in them, and presently they wander there. They all dread this house and me. There is a kind of travesty of humanity over there. Montgomery knows about it, for he interferes in their affairs. He has trained one or two of them to our service. He's ashamed of it, but I believe he half likes some of those beasts. It's his business, not mine. They only sicken me with a sense of failure. I take no interest in them. I fancy they follow in the lines the Kanaka missionary marked out, and have a kind of mockery of a rational life, poor beasts! There's something they call the Law. Sing hymns about 'all thine.' They build themselves their dens, gather fruit, and pull herbs—marry even. But I can see through it all, see into their very souls, and see there nothing but the souls of beasts, beasts that perish, anger and the lusts to live and gratify themselves.—Yet they're odd; complex, like everything else alive. There is a kind of upward striving in them, part vanity, part waste sexual emotion, part waste curiosity. It only mocks me. I have

sa y fuerte; pero a menudo hay problemas con las manos y las garras... cosas dolorosas, que no me atrevo a modelar con demasiada libertad. Pero es en los sutiles injertos y remodelaciones que hay que hacer en el cerebro donde radica mi problema. La inteligencia es a menudo extrañamente baja, con inexplicables extremos en blanco, lagunas inesperadas. Y lo menos satisfactorio de todo es algo que no puedo tocar, en algún lugar —no puedo determinar dónde— del asiento de las emociones. Ansias, instintos, deseos que dañan a la humanidad, una extraña reserva oculta para estallar de repente e inundar de ira, odio o miedo todo el ser de la criatura. Estas criaturas mías le parecen extrañas e insólitas en cuanto empieza a observarlas; pero a mí, justo después de hacerlas, me parecen seres indiscutiblemente humanos. Es después, al observarlas, cuando la persuasión se desvanece. Primero un rasgo animal, luego otro, sale a la superficie y me mira fijamente. Pero ¡aún venceré! Cada vez que sumerjo a una criatura viva en el baño del dolor ardiente, me digo: "¡Esta vez quemaré todo lo animal; esta vez haré una criatura racional propiamente dicho!". Después de todo, ¿qué son diez años? Los hombres han tomado cien mil años para ser hechos». Pensó sombríamente. «Pero me estoy acercando a la base. Este puma mío...». Tras un silencio, «Y se vuelven atrás. En cuanto les quito la mano, la bestia empieza a retroceder, empieza a afirmarse de nuevo». Otro largo silencio.

«¿Lleva las cosas que hace a esas guaridas?», le dije.

«Se van. Los echo cuando empiezo a sentir la bestia en ellos, y en seguida vagan por ahí. Todos temen a esta casa y me temen a mí. Hay una especie de parodia de humanidad allí. Montgomery lo sabe, pues interfiere en sus asuntos. Ha entrenado a uno o dos de ellos para nuestro servicio. Se avergüenza de ello, pero creo que algunas de esas bestias le caen bastante bien. Es asunto suyo, no mío. Sólo me enferman con una sensación de fracaso. No me interesan. Me imagino que siguen las líneas que marcó el misionero kanaka, y tienen una especie de burla de una vida racional, ¡pobres bestias! Hay algo que llaman la Ley. Cantan himnos sobre "todo lo tuyo". Se construyen sus guaridas, recogen fruta y arrancan hierbas... incluso se casan. Pero yo puedo ver a través de todo ello, ver en sus mismas almas, y no ver allí nada más que almas de bestias, bestias que perecen, ira y lujuria por vivir y gratificarse a sí mismas... Sin embargo, son extrañas; complejas, como todo lo vivo. Hay en ellas una especie de esfuerzo ascendente, en parte vanidad, en parte derroche de emoción sexual, en parte derroche de curiosidad. Sólo se

some hope of this puma. I have worked hard at her head and brain—

"And now," said he, standing up after a long gap of silence, during which we had each pursued our own thoughts, "what do you think? Are you in fear of me still?"

I looked at him, and saw but a white-faced, white-haired man, with calm eyes. Save for his serenity, the touch almost of beauty that resulted from his set tranquillity and his magnificent build, he might have passed muster among a hundred other comfortable old gentlemen. Then I shivered. By way of answer to his second question, I handed him a revolver with either hand.

"Keep them," he said, and snatched at a yawn. He stood up, stared at me for a moment, and smiled. "You have had two eventful days," said he. "I should advise some sleep. I'm glad it's all clear. Goodnight." He thought me over for a moment, then went out by the inner door.

I immediately turned the key in the outer one. I sat down again; sat for a time in a kind of stagnant mood, so weary, emotionally, mentally, and physically, that I could not think beyond the point at which he had left me. The black window stared at me like an eye. At last with an effort I put out the light and got into the hammock. Very soon I was asleep.

burla de mí. Tengo alguna esperanza en este puma. He trabajado duro en su cabeza y cerebro...

«Y ahora», dijo él, poniéndose en pie tras un largo intervalo de silencio, durante el cual cada uno habíamos perseguido nuestros propios pensamientos, «¿qué piensa? ¿Todavía me tiene miedo?».

Le miré, y no vi más que a un hombre de rostro y pelo blancos, con ojos tranquilos. Salvo por su serenidad, se desprendía un toque casi de belleza de su tranquilidad establecida y su magnífica complexión; podría haber pasado desapercibido entre un centenar de otros confortables caballeros ancianos. Me estremecí a continuación. A modo de respuesta a su segunda pregunta, le entregué un revólver con ambas manos.

«Quédeselo», dijo, y soltó un bostezo. Se levantó, me miró un momento y sonrió. «Ha tenido dos días agitados», dijo. «Le aconsejo que duerma un poco. Me alegro de que todo esté aclarado. Buenas noches». Se quedó pensativo un momento y luego salió por la puerta interior.

Inmediatamente giré la llave en el exterior. Volví a sentarme; permanecí sentado durante un rato en una especie de estado de ánimo estancado, tan cansado, emocional, mental y físicamente, que no podía pensar más allá del punto en el que me había dejado. La ventana negra me miraba fijamente como un ojo. Por fin, con un esfuerzo, apagué la luz y me metí en la hamaca. Muy pronto me quedé dormido.

XV — CONCERNING THE BEAST FOLK

I woke early. Moreau's explanation stood before my mind, clear and definite, from the moment of my awakening. I got out of the hammock and went to the door to assure myself that the key was turned. Then I tried the window-bar, and found it firmly fixed. That these man-like creatures were in truth only bestial monsters, mere grotesque travesties of men, filled me with a vague uncertainty of their possibilities which was far worse than any definite fear.

A tapping came at the door, and I heard the glutinous accents of M'ling speaking. I pocketed one of the revolvers (keeping one hand upon it), and opened to him.

"Good-morning, sair," he said, bringing in, in addition to the customary herb-breakfast, an ill-cooked rabbit. Montgomery followed him. His roving eye caught the position of my arm and he smiled askew.

The puma was resting to heal that day; but Moreau, who was singularly solitary in his habits, did not join us. I talked with Montgomery to clear my ideas of the way in which the Beast Folk lived. In particular, I was urgent to know how these inhuman monsters were kept from falling upon Moreau and Montgomery and from rending one another. He explained to me that the comparative safety of Moreau and himself was due to the limited mental scope of these monsters. In spite of their increased intelligence and the tendency of their animal instincts to reawaken, they had certain fixed ideas implanted by Moreau in their minds, which absolutely bounded their imaginations. They were really hypnotised; had been told that certain things were impossible, and that certain things were not to be done, and these prohibitions were woven into the texture of their minds beyond any possibility of disobedience or dispute.

Certain matters, however, in which old instinct was at war with Moreau's convenience, were in a less stable condition. A series of propositions called the Law (I had already heard them recited) battled in their minds with the deep-seated, ever-rebellious cravings of their animal natures. This Law they were ever repeating, I found, and

Me desperté temprano. La explicación de Moreau se presentó ante mi mente, clara y definida, desde el momento en que me desperté. Salí de la hamaca y me acerqué a la puerta para asegurarme de que la llave estaba girada. Luego probé la barra de la ventana y la encontré firmemente sujeta. Que aquellas criaturas con aspecto de hombre fueran en realidad sólo monstruos bestiales, meras parodias grotescas de hombres, me llenaba de una vaga incertidumbre sobre sus posibilidades que era mucho peor que cualquier temor definido.

Se oyeron unos golpecitos en la puerta y oí los acentos glutinosos de M'ling al hablar. Me embolsé uno de los revólveres (manteniendo una mano sobre él), y le abrí.

«Buenos días, senior», dijo, trayendo, además del acostumbrado desayuno de hierbas, un conejo mal cocinado. Montgomery le siguió. Su mirada errante captó la posición de mi brazo y sonrió torcidamente.

El puma descansaba para curarse ese día; pero Moreau, que era singularmente solitario en sus hábitos, no se unió a nosotros. Hablé con Montgomery para aclarar mis ideas sobre la forma en que vivía la Gente Bestia. En particular, me urgía saber cómo evitaban estos monstruos inhumanos caer sobre Moreau y Montgomery y desgarrarse mutuamente. Me explicó que la relativa seguridad de Moreau y de él mismo se debía al limitado alcance mental de estos monstruos. A pesar de su mayor inteligencia y de la tendencia de sus instintos animales al despertar, tenían ciertas ideas fijas implantadas por Moreau en sus mentes, que limitaban absolutamente su imaginación. Estaban realmente hipnotizados; se les había dicho que ciertas cosas eran imposibles, y que ciertas cosas no debían hacerse, y estas prohibiciones estaban entretejidas en la textura de sus mentes más allá de cualquier posibilidad de desobediencia o disputa.

Ciertos asuntos, sin embargo, en los que el viejo instinto estaba en guerra con la conveniencia de Moreau, se encontraban en una condición menos estable. Una serie de proposiciones llamadas la Ley (ya las había oído recitar) batallaban en sus mentes con las ansias profundamente arraigadas y siempre rebeldes de sus naturalezas animales.

ever breaking. Both Montgomery and Moreau displayed particular solicitude to keep them ignorant of the taste of blood; they feared the inevitable suggestions of that flavour. Montgomery told me that the Law, especially among the feline Beast People, became oddly weakened about nightfall; that then the animal was at its strongest; that a spirit of adventure sprang up in them at the dusk, when they would dare things they never seemed to dream about by day. To that I owed my stalking by the Leopard-man, on the night of my arrival. But during these earlier days of my stay they broke the Law only furtively and after dark; in the daylight there was a general atmosphere of respect for its multifarious prohibitions.

And here perhaps I may give a few general facts about the island and the Beast People. The island, which was of irregular outline and lay low upon the wide sea, had a total area, I suppose, of seven or eight square miles.[2] It was volcanic in origin, and was now fringed on three sides by coral reefs; some fumaroles to the northward, and a hot spring, were the only vestiges of the forces that had long since originated it. Now and then a faint quiver of earthquake would be sensible, and sometimes the ascent of the spire of smoke would be rendered tumultuous by gusts of steam; but that was all. The population of the island, Montgomery informed me, now numbered rather more than sixty of these strange creations of Moreau's art, not counting the smaller monstrosities which lived in the undergrowth and were without human form. Altogether he had made nearly a hundred and twenty; but many had died, and others—like the writhing Footless Thing of which he had told me—had come by violent ends. In answer to my question, Montgomery said that they actually bore offspring, but that these generally died. When they lived, Moreau took them and stamped the human form upon them. There was no evidence of the inheritance of their acquired human characteristics. The females were less numerous than the males, and liable to much furtive persecution in spite of the monogamy the Law enjoined.

It would be impossible for me to describe these Beast People in detail; my eye has had no training in details, and unhappily I cannot sketch. Most striking, perhaps, in their general appearance was the

---

2 This description corresponds in every respect to Noble's Isle. —C. E. P.

Descubrí que repetían y quebrantaban constantemente esta Ley. Tanto Montgomery como Moreau mostraban especial solicitud por mantenerlos ignorantes del sabor de la sangre; temían las inevitables sugestiones de ese sabor. Montgomery me dijo que la Ley, especialmente entre la Gente Bestia felina, se debilitaba extrañamente hacia el anochecer; que entonces el animal estaba en su punto más fuerte; que un espíritu de aventura brotaba en ellos al anochecer, cuando se atrevían a cosas que nunca parecían soñar durante el día. A eso debí mi acecho por el Hombre Leopardo, la noche de mi llegada. Pero durante estos primeros días de mi estancia sólo infringían la Ley furtivamente y al anochecer; a la luz del día había una atmósfera general de respeto por sus múltiples prohibiciones.

Y aquí quizá pueda dar algunos datos generales sobre la isla y la Gente Bestia. La isla, que era de contorno irregular y yacía baja sobre el ancho mar, tenía una superficie total, supongo, de siete u ocho millas cuadradas[2]. Era de origen volcánico y estaba bordeada por tres lados por arrecifes de coral; algunas fumarolas hacia el norte y una fuente termal eran los únicos vestigios de las fuerzas que la habían originado hacía mucho tiempo. De vez en cuando se percibía un débil temblor de tierra, y a veces el ascenso de la aguja de humo se ponía tumultuoso por las ráfagas de vapor; pero eso era todo. La población de la isla, me informó Montgomery, contaba ahora con algo más de sesenta de estas extrañas creaciones del arte de Moreau, sin contar las monstruosidades más pequeñas que vivían en la maleza y carecían de forma humana. En total había hecho casi ciento veinte; pero muchos habían muerto y otros —como la retorcida Cosa sin pies de la que me había hablado— habían tenido un final violento. En respuesta a mi pregunta, Montgomery dijo que en realidad tenían descendencia, pero que ésta generalmente moría. Cuando vivían, Moreau las tomaba y les imprimía la forma humana. No había pruebas de la herencia de sus características humanas adquiridas. Las hembras eran menos numerosas que los machos y estaban expuestas a muchas persecuciones furtivas a pesar de la monogamia que imponía la Ley.

Me resultaría imposible describir en detalle a esta Gente Bestia; mi ojo no se ha entrenado en los detalles y, desgraciadamente, no sé hacer bocetos. Lo más llamativo, quizá, en su aspecto general era la despro-

---

2 Esta descripción corresponde en todos los aspectos a la Isla de Noble. —C. E. P.

disproportion between the legs of these creatures and the length of their bodies; and yet—so relative is our idea of **grace**—my eye became habituated to their forms, and at last I even fell in with their persuasion that my own long thighs were ungainly. Another point was the forward carriage of the head and the clumsy and inhuman curvature of the spine. Even the Ape-man lacked that inward sinuous curve of the back which makes the human figure so graceful. Most had their shoulders hunched clumsily, and their short forearms hung weakly at their sides. Few of them were conspicuously hairy, at least until the end of my time upon the island.

The next most obvious deformity was in their faces, almost all of which were prognathous, malformed about the ears, with large and protuberant noses, very furry or very bristly hair, and often strangely-coloured or strangely-placed eyes. None could laugh, though the Ape-man had a chattering titter. Beyond these general characters their heads had little in common; each preserved the quality of its particular species: the human mark distorted but did not hide the leopard, the ox, or the sow, or other animal or animals, from which the creature had been moulded. The voices, too, varied exceedingly. The hands were always malformed; and though some surprised me by their unexpected human appearance, almost all were deficient in the number of the digits, clumsy about the finger-nails, and lacking any tactile sensibility.

The two most formidable Animal Men were my Leopard-man and a creature made of hyena and swine. Larger than these were the three bull-creatures who pulled in the boat. Then came the silvery-hairy-man, who was also the Sayer of the Law, M'ling, and a satyr-like creature of ape and goat. There were three Swine-men and a Swine-woman, a mare-rhinoceros-creature, and several other females whose sources I did not ascertain. There were several wolf-creatures, a bear-bull, and a Saint-Bernard-man. I have already described the Ape-man, and there was a particularly hateful (and evil-smelling) old woman made of vixen and bear, whom I hated from the beginning. She was said to be a passionate votary of the Law. Smaller creatures were certain dappled youths and my little sloth-creature. But enough of this catalogue.

At first I had a shivering horror of the brutes, felt all too keenly that

porción entre las piernas de estas criaturas y la longitud de sus cuerpos; y sin embargo —tan relativa es nuestra idea de la gracia— mi ojo se habituó a sus formas, y al final incluso caí en su persuasión de que mis propios muslos largos eran desgarbados. Otro punto era el porte adelantado de la cabeza y la curvatura torpe e inhumana de la columna vertebral. Incluso el Hombre Mono carecía de esa curva sinuosa hacia dentro, propia a la espalda, que hace tan grácil la figura humana. La mayoría tenía los hombros torpemente encorvados y sus cortos antebrazos colgaban débilmente a los lados. Pocos de ellos eran llamativamente peludos, al menos hasta el final de mi estancia en la isla.

La siguiente deformidad más evidente estaba en sus caras, casi todas prognatas, malformadas alrededor de las orejas, con narices grandes y protuberantes, pelo muy peludo o muy erizado y, a menudo, ojos de colores extraños o extrañamente colocados. Ninguno sabía reír, aunque el Hombre Mono tenía una risita parlanchina. Más allá de estos caracteres generales, sus cabezas tenían poco en común; cada una conservaba la cualidad de su especie particular: la marca humana distorsionaba pero no ocultaba el leopardo, el buey o la cerda, u otro animal o animales, a partir de los cuales se había moldeado la criatura. También las voces variaban enormemente. Las manos estaban siempre malformadas; y aunque algunas me sorprendieron por su inesperada apariencia humana, casi todas eran deficientes en el número de los dígitos, torpes en las uñas y carentes de toda sensibilidad táctil.

Los dos Hombres Animales más formidables eran mi Hombre Leopardo y una criatura hecha de hiena y cerdo. Más grandes que éstos eran las tres criaturas toro que tiraban de la barca. Luego llegaron el hombre de pelo plateado, que también era el Recitador de la Ley, M'ling, y una criatura parecida a un sátiro, hecha de mono y cabra. Había tres Hombres Cerdo y una Mujer Cerdo, una criatura yegua rinoceronte y varias otras hembras cuya procedencia no pude averiguar. Había varias criaturas lobo, un oso toro y un Hombre San Bernardo. Ya he descrito al Hombre Mono, y había una vieja particularmente odiosa (y maloliente) hecha de zorra y oso, a la que odié desde el principio. Se decía que era una apasionada devota de la Ley. Criaturas más pequeñas eran ciertos jóvenes moteados y mi pequeña criatura perezosa. Pero basta ya de este catálogo.

Al principio sentí un horror estremecedor hacia los brutos, sentí con

they were still brutes; but insensibly I became a little habituated to the idea of them, and moreover I was affected by Montgomery's attitude towards them. He had been with them so long that he had come to regard them as almost normal human beings. His London days seemed a glorious, impossible past to him. Only once in a year or so did he go to Arica to deal with Moreau's agent, a trader in animals there. He hardly met the finest type of mankind in that seafaring village of Spanish mongrels. The men aboard-ship, he told me, seemed at first just as strange to him as the Beast Men seemed to me,—unnaturally long in the leg, flat in the face, prominent in the forehead, suspicious, dangerous, and cold-hearted. In fact, he did not like men: his heart had warmed to me, he thought, because he had saved my life. I fancied even then that he had a sneaking kindness for some of these metamorphosed brutes, a vicious sympathy with some of their ways, but that he attempted to veil it from me at first.

M'ling, the black-faced man, Montgomery's attendant, the first of the Beast Folk I had encountered, did not live with the others across the island, but in a small kennel at the back of the enclosure. The creature was scarcely so intelligent as the Ape-man, but far more docile, and the most human-looking of all the Beast Folk; and Montgomery had trained it to prepare food, and indeed to discharge all the trivial domestic offices that were required. It was a complex trophy of Moreau's horrible skill,—a bear, tainted with dog and ox, and one of the most elaborately made of all his creatures. It treated Montgomery with a strange tenderness and devotion. Sometimes he would notice it, pat it, call it half-mocking, half-jocular names, and so make it caper with extraordinary delight; sometimes he would ill-treat it, especially after he had been at the whiskey, kicking it, beating it, pelting it with stones or lighted fusees. But whether he treated it well or ill, it loved nothing so much as to be near him.

I say I became habituated to the Beast People, that a thousand things which had seemed unnatural and repulsive speedily became natural and ordinary to me. I suppose everything in existence takes its colour from the average hue of our surroundings. Montgomery and Moreau were too peculiar and individual to keep my general impressions of humanity well defined. I would see one of the clumsy

demasiada intensidad que seguían siendo brutos; pero sin darme cuenta me habitué un poco a la idea de ellos, y además me afectó la actitud de Montgomery hacia ellos. Llevaba tanto tiempo con ellos que había llegado a considerarlos seres humanos casi normales. Sus días en Londres le parecían un pasado glorioso e imposible. Sólo una vez al año, más o menos, iba a Arica para tratar con el agente de Moreau, un comerciante de animales de allí. Apenas conoció al mejor tipo de humanidad en aquel pueblo marinero de mestizos españoles. Los hombres a bordo del barco, me dijo, le parecieron al principio tan extraños como los Hombres Bestia me parecieron a mí... naturalmente largos de piernas, planos de cara, prominentes de frente, desconfiados, peligrosos y de corazón frío. De hecho, no le gustaban los hombres: su corazón se había entibiado hacia mí, pensaba, porque me había salvado la vida. Incluso entonces me imaginé que sentía una furtiva bondad por algunos de esos brutos metamorfoseados, una viciosa simpatía por algunas de sus costumbres, pero que al principio intentó ocultármelo.

M'ling, el hombre de cara negra, ayudante de Montgomery, el primero de las Personas Bestia que había encontrado, no vivía con los demás al otro lado de la isla, sino en una pequeña perrera al fondo del recinto. La criatura era apenas tan inteligente como el Hombre Mono, pero mucho más dócil, y la de aspecto más humano de todas las Personas Bestia; y Montgomery la había adiestrado para preparar la comida y, de hecho, para desempeñar todos los oficios domésticos triviales que se requerían. Era un complejo trofeo de la horrible habilidad de Moreau... un oso, con partes de perro y buey, y una de las más elaboradas de todas sus criaturas. Trataba a Montgomery con una extraña ternura y devoción. Él, a veces, se fijaba en él, lo acariciaba, le ponía apodos medio burlones, medio jocosos, y así lo hacía brincar con extraordinario deleite; otras veces lo maltrataba, sobre todo después de haber consumido whisky, dándole patadas, golpeándolo, lanzándole piedras o mechas encendidas. Pero tanto si lo trataba bien como mal, nada le gustaba tanto como estar cerca de él.

Digo que me habitué a la Gente Bestia, que mil cosas que me habían parecido antinaturales y repulsivas se convirtieron rápidamente en naturales y ordinarias para mí. Supongo que todo en la existencia toma su color del tono medio de nuestro entorno. Montgomery y Moreau eran demasiado peculiares e individuales para mantener bien definidas mis impresiones generales sobre la humanidad. Veía a una de las torpes

bovine-creatures who worked the launch treading heavily through the undergrowth, and find myself asking, trying hard to recall, how he differed from some really human yokel trudging home from his mechanical labours; or I would meet the Fox-bear woman's vulpine, shifty face, strangely human in its speculative cunning, and even imagine I had met it before in some city byway.

Yet every now and then the beast would flash out upon me beyond doubt or denial. An ugly-looking man, a hunch-backed human savage to all appearance, squatting in the aperture of one of the dens, would stretch his arms and yawn, showing with startling suddenness scissor-edged incisors and sabre-like canines, keen and brilliant as knives. Or in some narrow pathway, glancing with a transitory daring into the eyes of some lithe, white-swathed female figure, I would suddenly see (with a spasmodic revulsion) that she had slit-like pupils, or glancing down note the curving nail with which she held her shapeless wrap about her. It is a curious thing, by the bye, for which I am quite unable to account, that these weird creatures—the females, I mean—had in the earlier days of my stay an instinctive sense of their own repulsive clumsiness, and displayed in consequence a more than human regard for the decency and decorum of extensive costume.

criaturas bovinas que trabajaban en la lancha caminando pesadamente entre la maleza y me preguntaba, esforzándome por recordar, en qué se diferenciaba de algún palurdo realmente humano que volvía a casa arrastrando los pies tras sus labores mecánicas; o me encontraba con el rostro vulgar y cambiante de la Mujer Oso Zorro, extrañamente humano en su astucia especulativa, e incluso imaginaba que me lo había encontrado antes en alguna callejuela de la ciudad.

Sin embargo, de vez en cuando la bestia saltaba a mi vista más allá de toda duda o negación. Un hombre de aspecto feo, un salvaje humano jorobado en toda su apariencia, acuclillado en la abertura de una de las madrigueras, estiraba los brazos y bostezaba, mostrando con sorprendente brusquedad unos incisivos afilados como tijeras y unos caninos como sables, afilados y brillantes como cuchillos. O en algún sendero estrecho, mirando con un atrevimiento transitorio a los ojos de alguna figura femenina esbelta y enfundada en blanco, veía de repente (con una revulsión espasmódica) que tenía las pupilas como hendiduras, o miraba hacia abajo y observaba la uña curva con la que sujetaba su envoltorio informe a su alrededor. Es curioso, por cierto, y no puedo explicarlo, que estas extrañas criaturas —me refiero a las mujeres— tuvieran en los primeros días de mi estancia un sentido instintivo de su propia y repulsiva torpeza, y mostraran en consecuencia una consideración más que humana por la decencia y el decoro de un vestuario extenso.

My inexperience as a writer betrays me, and I wander from the thread of my story.

After I had breakfasted with Montgomery, he took me across the island to see the fumarole and the source of the hot spring into whose scalding waters I had blundered on the previous day. Both of us carried whips and loaded revolvers. While going through a leafy jungle on our road thither, we heard a rabbit squealing. We stopped and listened, but we heard no more; and presently we went on our way, and the incident dropped out of our minds. Montgomery called my attention to certain little pink animals with long hind-legs, that went leaping through the undergrowth. He told me they were creatures made of the offspring of the Beast People, that Moreau had invented. He had fancied they might serve for meat, but a rabbit-like habit of devouring their young had defeated this intention. I had already encountered some of these creatures,—once during my moonlight flight from the Leopard-man, and once during my pursuit by Moreau on the previous day. By chance, one hopping to avoid us leapt into the hole caused by the uprooting of a wind-blown tree; before it could extricate itself we managed to catch it. It spat like a cat, scratched and kicked vigorously with its hind-legs, and made an attempt to bite; but its teeth were too feeble to inflict more than a painless pinch. It seemed to me rather a pretty little creature; and as Montgomery stated that it never destroyed the turf by burrowing, and was very cleanly in its habits, I should imagine it might prove a convenient substitute for the common rabbit in gentlemen's parks.

We also saw on our way the trunk of a tree barked in long strips and splintered deeply. Montgomery called my attention to this. "Not to claw bark of trees, that is the Law," he said. "Much some of them care for it!" It was after this, I think, that we met the Satyr and the Ape-man. The Satyr was a gleam of classical memory on the part of Moreau,—his face ovine in expression, like the coarser Hebrew type; his voice a harsh bleat, his nether extremities Satanic. He was gnawing the husk of a pod-like fruit as he passed us. Both of them saluted Montgomery.

Mi inexperiencia como escritor me traiciona y me alejo del hilo de mi historia.

Después de desayunar con Montgomery, me llevó al otro lado de la isla para ver la fumarola y la fuente del manantial caliente en cuyas hirvientes aguas había metido el pie el día anterior. Ambos llevábamos látigos y revólveres cargados. Mientras atravesábamos una frondosa selva en nuestro camino hacia allí, oímos chillar a un conejo. Nos detuvimos y escuchamos, pero no oímos nada más; en seguida seguimos nuestro camino y el incidente desapareció de nuestras mentes. Montgomery me llamó la atención sobre unos animalitos rosados con largas patas traseras, que iban saltando entre la maleza. Me dijo que eran criaturas hechas de la descendencia de la Gente Bestia, que Moreau había inventado. Se le había antojado que podrían servir como carne, pero un hábito parecido al de los conejos de devorar a sus crías había frustrado esta intención. Ya me había encontrado con algunas de estas criaturas, una vez durante mi huida a la luz de la luna del Hombre Leopardo, y otra durante mi persecución por Moreau el día anterior. Por casualidad, uno que saltaba para evitarnos se metió en el agujero causado por la caída de un árbol derribado por el viento; antes de que pudiera zafarse conseguimos atraparlo. Escupía como un gato, arañaba y pateaba vigorosamente con sus patas traseras, e hizo un intento de morder; pero sus dientes eran demasiado débiles para infligir más que un pellizco indoloro. Me pareció una criaturita bastante bonita; y como Montgomery afirmó que nunca destruía el césped escarbando y que era muy limpio en sus hábitos, me imagino que podría resultar un sustituto conveniente del conejo común en los parques.

También vimos en nuestro camino el tronco de un árbol descortezado en largas tiras y profundamente astillado. Montgomery llamó mi atención sobre esto. «No arrancar el tronco de los árboles, esa es la Ley», dijo. «¡Cuánto les importa a algunos!». Fue después de esto, creo, cuando conocimos al Sátiro y al Hombre Mono. El Sátiro era un destello de memoria clásica por parte de Moreau… su rostro ovino en expresión, como el tipo hebreo más tosco; su voz un áspero balido, sus extremidades inferiores satánicas. Estaba royendo la cáscara de una fruta parecida a una vaina mientras pasaba junto a nosotros. Ambos saludaron a Montgomery.

"Hail," said they, "to the Other with the Whip!"

"There's a Third with a Whip now," said Montgomery. "So you'd better mind!"

"Was he not made?" said the Ape-man. "He said—he said he was made."

The Satyr-man looked curiously at me. "The Third with the Whip, he that walks weeping into the sea, has a thin white face."

"He has a thin long whip," said Montgomery.

"Yesterday he bled and wept," said the Satyr. "You never bleed nor weep. The Master does not bleed or weep."

"Ollendorffian beggar!" said Montgomery, "you'll bleed and weep if you don't look out!"

"He has five fingers, he is a five-man like me," said the Ape-man.

"Come along, Prendick," said Montgomery, taking my arm; and I went on with him.

The Satyr and the Ape-man stood watching us and making other remarks to each other.

"He says nothing," said the Satyr. "Men have voices."

"Yesterday he asked me of things to eat," said the Ape-man. "He did not know."

Then they spoke inaudible things, and I heard the Satyr laughing.

It was on our way back that we came upon the dead rabbit. The red body of the wretched little beast was rent to pieces, many of the ribs stripped white, and the backbone indisputably gnawed.

At that Montgomery stopped. "Good God!" said he, stooping down,

«¡Salve», dijeron, «al Otro con el Látigo!».

«Ahora hay un Tercero con un Látigo», dijo Montgomery. «¡Así que será mejor que tengan cuidado!».

«¿No estaba hecho?», dijo el Hombre Mono. «Dijo… dijo que estaba hecho».

El Hombre Sátiro me miró con curiosidad. «El Tercero con el Látigo, el que camina llorando hacia el mar, tiene una cara blanca y delgada».

«Tiene un látigo largo y delgado», dijo Montgomery.

«Ayer sangró y lloró», dijo el Sátiro. «Tú nunca sangras ni lloras. El Maestro no sangra ni llora».

«¡Mendigo ollendorffiano!», dijo Montgomery, «¡sangrarás y llorarás si no te cuidas!».

«Tiene cinco dedos, es un hombre cinco como yo», dijo el Hombre Mono.

«Vamos, Prendick», dijo Montgomery, cogiéndome del brazo; y yo me marché con él.

El Sátiro y el Hombre Mono se quedaron mirándonos y haciéndose otros comentarios.

«No dice nada», dijo el Sátiro. «Los hombres tienen voz».

«Ayer me preguntó por cosas de comer», dijo el Hombre Mono. «No lo sabía».

Luego hablaron cosas inaudibles y oí reír al Sátiro.

Fue en el camino de vuelta cuando nos topamos con el conejo muerto. El cuerpo rojo de la desdichada bestezuela estaba despedazado, muchas de las costillas blanqueadas y la espina dorsal indiscutiblemente roída.

En ese momento Montgomery se detuvo. «¡Dios santo!», dijo, aga-

and picking up some of the crushed vertebrae to examine them more closely. "Good God!" he repeated, "what can this mean?"

"Some carnivore of yours has remembered its old habits," I said after a pause. "This backbone has been bitten through."

He stood staring, with his face white and his lip pulled askew. "I don't like this," he said slowly.

"I saw something of the same kind," said I, "the first day I came here."

"The devil you did! What was it?"

"A rabbit with its head twisted off."

"The day you came here?"

"The day I came here. In the undergrowth at the back of the enclosure, when I went out in the evening. The head was completely wrung off."

He gave a long, low whistle.

"And what is more, I have an idea which of your brutes did the thing. It's only a suspicion, you know. Before I came on the rabbit I saw one of your monsters drinking in the stream."

"Sucking his drink?"

"Yes."

"'Not to suck your drink; that is the Law.' Much the brutes care for the Law, eh? when Moreau's not about!"

"It was the brute who chased me."

"Of course," said Montgomery; "it's just the way with carnivores. After a kill, they drink. It's the taste of blood, you know.—What was

chándose y recogiendo algunas de las vértebras aplastadas para examinarlas más de cerca. «¡Dios santo!», repitió, «¿qué puede significar esto?».

«Algún carnívoro suyo ha recordado sus viejos hábitos», dije tras una pausa. «Estas costillas han sido mordidas».

Se quedó mirando, con la cara blanca y el labio torcido. «Esto no me gusta», dijo lentamente.

«Vi algo parecido», dije, «el primer día que vine aquí».

«¡Demonios si lo hizo! ¿Qué fue?».

«Un conejo con la cabeza retorcida».

«¿El día que vino aquí?».

«El día que vine aquí. En la maleza de la parte trasera del recinto, cuando salí por la tarde. La cabeza estaba completamente arrancada».

Dio un silbido largo y bajo.

«Y lo que es más, tengo una idea de cuál de sus brutos hizo la cosa. Es sólo una sospecha, ¿sabe? Antes de encontrar al conejo vi a uno de sus monstruos bebiendo en el arroyo».

«¿Chupando al beber?».

«Sí».

«"No chupar al beber; ésa es la Ley". Mucho les importa la Ley a los brutos, ¿eh? ¡cuando no está Moreau!».

«Fue el bruto que me persiguió».

«Por supuesto», dijo Montgomery; «así son los carnívoros. Después de matar, beben. Es el sabor de la sangre, ya sabe... ¿Cómo era el bruto?»,

the brute like?" he continued. "Would you know him again?" He glanced about us, standing astride over the mess of dead rabbit, his eyes roving among the shadows and screens of greenery, the lurking-places and ambuscades of the forest that bounded us in. "The taste of blood," he said again.

He took out his revolver, examined the cartridges in it and replaced it. Then he began to pull at his dropping lip.

"I think I should know the brute again," I said. "I stunned him. He ought to have a handsome bruise on the forehead of him."

"But then we have to prove that he killed the rabbit," said Montgomery. "I wish I'd never brought the things here."

I should have gone on, but he stayed there thinking over the mangled rabbit in a puzzle-headed way. As it was, I went to such a distance that the rabbit's remains were hidden.

"Come on!" I said.

Presently he woke up and came towards me. "You see," he said, almost in a whisper, "they are all supposed to have a fixed idea against eating anything that runs on land. If some brute has by any accident tasted blood—"

We went on some way in silence. "I wonder what can have happened," he said to himself. Then, after a pause again: "I did a foolish thing the other day. That servant of mine—I showed him how to skin and cook a rabbit. It's odd—I saw him licking his hands—It never occurred to me."

Then: "We must put a stop to this. I must tell Moreau."

He could think of nothing else on our homeward journey.

Moreau took the matter even more seriously than Montgomery, and I need scarcely say that I was affected by their evident consternation.

continuó. «¿Lo reconocería?». Miró a nuestro alrededor, de pie a horcajadas sobre el revoltijo de conejo muerto, sus ojos vagaban entre las sombras y el verdor, los lugares de acecho y las emboscadas del bosque que nos rodeaba. «El sabor de la sangre», dijo de nuevo.

Sacó su revólver, examinó los cartuchos que contenía y volvió a colocárselo. Luego empezó a tirar de su labio caído.

«Creo que reconocería al bruto», dije. «Le aturdí. Debe tener un bonito moretón en la frente».

«Pero todavía tenemos que probar que mató al conejo», dijo Montgomery. «Ojalá nunca hubiera traído las cosas aquí».

Debería haber seguido adelante, pero él se quedó allí pensando en el conejo destrozado como resolviendo un rompecabezas. Así las cosas, me alejé tanto que los restos del conejo quedaron atrás.

«¡Vamos!», le dije.

Enseguida tomó consciencia y vino hacia mí. «Verá», dijo, casi en un susurro, «se supone que todos tienen una idea fija en contra de comer cualquier cosa que corra por tierra. Si algún bruto ha probado por accidente la sangre...».

Avanzamos un trecho en silencio. «Me pregunto qué puede haber pasado», se dijo. Luego, tras una pausa de nuevo: «El otro día hice una tontería. Ese criado mío... le enseñé a despellejar y cocinar un conejo. Es extraño... lo vi lamiéndose las manos... Nunca se me ocurrió».

Y luego dijo «debemos poner fin a esto. Debo decírselo a Moreau».

Él no podía pensar en otra cosa en nuestro viaje de regreso a casa.

Moreau se tomó el asunto aún más en serio que Montgomery y apenas tengo que decir que me afectó su evidente consternación.

"We must make an example," said Moreau. "I've no doubt in my own mind that the Leopard-man was the sinner. But how can we prove it? I wish, Montgomery, you had kept your taste for meat in hand, and gone without these exciting novelties. We may find ourselves in a mess yet, through it."

"I was a silly ass," said Montgomery. "But the thing's done now; and you said I might have them, you know."

"We must see to the thing at once," said Moreau. "I suppose if anything should turn up, M'ling can take care of himself?"

"I'm not so sure of M'ling," said Montgomery. "I think I ought to know him."

In the afternoon, Moreau, Montgomery, myself, and M'ling went across the island to the huts in the ravine. We three were armed; M'ling carried the little hatchet he used in chopping firewood, and some coils of wire. Moreau had a huge cowherd's horn slung over his shoulder.

"You will see a gathering of the Beast People," said Montgomery. "It is a pretty sight!"

Moreau said not a word on the way, but the expression of his heavy, white-fringed face was grimly set.

We crossed the ravine down which smoked the stream of hot water, and followed the winding pathway through the canebrakes until we reached a wide area covered over with a thick, powdery yellow substance which I believe was sulphur. Above the shoulder of a weedy bank the sea glittered. We came to a kind of shallow natural amphitheatre, and here the four of us halted. Then Moreau sounded the horn, and broke the sleeping stillness of the tropical afternoon. He must have had strong lungs. The hooting note rose and rose amidst its echoes, to at last an ear-penetrating intensity.

"Ah!" said Moreau, letting the curved instrument fall to his side again.

«Debemos dar el ejemplo», dijo Moreau. «No tengo ninguna duda de que el Hombre Leopardo cometió el pecado. Pero, ¿cómo podemos probarlo? Ojalá, Montgomery, se hubiera guardado su gusto por la carne y hubiera prescindido de estas excitantes novedades. Puede que nos encontremos en un lío ahora, por su culpa».

«Fui un asno tonto», dijo Montgomery. «Pero la cosa ya está hecha; y usted me dijo que podía traerlos, ya sabe».

«Debemos ocuparnos del asunto de inmediato», dijo Moreau. «Supongo que si surge algo, M'ling podrá cuidarse solo».

«No estoy tan seguro de M'ling», dijo Montgomery. «Creo que yo debería conocerlo».

Por la tarde, Moreau, Montgomery, yo y M'ling cruzamos la isla hasta las cabañas del barranco. Los tres íbamos armados; M'ling llevaba la pequeña hacha que utilizaba para cortar leña y algunos rollos de alambre. Moreau llevaba un enorme cuerno de vaquero colgado del hombro.

«Verá una reunión de la Gente Bestia», dijo Montgomery. «¡Es un bonito espectáculo!».

Moreau no dijo ni una palabra por el camino pero la expresión de su rostro, pesado y de bordes blancos, era adusta.

Cruzamos el barranco por el que había vapor del chorro de agua caliente y seguimos el sinuoso sendero a través de los cañaverales hasta llegar a una amplia zona cubierta de una sustancia espesa y polvorienta de color amarillo que creo que era azufre. Por encima del macizo de una orilla llena de maleza brillaba el mar. Llegamos a una especie de anfiteatro natural poco profundo, y aquí nos detuvimos los cuatro. Entonces Moreau hizo sonar el cuerno y rompió la quietud dormida de la tarde tropical. Debía de tener unos pulmones fuertes. La nota ululante subió y subió en medio de sus ecos, hasta alcanzar por fin una intensidad penetrante en los oídos.

«¡Ah!», dijo Moreau, dejando caer de nuevo el instrumento curvo a su lado.

Immediately there was a crashing through the yellow canes, and a sound of voices from the dense green jungle that marked the morass through which I had run on the previous day. Then at three or four points on the edge of the sulphurous area appeared the grotesque forms of the Beast People hurrying towards us. I could not help a creeping horror, as I perceived first one and then another trot out from the trees or reeds and come shambling along over the hot dust. But Moreau and Montgomery stood calmly enough; and, perforce, I stuck beside them.

First to arrive was the Satyr, strangely unreal for all that he cast a shadow and tossed the dust with his hoofs. After him from the brake came a monstrous lout, a thing of horse and rhinoceros, chewing a straw as it came; then appeared the Swine-woman and two Wolf-women; then the Fox-bear witch, with her red eyes in her peaked red face, and then others,—all hurrying eagerly. As they came forward they began to cringe towards Moreau and chant, quite regardless of one another, fragments of the latter half of the litany of the Law,—"His is the Hand that wounds; His is the Hand that heals," and so forth. As soon as they had approached within a distance of perhaps thirty yards they halted, and bowing on knees and elbows began flinging the white dust upon their heads.

Imagine the scene if you can! We three blue-clad men, with our misshapen black-faced attendant, standing in a wide expanse of sun-lit yellow dust under the blazing blue sky, and surrounded by this circle of crouching and gesticulating monstrosities,—some almost human save in their subtle expression and gestures, some like cripples, some so strangely distorted as to resemble nothing but the denizens of our wildest dreams; and, beyond, the reedy lines of a canebrake in one direction, a dense tangle of palm-trees on the other, separating us from the ravine with the huts, and to the north the hazy horizon of the Pacific Ocean.

"Sixty-two, sixty-three," counted Moreau. "There are four more."

"I do not see the Leopard-man," said I.

Inmediatamente se oyó un estruendo entre las cañas amarillas y un sonido de voces procedente de la densa jungla verde que demarcaba el pantano por el que había corrido el día anterior. Entonces, en tres o cuatro puntos del borde de la zona sulfurosa aparecieron las grotescas formas de las Personas Bestia que se acercaban a nosotros. No pude evitar sentir un horror espeluznante al percibir cómo primero uno y luego otro salían trotando de entre los árboles o los juncos y se acercaban arrastrándose sobre el polvo caliente. Pero Moreau y Montgomery permanecieron bastante tranquilos y, forzosamente, me quedé junto a ellos.

El primero en llegar fue el Sátiro, extrañamente irreal a pesar de que proyectaba una sombra y sacudía el polvo con sus cascos. Tras él, desde el cañaveral, llegó un patán monstruoso, una cosa entre caballo y rinoceronte, masticando paja a su paso; luego aparecieron la Mujer Cerdo y dos Mujeres Lobo; después la Bruja Oso Zorro, con sus ojos rojos en su rostro rojo con forma de pico, y luego otros, todos dándose prisa con impaciencia. A medida que se acercaban empezaron a encogerse hacia Moreau y a entonar, sin tener en cuenta a los demás, fragmentos de la última mitad de la letanía de la Ley: «Suya es la Mano que hiere; suya es la Mano que cura», etcétera. En cuanto se hubieron acercado a una distancia de unas treinta yardas, se detuvieron e inclinándose sobre rodillas y codos comenzaron a arrojarse el polvo blanco sobre la cabeza.

Imagínese el lector la escena si puede. Nosotros, tres hombres vestidos de azul, con nuestro deforme ayudante de rostro negro, de pie en una amplia extensión de polvo amarillo iluminado por el sol bajo un cielo azul resplandeciente, y rodeados por este círculo de monstruosidades agachadas y gesticulantes... algunas casi humanas salvo en su sutil expresión y sus gestos, otras como tullidos, otras tan extrañamente distorsionadas que no se parecen a nada más que a los habitantes de nuestros sueños más salvajes; y, más allá, las líneas de juncos de un cañaveral en una dirección, una densa maraña de palmeras en la otra, separándonos del barranco con las cabañas, y al norte el brumoso horizonte del océano Pacífico.

«Sesenta y dos, sesenta y tres», contó Moreau. «Hay cuatro más».

«No veo al Hombre Leopardo», dije.

Presently Moreau sounded the great horn again, and at the sound of it all the Beast People writhed and grovelled in the dust. Then, slinking out of the canebrake, stooping near the ground and trying to join the dust-throwing circle behind Moreau's back, came the Leopard-man. The last of the Beast People to arrive was the little Ape-man. The earlier animals, hot and weary with their grovelling, shot vicious glances at him.

"Cease!" said Moreau, in his firm, loud voice; and the Beast People sat back upon their hams and rested from their worshipping.

"Where is the Sayer of the Law?" said Moreau, and the hairy-grey monster bowed his face in the dust.

"Say the words!" said Moreau.

Forthwith all in the kneeling assembly, swaying from side to side and dashing up the sulphur with their hands,—first the right hand and a puff of dust, and then the left,—began once more to chant their strange litany. When they reached, "Not to eat Flesh or Fish, that is the Law," Moreau held up his lank white hand.

"Stop!" he cried, and there fell absolute silence upon them all.

I think they all knew and dreaded what was coming. I looked round at their strange faces. When I saw their wincing attitudes and the furtive dread in their bright eyes, I wondered that I had ever believed them to be men.

"That Law has been broken!" said Moreau.

"None escape," from the faceless creature with the silvery hair. "None escape," repeated the kneeling circle of Beast People.

"Who is he?" cried Moreau, and looked round at their faces, cracking his whip. I fancied the Hyena-swine looked dejected, so too did the Leopard-man. Moreau stopped, facing this creature, who cringed towards him with the memory and dread of infinite torment.

"Who is he?" repeated Moreau, in a voice of thunder.

En ese momento, Moreau hizo sonar de nuevo el gran cuerno y, al oírlo, toda la Gente Bestia se retorció y se arrastró por el polvo. Entonces, escabulléndose del cañaveral, agachándose cerca del suelo e intentando unirse al círculo que arrojaba polvo a espaldas de Moreau, llegó el Hombre Leopardo. El último de la Gente Bestia en llegar fue el pequeño Hombre Mono. Los animales que llegaron antes, acalorados y cansados de revolcarse, le lanzaron miradas de recelo.

«¡Alto!», dijo Moreau, con su voz firme y fuerte; y la Gente Bestia se sentó de nuevo sobre sus jamones y descansó de su adoración.

«¿Dónde está el Recitador de la Ley?», dijo Moreau, y el monstruo gris y peludo inclinó la cara en el polvo.

«¡Di las palabras!», dijo Moreau.

A continuación, todos en la asamblea arrodillada, balanceándose de un lado a otro y levantando el azufre con las manos —primero la derecha y una bocanada de polvo, y luego la izquierda— comenzaron una vez más a entonar su extraña letanía. Cuando llegaron a «No comer carne ni pescado, ésa es la Ley», Moreau levantó su mano blanca y larguirucha.

«¡Alto!», gritó, y se hizo un silencio absoluto sobre todos ellos.

Creo que todos sabían y temían lo que se avecinaba. Miré a mi alrededor, a sus extraños rostros. Cuando vi sus muecas de dolor y el pavor furtivo en sus ojos brillantes, me pregunté si alguna vez había creído que eran hombres.

«¡Se ha quebrantado la Ley!», dijo Moreau.

«Ninguno escapa», salió de la criatura sin rostro con el pelo plateado. «Ninguno escapa», repitió el círculo arrodillado de la Gente Bestia.

«¿Quién fue?», gritó Moreau, y les miró a la cara, haciendo restallar su látigo. El Hiena Cerdo parecía abatido, al igual que el Hombre Leopardo. Moreau se detuvo, frente a esta criatura, que se encogió hacia él con el recuerdo y el temor de un tormento infinito.

«¿Quién fue?», repitió Moreau, con voz de trueno.

"Evil is he who breaks the Law," chanted the Sayer of the Law.

Moreau looked into the eyes of the Leopard-man, and seemed to be dragging the very soul out of the creature.

"Who breaks the Law—" said Moreau, taking his eyes off his victim, and turning towards us (it seemed to me there was a touch of exultation in his voice).

"Goes back to the House of Pain," they all clamoured,—"goes back to the House of Pain, O Master!"

"Back to the House of Pain,—back to the House of Pain," gabbled the Ape-man, as though the idea was sweet to him.

"Do you hear?" said Moreau, turning back to the criminal, "my friend—Hullo!"

For the Leopard-man, released from Moreau's eye, had risen straight from his knees, and now, with eyes aflame and his huge feline tusks flashing out from under his curling lips, leapt towards his tormentor. I am convinced that only the madness of unendurable fear could have prompted this attack. The whole circle of threescore monsters seemed to rise about us. I drew my revolver. The two figures collided. I saw Moreau reeling back from the Leopard-man's blow. There was a furious yelling and howling all about us. Every one was moving rapidly. For a moment I thought it was a general revolt. The furious face of the Leopard-man flashed by mine, with M'ling close in pursuit. I saw the yellow eyes of the Hyena-swine blazing with excitement, his attitude as if he were half resolved to attack me. The Satyr, too, glared at me over the Hyena-swine's hunched shoulders. I heard the crack of Moreau's pistol, and saw the pink flash dart across the tumult. The whole crowd seemed to swing round in the direction of the glint of fire, and I too was swung round by the magnetism of the movement. In another second I was running, one of a tumultuous shouting crowd, in pursuit of the escaping Leopard-man.

That is all I can tell definitely. I saw the Leopard-man strike

«Malvado es el que quebranta la Ley», cantó el Recitador de la Ley.

Moreau miró a los ojos del Hombre Leopardo, y parecía estar sacando el alma misma de la criatura.

«El que quebranta la Ley…», dijo Moreau, apartando los ojos de su víctima, y volviéndose hacia nosotros (me pareció que había un toque de euforia en su voz).

«Vuelve a la Casa del Dolor», clamaron todos… «¡vuelve a la Casa del Dolor, oh Maestro!».

«De vuelta a la Casa del Dolor… de vuelta a la Casa del Dolor», farfulló el Hombre Mono, como si la idea le resultara dulce.

«¿Oyes?», dijo Moreau, volviéndose hacia el criminal, «¡mi amigo…! ¡Oh!».

Porque el Hombre Leopardo, liberado de los ojos de Moreau, se había levantado de sus rodillas y ahora, con los ojos encendidos y sus enormes colmillos felinos relampagueando bajo sus labios curvados, saltó hacia su atormentador. Estoy convencido de que sólo la locura de un miedo insoportable podía haber provocado este ataque. Todo el círculo de trescientos monstruos parecía levantarse a nuestro alrededor. Desenfundé mi revólver. Las dos figuras chocaron. Vi a Moreau retroceder tambaleándose por el golpe del Hombre Leopardo. Había un furioso griterío y aullidos a nuestro alrededor. Todos se movían rápidamente. Por un momento pensé que se trataba de una revuelta general. El rostro furioso del Hombre Leopardo pasó junto al mío, con M'ling siguiéndolo de cerca. Vi los ojos amarillos de la Hiena Cerdo ardiendo de excitación, su actitud como si estuviera decidido a medias a atacarme. El Sátiro también me miraba por encima de los hombros encorvados del Hiena Cerdo. Oí el chasquido de la pistola de Moreau y vi el destello rosado lanzarse a través del tumulto. Toda la multitud pareció girar en torno a la dirección del destello de fuego, y yo también me dejé llevar por el magnetismo del movimiento. Inmediatamente después estaba corriendo, uno más de la tumultuosa multitud que gritaba, en persecución del Hombre Leopardo que escapaba.

Eso es todo lo que puedo contar definitivamente. Vi cómo el Hom-

Moreau, and then everything spun about me until I was running headlong. M'ling was ahead, close in pursuit of the fugitive. Behind, their tongues already lolling out, ran the Wolf-women in great leaping strides. The Swine folk followed, squealing with excitement, and the two Bull-men in their swathings of white. Then came Moreau in a cluster of the Beast People, his wide-brimmed straw hat blown off, his revolver in hand, and his lank white hair streaming out. The Hyena-swine ran beside me, keeping pace with me and glancing furtively at me out of his feline eyes, and the others came pattering and shouting behind us.

The Leopard-man went bursting his way through the long canes, which sprang back as he passed, and rattled in M'ling's face. We others in the rear found a trampled path for us when we reached the brake. The chase lay through the brake for perhaps a quarter of a mile, and then plunged into a dense thicket, which retarded our movements exceedingly, though we went through it in a crowd together,—fronds flicking into our faces, ropy creepers catching us under the chin or gripping our ankles, thorny plants hooking into and tearing cloth and flesh together.

"He has gone on all-fours through this," panted Moreau, now just ahead of me.

"None escape," said the Wolf-bear, laughing into my face with the exultation of hunting. We burst out again among rocks, and saw the quarry ahead running lightly on all-fours and snarling at us over his shoulder. At that the Wolf Folk howled with delight. The Thing was still clothed, and at a distance its face still seemed human; but the carriage of its four limbs was feline, and the furtive droop of its shoulder was distinctly that of a hunted animal. It leapt over some thorny yellow-flowering bushes, and was hidden. M'ling was halfway across the space.

Most of us now had lost the first speed of the chase, and had fallen into a longer and steadier stride. I saw as we traversed the open that the pursuit was now spreading from a column into a line. The Hyena-swine still ran close to me, watching me as it ran, every now and then puckering its muzzle with a snarling laugh. At the edge of the rocks the Leopard-man, realising that he was making for the project-

bre Leopardo golpeaba a Moreau, y entonces todo giró a mi alrededor hasta que corrí de cabeza. M'ling iba delante, persiguiendo de cerca al fugitivo. Detrás, ya con la lengua fuera, corrían las Mujeres Lobo a grandes zancadas. Les seguían los Cerdos, chillando de excitación, y los dos Hombres Toro en sus hileras de blanco. Luego llegó Moreau con un grupo de la Gente Bestia, con su sombrero de paja de ala ancha al viento, su revólver en la mano y su lacio pelo blanco suelto. El Hiena Cerdo corría a mi lado, siguiendo mi ritmo y echándome furtivas miradas con sus ojos felinos, y los demás venían trotando y gritando detrás de nosotros.

El Hombre Leopardo se abrió paso entre las largas cañas, que saltaron hacia atrás a su paso y traquetearon en la cara de M'ling. Los que íbamos en la retaguardia encontramos un camino pisoteado cuando llegamos al cañaveral. La persecución discurrió a través del cañaveral durante un cuarto de milla y luego se internó en una densa espesura, que retrasó mucho nuestros movimientos, aunque la atravesamos en tropel, con las frondas golpeándonos en la cara, las enredaderas agarrándonos por debajo de la barbilla o por los tobillos, las plantas espinosas enganchándose y desgarrando la tela y la carne a la vez.

«Ha pasado a cuatro patas por esto», jadeó Moreau, ahora justo delante de mí.

«Ninguno escapa», dijo el Oso Lobo, riéndose en mi cara con la euforia de la caza. Irrumpimos de nuevo entre las rocas, y vimos a la presa delante corriendo ligeramente a cuatro patas y gruñéndonos por encima del hombro. Ante eso la Gente Lobo aulló de alegría. La Cosa seguía vestida, y a distancia su rostro aún parecía humano; pero el porte de sus cuatro extremidades era felino, y la furtiva caída de su hombro era claramente la de un animal cazado. Saltó por encima de unos arbustos espinosos de flores amarillas y se ocultó. M'ling estaba a medio camino.

La mayoría de nosotros habíamos perdido ahora la velocidad inicial de la persecución y habíamos adoptado un paso más largo y firme. Vi mientras atravesábamos el descampado que la persecución se extendía ahora de una columna a una línea. El Hiena Cerdo seguía corriendo cerca de mí, observándome mientras corría, de vez en cuando frunciendo el hocico con una risa gruñona. Al borde de las rocas, el Hombre Leo-

ing cape upon which he had stalked me on the night of my arrival, had doubled in the undergrowth; but Montgomery had seen the manoeuvre, and turned him again. So, panting, tumbling against rocks, torn by brambles, impeded by ferns and reeds, I helped to pursue the Leopard-man who had broken the Law, and the Hyena-swine ran, laughing savagely, by my side. I staggered on, my head reeling and my heart beating against my ribs, tired almost to death, and yet not daring to lose sight of the chase lest I should be left alone with this horrible companion. I staggered on in spite of infinite fatigue and the dense heat of the tropical afternoon.

At last the fury of the hunt slackened. We had pinned the wretched brute into a corner of the island. Moreau, whip in hand, marshalled us all into an irregular line, and we advanced now slowly, shouting to one another as we advanced and tightening the cordon about our victim. He lurked noiseless and invisible in the bushes through which I had run from him during that midnight pursuit.

"Steady!" cried Moreau, "steady!" as the ends of the line crept round the tangle of undergrowth and hemmed the brute in.

"Ware a rush!" came the voice of Montgomery from beyond the thicket.

I was on the slope above the bushes; Montgomery and Moreau beat along the beach beneath. Slowly we pushed in among the fretted network of branches and leaves. The quarry was silent.

"Back to the House of Pain, the House of Pain, the House of Pain!" yelped the voice of the Ape-man, some twenty yards to the right.

When I heard that, I forgave the poor wretch all the fear he had inspired in me. I heard the twigs snap and the boughs swish aside before the heavy tread of the Horse-rhinoceros upon my right. Then suddenly through a polygon of green, in the half darkness under the luxuriant growth, I saw the creature we were hunting. I halted. He was crouched together into the smallest possible compass, his luminous green eyes turned over his shoulder regarding me.

pardo, dándose cuenta de que se dirigía hacia el cabo saliente sobre el que me había acechado la noche de mi llegada, se agachó entre la maleza; pero Montgomery había visto la maniobra y lo hizo girar de nuevo. Así que, jadeante, dando tumbos contra las rocas, desgarrado por las zarzas, obstaculizado por los helechos y los juncos, ayudé a perseguir al Hombre Leopardo que había infringido la Ley, y el Hiena Cerdo corría, riendo salvajemente, a mi lado. Avancé tambaleándome, con la cabeza también tambaleante y el corazón latiéndome contra las costillas, cansado casi hasta la muerte y, sin embargo, sin atreverme a perder de vista la persecución para no quedarme solo con este horrible compañero. Seguí tambaleándome a pesar de la infinita fatiga y del denso calor de la tarde tropical.

Por fin aflojó la furia de la caza. Habíamos inmovilizado al desdichado bruto en un rincón de la isla. Moreau, látigo en mano, nos reunió a todos en una línea irregular y ahora avanzábamos lentamente, gritándonos unos a otros mientras seguíamos y estrechando el cerco sobre nuestra víctima. Acechaba silencioso e invisible entre los arbustos por los que yo había huido de él durante aquella persecución de medianoche.

«¡Quieto!», gritó Moreau, «¡quieto!», mientras los extremos de la línea se deslizaban por la maraña de maleza y acorralaban al bruto.

«¡Cuánta prisa!», se escuchó decir en la voz de Montgomery desde más allá de la espesura.

Yo estaba en la ladera por encima de los arbustos; Montgomery y Moreau avanzaban por la playa por debajo. Lentamente nos adentramos entre la calada red de ramas y hojas. La cantera estaba en silencio.

«¡De vuelta a la Casa del Dolor, la Casa del Dolor, la Casa del Dolor!», gritó la voz del Hombre Mono, a unas veinte yardas a la derecha.

Cuando oí eso, perdoné al pobre infeliz todo el miedo que me había inspirado. Oí el chasquido de las ramitas y el aleteo de las ramas ante la pesada pisada del Caballo Rinoceronte a mi derecha. Entonces, de repente, a través de un polígono verde, en la penumbra bajo la frondosa vegetación, vi a la criatura que estábamos cazando. Me detuve. Estaba agazapado en el menor espacio posible, con sus luminosos ojos verdes vueltos sobre el hombro mirándome.

It may seem a strange contradiction in me,—I cannot explain the fact,—but now, seeing the creature there in a perfectly animal attitude, with the light gleaming in its eyes and its imperfectly human face distorted with terror, I realised again the fact of its humanity. In another moment other of its pursuers would see it, and it would be overpowered and captured, to experience once more the horrible tortures of the enclosure. Abruptly I slipped out my revolver, aimed between its terror-struck eyes, and fired. As I did so, the Hyena-swine saw the Thing, and flung itself upon it with an eager cry, thrusting thirsty teeth into its neck. All about me the green masses of the thicket were swaying and cracking as the Beast People came rushing together. One face and then another appeared.

"Don't kill it, Prendick!" cried Moreau. "Don't kill it!" and I saw him stooping as he pushed through under the fronds of the big ferns.

In another moment he had beaten off the Hyena-swine with the handle of his whip, and he and Montgomery were keeping away the excited carnivorous Beast People, and particularly M'ling, from the still quivering body. The hairy-grey Thing came sniffing at the corpse under my arm. The other animals, in their animal ardour, jostled me to get a nearer view.

"Confound you, Prendick!" said Moreau. "I wanted him."

"I'm sorry," said I, though I was not. "It was the impulse of the moment." I felt sick with exertion and excitement. Turning, I pushed my way out of the crowding Beast People and went on alone up the slope towards the higher part of the headland. Under the shouted directions of Moreau I heard the three white-swathed Bull-men begin dragging the victim down towards the water.

It was easy now for me to be alone. The Beast People manifested a quite human curiosity about the dead body, and followed it in a thick knot, sniffing and growling at it as the Bull-men dragged it down the beach. I went to the headland and watched the bull-men, black against the evening sky as they carried the weighted dead body out to sea; and like a wave across my mind came the realisation of the unspeakable aimlessness of things upon the island. Upon the beach among the rocks beneath me were the Ape-man, the Hyena-swine,

Puede parecer una extraña contradicción en mí —no puedo explicar el hecho— pero ahora, viendo a la criatura allí en una actitud perfectamente animal, con la luz brillando en sus ojos y su rostro imperfectamente humano distorsionado por el terror, me di cuenta de nuevo del hecho de su humanidad. En un instante la verían otros de sus perseguidores, y sería dominada y capturada, para experimentar una vez más las horribles torturas del encierro. Bruscamente saqué mi revólver, apunté entre sus ojos aterrorizados y disparé. Mientras lo hacía, el Hiena Cerdo vio a la Cosa y se lanzó sobre ella con un grito ansioso, clavándole unos dientes sedientos en el cuello. A mi alrededor, las masas verdes de la espesura se balanceaban y crujían cuando la Gente Bestia se acercó corriendo. Apareció un rostro y luego otro.

«¡No lo mate, Prendick!», gritó Moreau. «¡No lo mate!», y le vi agacharse mientras se abría paso bajo las frondas de los grandes helechos.

En un instante había apartado al Hiena Cerdo con el mango de su látigo, y él y Montgomery estaban alejando a las excitadas Personas Bestia carnívoras, y en particular a M'ling, del cuerpo aún tembloroso. La Cosa gris y peluda se acercó olfateando el cadáver que yo llevaba bajo el brazo. Los otros animales, en su ardor animal, me empujaron para ver más de cerca.

«¡Maldito sea, Prendick!», dijo Moreau. «Yo lo quería».

«Lo siento», dije, aunque no lo sentía. «Fue el impulso del momento». Me sentía enfermo por el esfuerzo y la excitación. Dándome la vuelta, me abrí paso entre la aglomeración de Gente Bestia y seguí solo ladera arriba hacia la parte más alta del promontorio. Bajo las indicaciones dadas a los gritos de Moreau oí cómo los tres Hombres Toro enfundados en blanco empezaban a arrastrar a la víctima hacia el agua.

Ahora era fácil estar solo. La Gente Bestia manifestó una curiosidad bastante humana por el cadáver y lo siguió en un espeso nudo, olfateándolo y gruñendo mientras los Hombres Toro lo arrastraban por la playa. Me acerqué al promontorio y observé a los Hombres Toro, negros contra el cielo del atardecer, mientras llevaban el pesado cadáver mar adentro; y como una ola atravesó mi mente la comprensión de la indecible falta de rumbo de las cosas en la isla. En la playa, entre las rocas debajo de mí, estaban el Hombre Mono, el Hiena Cerdo y varios otros ejemplares

and several other of the Beast People, standing about Montgomery and Moreau. They were all still intensely excited, and all overflowing with noisy expressions of their loyalty to the Law; yet I felt an absolute assurance in my own mind that the Hyena-swine was implicated in the rabbit-killing. A strange persuasion came upon me, that, save for the grossness of the line, the grotesqueness of the forms, I had here before me the whole balance of human life in miniature, the whole interplay of instinct, reason, and fate in its simplest form. The Leopard-man had happened to go under: that was all the difference. Poor brute!

Poor brutes! I began to see the viler aspect of Moreau's cruelty. I had not thought before of the pain and trouble that came to these poor victims after they had passed from Moreau's hands. I had shivered only at the days of actual torment in the enclosure. But now that seemed to me the lesser part. Before, they had been beasts, their instincts fitly adapted to their surroundings, and happy as living things may be. Now they stumbled in the shackles of humanity, lived in a fear that never died, fretted by a law they could not understand; their mock-human existence, begun in an agony, was one long internal struggle, one long dread of Moreau—and for what? It was the wantonness of it that stirred me.

Had Moreau had any intelligible object, I could have sympathised at least a little with him. I am not so squeamish about pain as that. I could have forgiven him a little even, had his motive been only hate. But he was so irresponsible, so utterly careless! His curiosity, his mad, aimless investigations, drove him on; and the Things were thrown out to live a year or so, to struggle and blunder and suffer, and at last to die painfully. They were wretched in themselves; the old animal hate moved them to trouble one another; the Law held them back from a brief hot struggle and a decisive end to their natural animosities.

In those days my fear of the Beast People went the way of my personal fear for Moreau. I fell indeed into a morbid state, deep and enduring, and alien to fear, which has left permanent scars upon my mind. I must confess that I lost faith in the sanity of the world when I saw it suffering the painful disorder of this island. A blind Fate, a vast pitiless mechanism, seemed to cut and shape the fabric of ex-

de la Gente Bestia, de pie alrededor de Montgomery y Moreau. Todos estaban todavía intensamente excitados, y todos desbordaban ruidosas expresiones de su lealtad a la Ley; sin embargo, yo sentía una absoluta seguridad en mi propia mente de que el Hiena Cerdo estaba implicada en la matanza del conejo. Se apoderó de mí una extraña persuasión de que, salvo por lo grosero de la fila, lo grotesco de las formas, tenía aquí ante mí todo el equilibrio de la vida humana en miniatura, toda la interacción del instinto, la razón y el destino en su forma más simple. El Hombre Leopardo se había echado abajo: ésa era toda la diferencia. ¡Pobre bruto!

¡Pobres brutos! Empecé a ver el aspecto más vil de la crueldad de Moreau. No había pensado antes en el dolor y los problemas que les sobrevenían a estas pobres víctimas después de pasar por las manos de Moreau. Sólo me habían estremecido los días de tormento real en el encierro. Pero ahora eso me parecía lo de menos. Antes habían sido bestias, con sus instintos bien adaptados a su entorno, y felices como pueden serlo los seres vivos. Ahora tropezaban con los grilletes de la humanidad, vivían en un miedo que nunca moría, atemorizados por una ley que no podían comprender; su existencia falsamente humana, iniciada en una agonía, era una larga lucha interna, un largo temor a Moreau, ¿y para qué? Fue su desenfreno lo que me conmovió.

Si Moreau hubiera tenido algún objeto inteligible, podría haber simpatizado al menos un poco con él. No soy tan aprensivo con el dolor. Incluso podría haberle perdonado un poco, si su motivo hubiera sido sólo el odio. Pero era tan irresponsable, ¡tan completamente descuidado! Su curiosidad, sus investigaciones locas y sin rumbo, le impulsaban a seguir adelante; y las Cosas eran arrojadas a vivir un año más o menos, a luchar y a equivocarse y a sufrir, y al final a morir dolorosamente. Eran desdichados en sí mismos; el viejo odio animal les movía a molestarse unos a otros; la Ley les impedía una breve lucha ardiente y un final decisivo a sus animosidades naturales.

En aquellos días, mi miedo a la Gente Bestia siguió el camino de mi miedo personal a Moreau. Caí de hecho en un estado mórbido, profundo y duradero, y ajeno al miedo, que ha dejado cicatrices permanentes en mi mente. Debo confesar que perdí la fe en la cordura del mundo cuando lo vi sufrir el doloroso desorden de esta isla. Un Destino ciego, un vasto mecanismo despiadado, parecía cortar y dar forma al tejido de

istence and I, Moreau (by his passion for research), Montgomery (by his passion for drink), the Beast People with their instincts and mental restrictions, were torn and crushed, ruthlessly, inevitably, amid the infinite complexity of its incessant wheels. But this condition did not come all at once: I think indeed that I anticipate a little in speaking of it now.

la existencia y yo, Moreau (por su pasión por la investigación), Montgomery (por su pasión por la bebida), la Gente Bestia con sus instintos y restricciones mentales, éramos desgarrados y aplastados, sin piedad, inevitablemente, en medio de la infinita complejidad de sus ruedas incesantes. Pero esta condición no llegó de golpe: creo, de hecho, que me anticipo un poco al hablar de ella ahora.

XVII — A CATASTROPHE

Scarcely six weeks passed before I had lost every feeling but dislike and abhorrence for this infamous experiment of Moreau's. My one idea was to get away from these horrible caricatures of my Maker's image, back to the sweet and wholesome intercourse of men. My fellow-creatures, from whom I was thus separated, began to assume idyllic virtue and beauty in my memory. My first friendship with Montgomery did not increase. His long separation from humanity, his secret vice of drunkenness, his evident sympathy with the Beast People, tainted him to me. Several times I let him go alone among them. I avoided intercourse with them in every possible way. I spent an increasing proportion of my time upon the beach, looking for some liberating sail that never appeared,—until one day there fell upon us an appalling disaster, which put an altogether different aspect upon my strange surroundings.

It was about seven or eight weeks after my landing,—rather more, I think, though I had not troubled to keep account of the time,— when this catastrophe occurred. It happened in the early morning— I should think about six. I had risen and breakfasted early, having been aroused by the noise of three Beast Men carrying wood into the enclosure.

After breakfast I went to the open gateway of the enclosure, and stood there smoking a cigarette and enjoying the freshness of the early morning. Moreau presently came round the corner of the enclosure and greeted me. He passed by me, and I heard him behind me unlock and enter his laboratory. So indurated was I at that time to the abomination of the place, that I heard without a touch of emotion the puma victim begin another day of torture. It met its persecutor with a shriek, almost exactly like that of an angry virago.

Then suddenly something happened,—I do not know what, to this day. I heard a short, sharp cry behind me, a fall, and turning saw an awful face rushing upon me,—not human, not animal, but hellish, brown, seamed with red branching scars, red drops starting out upon it, and the lidless eyes ablaze. I threw up my arm to defend myself from the blow that flung me headlong with a broken forearm; and the great monster, swathed in lint and with red-stained bandages

Apenas transcurrieron seis semanas antes de que hubiera perdido todo sentimiento que no fuera desagrado y aborrecimiento por este infame experimento de Moreau. Mi única idea era alejarme de estas horribles caricaturas de la imagen de mi Hacedor, volver al dulce y sano trato de los hombres. Mis semejantes, de los que así me separaba, empezaron a asumir en mi memoria una virtud y una belleza idílicas. Mi primera amistad con Montgomery no aumentó. Su larga separación de la humanidad, su vicio secreto por la embriaguez, su evidente simpatía por la Gente Bestia, lo mancharon para mí. Varias veces le dejé ir solo entre ellos. Evité el trato con ellos de todas las maneras posibles. Pasaba una proporción cada vez mayor de mi tiempo en la playa, buscando alguna vela liberadora que nunca aparecía… hasta que un día ocurrió entre nosotros un desastre espantoso, que puso un aspecto totalmente diferente a mi extraño entorno.

Fue unas siete u ocho semanas después de mi desembarco —más bien más, creo, aunque no me había preocupado de llevar la cuenta del tiempo— cuando ocurrió esta catástrofe. Ocurrió de madrugada… creo que hacia las seis. Me había levantado y desayunado temprano, habiendo sido despertado por el ruido de tres Hombres Bestia que llevaban leña al recinto.

Después de desayunar me dirigí a la puerta abierta del recinto y me quedé allí fumando un cigarrillo y disfrutando de la frescura de la madrugada. Al poco, Moreau dobló la esquina del recinto y me saludó. Pasó a mi lado y le oí detrás de mí abrir y entrar en su laboratorio. Tan acostumbrado estaba yo en aquel momento a la abominación del lugar, que oí sin un ápice de emoción a la víctima puma comenzar otro día de tortura. Se enfrentó a su perseguidor con un chillido, casi exactamente igual al de una virago furiosa.

Entonces, de repente, ocurrió algo, hasta el día de hoy no sé qué. Oí un grito corto y agudo detrás de mí, una caída, y al volverme vi un rostro espantoso que se abalanzaba sobre mí: no humano, ni animal, sino infernal, moreno, surcado de cicatrices rojas ramificadas, gotas rojas que brotaban sobre él, y los ojos sin párpados, ardiendo. Levanté el brazo para defenderme del golpe que me lanzó de cabeza y me dejó con el antebrazo roto; y el gran monstruo, envuelto en lino y con vendas mancha-

fluttering about it, leapt over me and passed. I rolled over and over down the beach, tried to sit up, and collapsed upon my broken arm. Then Moreau appeared, his massive white face all the more terrible for the blood that trickled from his forehead. He carried a revolver in one hand. He scarcely glanced at me, but rushed off at once in pursuit of the puma.

I tried the other arm and sat up. The muffled figure in front ran in great striding leaps along the beach, and Moreau followed her. She turned her head and saw him, then doubling abruptly made for the bushes. She gained upon him at every stride. I saw her plunge into them, and Moreau, running slantingly to intercept her, fired and missed as she disappeared. Then he too vanished in the green confusion. I stared after them, and then the pain in my arm flamed up, and with a groan I staggered to my feet. Montgomery appeared in the doorway, dressed, and with his revolver in his hand.

"Great God, Prendick!" he said, not noticing that I was hurt, "that brute's loose! Tore the fetter out of the wall! Have you seen them?" Then sharply, seeing I gripped my arm, "What's the matter?"

"I was standing in the doorway," said I.

He came forward and took my arm. "Blood on the sleeve," said he, and rolled back the flannel. He pocketed his weapon, felt my arm about painfully, and led me inside. "Your arm is broken," he said, and then, "Tell me exactly how it happened—what happened?"

I told him what I had seen; told him in broken sentences, with gasps of pain between them, and very dexterously and swiftly he bound my arm meanwhile. He slung it from my shoulder, stood back and looked at me.

"You'll do," he said. "And now?"

He thought. Then he went out and locked the gates of the enclosure. He was absent some time.

I was chiefly concerned about my arm. The incident seemed mere-

das de rojo revoloteando a su alrededor, saltó sobre mí y siguió camino. Rodé una y otra vez por la playa, intenté incorporarme y me desplomé sobre mi brazo roto. Entonces apareció Moreau, con su rostro blanco y macizo aún más terrible por la sangre que le chorreaba de la frente. Llevaba un revólver en una mano. Apenas me dirigió una mirada y salió corriendo de inmediato en persecución del puma.

Probé con el otro brazo y me incorporé. La figura de delante corría a grandes zancadas por la playa y Moreau la siguió. Ella volvió la cabeza y le vio, luego doblando bruscamente se dirigió hacia los arbustos. Le ganaba a cada zancada. La vi zambullirse en los arbustos y Moreau, corriendo oblicuamente para interceptarla, disparó y falló mientras ella desaparecía. Luego él también se desvaneció en la verde confusión. Me quedé mirando tras ellos, y entonces el dolor de mi brazo se enardeció, y con un gemido me puse en pie tambaleándome. Montgomery apareció en la puerta, vestido y con el revólver en la mano.

«¡Santo Dios, Prendick!», dijo, sin darse cuenta de que yo estaba herido, «¡ese bruto está suelto! ¡Arrancó el grillete de la pared! ¿Los ha visto?». Luego bruscamente, al ver que me agarraba el brazo: «¿Qué sucede?».

«Estaba de pie en la puerta», dije.

Se acercó y me cogió del brazo. «Sangre en la manga», dijo, y se arremangó la franela. Se guardó el arma en el bolsillo, me palpó el brazo y sentí dolor; me condujo al interior. «Tiene el brazo quebrado», dijo, y luego: «Cuénteme exactamente cómo ocurrió... ¿qué pasó?».

Le conté lo que había visto; se lo dije con frases entrecortadas, con jadeos de dolor entre ellas, y muy hábil y rápidamente me ató el brazo mientras tanto. Me colgó el cabestrillo del hombro, se apartó y me miró.

«Con esto estará bien», dijo. «¿Y ahora?».

Él pensó. Luego salió y cerró las puertas del recinto. Estuvo ausente algún tiempo.

Me preocupaba sobre todo mi brazo. El incidente me pareció simple-

ly one more of many horrible things. I sat down in the deck chair, and I must admit swore heartily at the island. The first dull feeling of injury in my arm had already given way to a burning pain when Montgomery reappeared. His face was rather pale, and he showed more of his lower gums than ever.

"I can neither see nor hear anything of him," he said. "I've been thinking he may want my help." He stared at me with his expressionless eyes. "That was a strong brute," he said. "It simply wrenched its fetter out of the wall." He went to the window, then to the door, and there turned to me. "I shall go after him," he said. "There's another revolver I can leave with you. To tell you the truth, I feel anxious somehow."

He obtained the weapon, and put it ready to my hand on the table; then went out, leaving a restless contagion in the air. I did not sit long after he left, but took the revolver in hand and went to the doorway.

The morning was as still as death. Not a whisper of wind was stirring; the sea was like polished glass, the sky empty, the beach desolate. In my half-excited, half-feverish state, this stillness of things oppressed me. I tried to whistle, and the tune died away. I swore again,—the second time that morning. Then I went to the corner of the enclosure and stared inland at the green bush that had swallowed up Moreau and Montgomery. When would they return, and how? Then far away up the beach a little grey Beast Man appeared, ran down to the water's edge and began splashing about. I strolled back to the doorway, then to the corner again, and so began pacing to and fro like a sentinel upon duty. Once I was arrested by the distant voice of Montgomery bawling, "Coo-ee—Moreau!" My arm became less painful, but very hot. I got feverish and thirsty. My shadow grew shorter. I watched the distant figure until it went away again. Would Moreau and Montgomery never return? Three sea-birds began fighting for some stranded treasure.

Then from far away behind the enclosure I heard a pistol-shot. A long silence, and then came another. Then a yelling cry nearer, and another dismal gap of silence. My unfortunate imagination set to work to torment me. Then suddenly a shot close by. I went to the

mente una más de tantas cosas horribles. Me senté en el sofá y debo admitir que maldije de corazón a la isla. La primera sensación sorda de herida en mi brazo ya había dado paso a un dolor ardiente cuando reapareció Montgomery. Tenía la cara bastante pálida y mostraba más que nunca las encías inferiores.

«No he podido ver ni oír nada de él», dijo. «He estado pensando que quizá necesite mi ayuda». Me miró fijamente con sus ojos inexpresivos. «Era un bruto fuerte», dijo. «Simplemente arrancó su grillete de la pared». Se dirigió a la ventana, luego a la puerta, y allí se volvió hacia mí. «Iré tras él», dijo. «Hay otro revólver que puedo dejarle. A decir verdad, de algún modo me siento ansioso».

Buscó el arma y la puso a mi alcance sobre la mesa; luego salió, dejando una inquietud en el aire. No me quedé sentado mucho tiempo después de que se marchara, sino que cogí el revólver con la mano y me dirigí a la puerta.

La mañana estaba tan quieta como la muerte. No se agitaba ni un susurro de viento; el mar era como un cristal pulido, el cielo vacío, la playa desolada. En mi estado medio excitado, medio febril, esta quietud de las cosas me oprimía. Intenté silbar y la melodía se apagó. Volví a maldecir, la segunda vez aquella mañana. Luego me dirigí a la esquina del recinto y miré fijamente hacia el interior, hacia el arbusto verde que se había tragado a Moreau y Montgomery. ¿Cuándo volverían, y cómo? Entonces, a lo lejos, en la playa, apareció un pequeño Hombre Bestia gris, corrió hasta la orilla del agua y empezó a chapotear. Volví a pasearme hasta la puerta, luego de nuevo a la esquina, y así empecé a pasearme de un lado a otro como un centinela de guardia. Una vez me detuvo la voz lejana de Montgomery gritando: «¡Coo-ee-Moreau!». El brazo me dolía menos, pero estaba muy caliente. Sentí fiebre y sed. Mi sombra se hizo más corta. Observé la figura distante hasta que volvió a alejarse. ¿No volverían nunca Moreau y Montgomery? Tres aves marinas empezaron a luchar por un tesoro varado.

Entonces, desde muy lejos, detrás del recinto, oí un disparo de pistola. Un largo silencio; luego de sintió otro. Luego un grito más cercano, y otro lúgubre intervalo de silencio. Mi desafortunada imaginación se puso a trabajar para atormentarme. Entonces, de repente, un disparo muy cer-

corner, startled, and saw Montgomery,—his face scarlet, his hair disordered, and the knee of his trousers torn. His face expressed profound consternation. Behind him slouched the Beast Man, M'ling, and round M'ling's jaws were some queer dark stains.

"Has he come?" said Montgomery.

"Moreau?" said I. "No."

"My God!" The man was panting, almost sobbing. "Go back in," he said, taking my arm. "They're mad. They're all rushing about mad. What can have happened? I don't know. I'll tell you, when my breath comes. Where's some brandy?"

Montgomery limped before me into the room and sat down in the deck chair. M'ling flung himself down just outside the doorway and began panting like a dog. I got Montgomery some brandy-and-water. He sat staring in front of him at nothing, recovering his breath. After some minutes he began to tell me what had happened.

He had followed their track for some way. It was plain enough at first on account of the crushed and broken bushes, white rags torn from the puma's bandages, and occasional smears of blood on the leaves of the shrubs and undergrowth. He lost the track, however, on the stony ground beyond the stream where I had seen the Beast Man drinking, and went wandering aimlessly westward shouting Moreau's name. Then M'ling had come to him carrying a light hatchet. M'ling had seen nothing of the puma affair; had been felling wood, and heard him calling. They went on shouting together. Two Beast Men came crouching and peering at them through the undergrowth, with gestures and a furtive carriage that alarmed Montgomery by their strangeness. He hailed them, and they fled guiltily. He stopped shouting after that, and after wandering some time farther in an undecided way, determined to visit the huts.

He found the ravine deserted.

Growing more alarmed every minute, he began to retrace his steps. Then it was he encountered the two Swine-men I had seen dancing

ca. Me acerqué a la esquina, sobresaltado, y vi a Montgomery, con la cara escarlata, el pelo desordenado y la rodilla del pantalón rota. Su rostro expresaba una profunda consternación. Detrás de él estaba encorvado el Hombre Bestia, M'ling, y alrededor de las mandíbulas de M'ling había unas extrañas manchas oscuras.

«¿Ha venido?», dijo Montgomery.

«¿Moreau?», dije yo. «No».

«¡Dios mío!». El hombre jadeaba, casi sollozaba. «Vuelva a entrar», dijo, cogiéndome del brazo. «Están locos. Todos corren como locos. ¿Qué puede haber pasado? No lo sé. Le contaré cuando recupere el aliento. ¿Dónde hay brandy?»

Montgomery entró cojeando antes que yo en la habitación y se sentó en el sofá. M'ling se tiró al suelo justo al otro lado de la puerta y empezó a jadear como un perro. Le traje a Montgomery un poco de brandy con agua. Se sentó mirando fijamente a la nada, recuperando el aliento. Al cabo de unos minutos empezó a contarme lo que había pasado.

Había seguido su rastro durante un buen trecho. Al principio estaba bastante claro por los arbustos aplastados y rotos, los trapos blancos arrancados de las vendas del puma y las manchas ocasionales de sangre en las hojas de los arbustos y la maleza. Sin embargo, perdió el rastro en el terreno pedregoso más allá del arroyo donde yo había visto beber al Hombre Bestia y vagó sin rumbo hacia el oeste gritando el nombre de Moreau. Entonces M'ling había llegado hasta él portando un hacha ligera. M'ling no había visto nada del asunto del puma; había estado talando madera y le oyó llamar. Siguieron gritando juntos. Dos Hombres Bestia se acercaron agazapados y les observaron a través de la maleza, con gestos y un porte furtivo que alarmaron a Montgomery por su extrañeza. Los saludó y huyeron arrepentidos. Dejó de gritar después de aquello y, tras deambular un rato indeciso, decidió visitar las cabañas.

Encontró el barranco desierto.

Cada minuto más alarmado, empezó a volver sobre sus pasos. Entonces fue cuando se encontró con los dos Hombres Cerdo que yo había

on the night of my arrival; blood-stained they were about the mouth, and intensely excited. They came crashing through the ferns, and stopped with fierce faces when they saw him. He cracked his whip in some trepidation, and forthwith they rushed at him. Never before had a Beast Man dared to do that. One he shot through the head; M'ling flung himself upon the other, and the two rolled grappling. M'ling got his brute under and with his teeth in its throat, and Montgomery shot that too as it struggled in M'ling's grip. He had some difficulty in inducing M'ling to come on with him. Thence they had hurried back to me. On the way, M'ling had suddenly rushed into a thicket and driven out an under-sized Ocelot-man, also blood-stained, and lame through a wound in the foot. This brute had run a little way and then turned savagely at bay, and Montgomery—with a certain wantonness, I thought—had shot him.

"What does it all mean?" said I.

He shook his head, and turned once more to the brandy.

visto bailar la noche de mi llegada; estaban manchados de sangre por la boca e intensamente excitados. Llegaron chocando entre los helechos y se detuvieron con caras feroces cuando le vieron. Él hizo chasquear su látigo con cierto temor e inmediatamente se abalanzaron sobre él. Nunca antes un Hombre Bestia se había atrevido a hacer eso. A uno le atravesó la cabeza; M'ling se lanzó sobre el otro, y los dos rodaron forcejeando. M'ling consiguió hundir al bruto y clavarle los dientes en la garganta, y Montgomery le disparó también mientras forcejeaba contra M'ling. Tuvo algunas dificultades para inducir a M'ling a venir con él. Desde allí se apresuraron a regresar. Por el camino, M'ling se había lanzado de repente a un matorral y había expulsado a un Hombre Ocelote más pequeño, también manchado de sangre, y cojo por una herida en el pie. Este bruto había corrido un poco y luego se había vuelto salvajemente a su encuentro y Montgomery —con cierto desenfreno, pensé— le había disparado.

«¿Qué significa todo esto?», dije yo.

Él sacudió la cabeza y se volvió una vez más hacia el brandy.

XVIII — THE FINDING OF MOREAU

When I saw Montgomery swallow a third dose of brandy, I took it upon myself to interfere. He was already more than half fuddled. I told him that some serious thing must have happened to Moreau by this time, or he would have returned before this, and that it behoved us to ascertain what that catastrophe was. Montgomery raised some feeble objections, and at last agreed. We had some food, and then all three of us started.

It is possibly due to the tension of my mind, at the time, but even now that start into the hot stillness of the tropical afternoon is a singularly vivid impression. M'ling went first, his shoulder hunched, his strange black head moving with quick starts as he peered first on this side of the way and then on that. He was unarmed; his axe he had dropped when he encountered the Swine-man. Teeth were his weapons, when it came to fighting. Montgomery followed with stumbling footsteps, his hands in his pockets, his face downcast; he was in a state of muddled sullenness with me on account of the brandy. My left arm was in a sling (it was lucky it was my left), and I carried my revolver in my right. Soon we traced a narrow path through the wild luxuriance of the island, going northwestward; and presently M'ling stopped, and became rigid with watchfulness. Montgomery almost staggered into him, and then stopped too. Then, listening intently, we heard coming through the trees the sound of voices and footsteps approaching us.

"He is dead," said a deep, vibrating voice.

"He is not dead; he is not dead," jabbered another.

"We saw, we saw," said several voices.

"Hul-lo!" suddenly shouted Montgomery, "Hullo, there!"

"Confound you!" said I, and gripped my pistol.

There was a silence, then a crashing among the interlacing vegetation, first here, then there, and then half-a-dozen faces appeared,— strange faces, lit by a strange light. M'ling made a growling noise in

Cuando vi que Montgomery se tragaba una tercera medida de brandy, me encargué de interferir. Ya estaba más que trastornado. Le dije que algo grave debía haberle ocurrido a Moreau a estas alturas, o ya habría regresado, y que nos correspondía averiguar sobre la catástrofe. Montgomery planteó algunas débiles objeciones y al final accedió. Comimos algo y nos pusimos en marcha los tres.

Posiblemente se deba a la tensión de mi mente, en aquel momento, pero incluso ahora esa partida en la calurosa quietud de la tarde tropical es una impresión singularmente vívida. M'ling iba primero, con los hombros encorvados, su extraña cabeza negra moviéndose con rápidos sobresaltos mientras oteaba primero a este lado del camino y luego al otro. Iba desarmado; su hacha se le había caído cuando se encontró con los Hombres Cerdo. Los dientes eran sus armas, cuando se trataba de luchar. Montgomery le seguía con pasos tambaleantes, las manos en los bolsillos, el rostro abatido; estaba en un estado de confusa hosquedad conmigo a causa del brandy. Yo llevaba el brazo izquierdo en cabestrillo (menos mal que era el izquierdo) y el revólver en el derecho. Pronto trazamos un estrecho sendero a través de la salvaje frondosidad de la isla, en dirección noroeste; y en un momento M'ling se detuvo y se puso tieso y vigilante. Montgomery casi se tambaleó hacia él, y luego se detuvo. Entonces, escuchando atentamente, oímos llegar a través de los árboles el sonido de voces y pasos que se acercaban a nosotros.

«Está muerto», dijo una voz profunda y vibrante.

«No está muerto; no está muerto», farfulló otro.

«Lo vimos, lo vimos», dijeron varias voces.

«¡Ho…la!», gritó de repente Montgomery, «¡Hola!».

«¡Maldita sea!», dije, y empuñé mi pistola.

Hubo un silencio, luego un estruendo entre la vegetación entrelazada, primero aquí, luego allí, y entonces aparecieron media docena de rostros, rostros extraños, iluminados por una luz extraña. M'ling emitió un

his throat. I recognised the Ape-man: I had indeed already identified his voice, and two of the white-swathed brown-featured creatures I had seen in Montgomery's boat. With these were the two dappled brutes and that grey, horribly crooked creature who said the Law, with grey hair streaming down its cheeks, heavy grey eyebrows, and grey locks pouring off from a central parting upon its sloping forehead,—a heavy, faceless thing, with strange red eyes, looking at us curiously from amidst the green.

For a space no one spoke. Then Montgomery hiccoughed, "Who—said he was dead?"

The Monkey-man looked guiltily at the hairy-grey Thing. "He is dead," said this monster. "They saw."

There was nothing threatening about this detachment, at any rate. They seemed awestricken and puzzled.

"Where is he?" said Montgomery.

"Beyond," and the grey creature pointed.

"Is there a Law now?" asked the Monkey-man. "Is it still to be this and that? Is he dead indeed?"

"Is there a Law?" repeated the man in white. "Is there a Law, thou Other with the Whip?"

"He is dead," said the hairy-grey Thing. And they all stood watching us.

"Prendick," said Montgomery, turning his dull eyes to me. "He's dead, evidently."

I had been standing behind him during this colloquy. I began to see how things lay with them. I suddenly stepped in front of Montgomery and lifted up my voice:—"Children of the Law," I said, "he is not dead!" M'ling turned his sharp eyes on me. "He has changed his shape; he has changed his body," I went on. "For a time you will not see him. He is—there," I pointed upward, "where he can watch you. You cannot

gruñido en la garganta. Reconocí al Hombre Mono: de hecho, ya había identificado su voz, y a dos de las criaturas de rasgos marrones y blancos que había visto en la barca de Montgomery. Junto a ellos estaban los dos brutos moteados y aquella criatura gris, horriblemente retorcida, que recitaba la Ley, con el pelo gris cayéndole por las mejillas, pesadas cejas grises y mechones grises que se desprendían de una raya central en su frente inclinada: una cosa pesada, sin rostro, con extraños ojos rojos, que nos miraba con curiosidad desde el verdor.

Durante un momento nadie habló. Entonces Montgomery tosió: «¿Quién dijo que estaba muerto?».

El Hombre Mono miró con culpabilidad a la Cosa gris y peluda. «Está muerto», dijo el monstruo. «Ellos lo vieron».

En cualquier caso, no había nada amenazador en este grupo. Parecían asombrados y desconcertados.

«¿Dónde está?», dijo Montgomery.

«Más allá», dijo la criatura gris y señaló.

«¿Hay ahora una Ley?», preguntó el Hombre Mono. «¿Sigue siendo esto y aquello? ¿Está muerto de verdad?».

«¿Hay una Ley?», repitió el hombre de blanco. «¿Existe una Ley, tú, Otro con el Látigo?».

«Está muerto», dijo la Cosa gris y peluda. Y todos se quedaron mirándonos.

«Prendick», dijo Montgomery, volviendo sus ojos apagados para mirarme. «Está muerto, evidentemente».

Yo había estado de pie detrás de él durante este coloquio. Empecé a ver cómo iban las cosas. De repente me puse delante de Montgomery y alcé la voz: «¡Hijos de la Ley!», dije, «¡no está muerto!». M'ling volvió sus agudos ojos hacia mí. «Ha cambiado de forma; ha cambiado de cuerpo», proseguí. «Durante un tiempo no le verán. Está ahí», señalé hacia arriba, «donde puede observarles. Ustedes no pueden verle, pero él puede

see him, but he can see you. Fear the Law!"

I looked at them squarely. They flinched.

"He is great, he is good," said the Ape-man, peering fearfully upward among the dense trees.

"And the other Thing?" I demanded.

"The Thing that bled, and ran screaming and sobbing,—that is dead too," said the grey Thing, still regarding me.

"That's well," grunted Montgomery.

"The Other with the Whip—" began the grey Thing.

"Well?" said I.

"Said he was dead."

But Montgomery was still sober enough to understand my motive in denying Moreau's death. "He is not dead," he said slowly, "not dead at all. No more dead than I am."

"Some," said I, "have broken the Law: they will die. Some have died. Show us now where his old body lies,—the body he cast away because he had no more need of it."

"It is this way, Man who walked in the Sea," said the grey Thing.

And with these six creatures guiding us, we went through the tumult of ferns and creepers and tree-stems towards the northwest. Then came a yelling, a crashing among the branches, and a little pink homunculus rushed by us shrieking. Immediately after appeared a monster in headlong pursuit, blood-bedabbled, who was amongst us almost before he could stop his career. The grey Thing leapt aside. M'ling, with a snarl, flew at it, and was struck aside. Montgomery fired and missed, bowed his head, threw up his arm, and turned to run. I fired, and the Thing still came on; fired again, point-blank, into its

verles. Teman la Ley».

Les miré fijamente. Se estremecieron.

«Es grande, es bueno», dijo el Hombre Mono, mirando temeroso hacia arriba entre los densos árboles.

«¿Y la otra Cosa?», pregunté.

«La Cosa que sangraba y corría gritando y llorando, ésa también está muerta», dijo la Cosa gris, todavía mirándome.

«Eso está bien», gruñó Montgomery.

«El Otro con el Látigo…», comenzó la Cosa gris.

«¿Y bien?», dije yo.

«Dijo que estaba muerto».

Pero Montgomery aún estaba lo suficientemente sobrio como para comprender mi motivo para negar la muerte de Moreau. «No está muerto», dijo lentamente, «no está muerto en absoluto. No más muerto que yo».

«Algunos», dije, «han quebrantado la Ley: morirán. Algunos han muerto. Muéstranos ahora dónde yace su viejo cuerpo: el cuerpo que desechó porque ya no lo necesitaba».

«Es por aquí, Hombre que anduvo en el Mar», dijo la Cosa gris.

Y con estas seis criaturas guiándonos, atravesamos el tumulto de helechos y enredaderas y tallos de árboles en dirección noroeste. Entonces se oyó un grito, un gran ruido entre las ramas, y un pequeño homúnculo rosa se lanzó a nuestro lado chillando. Inmediatamente después apareció un monstruo corriendo delante de él, ensangrentado; estaba entre nosotros casi antes de que pudiera detener su carrera. La Cosa gris saltó a un lado. M'ling, con un gruñido, voló hacia ella, y fue golpeado en un lado. Montgomery disparó y falló, inclinó la cabeza, levantó el brazo y se volvió para correr. Disparé, y la Cosa siguió avanzando; disparé de

ugly face. I saw its features vanish in a flash: its face was driven in. Yet it passed me, gripped Montgomery, and holding him, fell headlong beside him and pulled him sprawling upon itself in its death-agony.

I found myself alone with M'ling, the dead brute, and the prostrate man. Montgomery raised himself slowly and stared in a muddled way at the shattered Beast Man beside him. It more than half sobered him. He scrambled to his feet. Then I saw the grey Thing returning cautiously through the trees.

"See," said I, pointing to the dead brute, "is the Law not alive? This came of breaking the Law."

He peered at the body. "He sends the Fire that kills," said he, in his deep voice, repeating part of the Ritual. The others gathered round and stared for a space.

At last we drew near the westward extremity of the island. We came upon the gnawed and mutilated body of the puma, its shoulder-bone smashed by a bullet, and perhaps twenty yards farther found at last what we sought. Moreau lay face downward in a trampled space in a canebrake. One hand was almost severed at the wrist and his silvery hair was dabbled in blood. His head had been battered in by the fetters of the puma. The broken canes beneath him were smeared with blood. His revolver we could not find. Montgomery turned him over. Resting at intervals, and with the help of the seven Beast People (for he was a heavy man), we carried Moreau back to the enclosure. The night was darkling. Twice we heard unseen creatures howling and shrieking past our little band, and once the little pink sloth-creature appeared and stared at us, and vanished again. But we were not attacked again. At the gates of the enclosure our company of Beast People left us, M'ling going with the rest. We locked ourselves in, and then took Moreau's mangled body into the yard and laid it upon a pile of brushwood. Then we went into the laboratory and put an end to all we found living there.

nuevo, a bocajarro, a su fea cara. Vi cómo sus rasgos se desvanecían en un instante: su cara se fijó. Sin embargo, pasó junto a mí, agarró a Montgomery y, sujetándolo, cayó de cabeza a su lado y lo arrastró hacia ella en su agonía.

Me encontré solo con M'ling, el bruto muerto y el hombre postrado. Montgomery se levantó lentamente y miró de forma confusa al Hombre Bestia destrozado que tenía a su lado. Aquello le hizo recuperar la sobriedad. Se puso en pie. Entonces vió a la Cosa gris que regresaba cautelosamente a través de los árboles.

«¿Ven?», dije, señalando al bruto muerto, «¿no está viva la Ley? Esto sucede al quebrantar la Ley».

Echó un vistazo al cuerpo. «Él envía el Fuego que mata», dijo con su voz profunda, repitiendo parte del Ritual. Los demás se reunieron a su alrededor y se quedaron mirando por un momento.

Por fin nos acercamos al extremo oeste de la isla. Nos topamos con el cuerpo roído y mutilado del puma, con el hueso del hombro destrozado por una bala, y unas veinte yardas más allá encontramos por fin lo que buscábamos. Moreau yacía boca abajo en una parte pisoteada de un cañaveral. Tenía una mano casi amputada a la altura de la muñeca y su pelo plateado estaba salpicado de sangre. Su cabeza había sido golpeada por los grilletes del puma. Los bastones rotos que tenía debajo estaban embadurnados de sangre. No pudimos encontrar su revólver. Montgomery le dio la vuelta. Descansando a intervalos, y con la ayuda de las siete Personas Bestia (pues era un hombre pesado), llevamos a Moreau de vuelta al recinto. La noche era oscura. Dos veces oímos a criaturas invisibles aullando y chillando junto a nuestro pequeño grupo, y una vez la pequeña criatura perezosa rosa apareció y nos miró fijamente, y desapareció de nuevo. Pero no volvimos a ser atacados. A las puertas del recinto nuestro grupo de Gente Bestia nos abandonó, M'ling se fue con el resto. Nos encerramos y luego sacamos el cuerpo destrozado de Moreau al patio y lo depositamos sobre un montón de broza. Luego entramos en el laboratorio y acabamos con todo lo que encontramos viviendo allí.

XIX — MONTGOMERY'S "BANK HOLIDAY"

When this was accomplished, and we had washed and eaten, Montgomery and I went into my little room and seriously discussed our position for the first time. It was then near midnight. He was almost sober, but greatly disturbed in his mind. He had been strangely under the influence of Moreau's personality: I do not think it had ever occurred to him that Moreau could die. This disaster was the sudden collapse of the habits that had become part of his nature in the ten or more monotonous years he had spent on the island. He talked vaguely, answered my questions crookedly, wandered into general questions.

"This silly ass of a world," he said; "what a muddle it all is! I haven't had any life. I wonder when it's going to begin. Sixteen years being bullied by nurses and schoolmasters at their own sweet will; five in London grinding hard at medicine, bad food, shabby lodgings, shabby clothes, shabby vice, a blunder,—I didn't know any better,— and hustled off to this beastly island. Ten years here! What's it all for, Prendick? Are we bubbles blown by a baby?"

It was hard to deal with such ravings. "The thing we have to think of now," said I, "is how to get away from this island."

"What's the good of getting away? I'm an outcast. Where am I to join on? It's all very well for you, Prendick. Poor old Moreau! We can't leave him here to have his bones picked. As it is—And besides, what will become of the decent part of the Beast Folk?"

"Well," said I, "that will do to-morrow. I've been thinking we might make the brushwood into a pyre and burn his body—and those other things. Then what will happen with the Beast Folk?"

"I don't know. I suppose those that were made of beasts of prey will make silly asses of themselves sooner or later. We can't massacre the lot—can we? I suppose that's what your humanity would suggest? But they'll change. They are sure to change."

He talked thus inconclusively until at last I felt my temper going.

Una vez hecho esto, y después de habernos lavado y comido, Montgomery y yo entramos en mi pequeña habitación y discutimos seriamente nuestra posición por primera vez. Era entonces cerca de medianoche. Él estaba casi sobrio, pero muy perturbado en su mente. Había estado extrañamente influenciado por la personalidad de Moreau: creo que nunca se le había ocurrido que Moreau pudiera morir. Este desastre fue el colapso repentino de los hábitos que se habían convertido en parte de su naturaleza en los diez o más años monótonos que había pasado en la isla. Hablaba vagamente, respondía a mis preguntas de manera oblicua, divagaba sobre cuestiones generales.

«Este tonto mundo», dijo, «¡qué embrollo es todo! No he vivido. Me pregunto cuándo empezará. Dieciséis años siendo acosado por enfermeras y maestras de escuela a su dulce antojo; cinco en Londres dándole duro a la medicina, mala comida, alojamientos de mala muerte, ropas de mala muerte, vicios de mala muerte, una metedura de pata —no conocía nada mejor—, y luego empujado a esta isla bestial. ¡Diez años aquí! ¿Para qué todo esto, Prendick? ¿Somos burbujas sopladas por un bebé?».

Era difícil lidiar con semejantes desvaríos. «Lo que tenemos que pensar ahora», dije, «es cómo escapar de esta isla».

«¿De qué sirve escaparse? Soy un marginado. ¿Dónde voy a encajar? Todo está muy bien para usted, Prendick. ¡Pobre viejo Moreau! No podemos dejarle aquí para que se encarguen de sus huesos. Tal como está… Y además, ¿qué será de la parte decente de la Gente Bestia?».

«Bueno», dije yo, «de eso nos ocuparemos mañana. He estado pensando que podríamos hacer de la broza una pira y quemar su cuerpo… y esas otras cosas. Y luego, ¿qué pasará con la Gente Bestia?».

«No lo sé. Supongo que los que fueron hechos de bestias de presa harán el ridículo tarde o temprano. No podemos masacrarlos, ¿verdad? Supongo que eso es lo que sugeriría su humanidad. Pero cambiarán. Seguro que cambian».

Habló así inconclusamente hasta que por fin sentí que perdía la ca-

"Damnation!" he exclaimed at some petulance of mine; "can't you see I'm in a worse hole than you are?" And he got up, and went for the brandy. "Drink!" he said returning, "you logic-chopping, chalky-faced saint of an atheist, drink!"

"Not I," said I, and sat grimly watching his face under the yellow paraffine flare, as he drank himself into a garrulous misery.

I have a memory of infinite tedium. He wandered into a maudlin defence of the Beast People and of M'ling. M'ling, he said, was the only thing that had ever really cared for him. And suddenly an idea came to him.

"I'm damned!" said he, staggering to his feet and clutching the brandy bottle.

By some flash of intuition I knew what it was he intended. "You don't give drink to that beast!" I said, rising and facing him.

"Beast!" said he. "You're the beast. He takes his liquor like a Christian. Come out of the way, Prendick!"

"For God's sake," said I.

"Get—out of the way!" he roared, and suddenly whipped out his revolver.

"Very well," said I, and stood aside, half-minded to fall upon him as he put his hand upon the latch, but deterred by the thought of my useless arm. "You've made a beast of yourself,—to the beasts you may go."

He flung the doorway open, and stood half facing me between the yellow lamp-light and the pallid glare of the moon; his eye-sockets were blotches of black under his stubbly eyebrows.

"You're a solemn prig, Prendick, a silly ass! You're always fearing

beza.

«¡Maldita sea!», exclamó ante una petulancia mía; «¿no ve que estoy en un hueco más hondo que el suyo?». Se levantó y fue a por el brandy. «¡Beba!», dijo al volver, «¡usted, santo ateo de rostro calcáreo, beba!».

«Yo no», dije, y me senté a observar sombríamente su rostro bajo la llamarada amarilla de parafina, mientras él bebía hasta caer en una miseria gárrula.

Recuerdo el tedio infinito. Divagó en una sensiblera defensa de la Gente Bestia y de M'ling. M'ling, dijo, era el único que se había preocupado realmente por él. Y de repente se le ocurrió una idea.

«¡Maldita sea!», dijo, poniéndose en pie tambaleante y agarrando la botella de brandy.

Por algún destello de intuición supe qué era lo que pretendía. «¡No le va a dar de beber a esa bestia!», dije, levantándome y encarándole.

«¡Bestia!», dijo él. «Usted es la bestia. Él toma su licor como un cristiano. ¡Salga del camino, Prendick!».

«Por el amor de Dios», dije yo.

«¡Quítese de en medio!», rugió, y de repente sacó su revólver.

«Muy bien», dije, y me aparté, casi decidido a caer sobre él cuando pusiera la mano en el pestillo pero disuadido por el pensamiento de mi brazo inútil. «Se ha convertido en una bestia... a las bestias puede ir».

Abrió de par en par la puerta y se quedó de cara a mí a medias, entre la luz amarilla de la lámpara y el pálido resplandor de la luna; las cuencas de sus ojos eran manchas negras bajo sus cejas pobladas.

«¡Usted es un solemne mojigato, Prendick, un asno tonto! Siempre

and fancying. We're on the edge of things. I'm bound to cut my throat to-morrow. I'm going to have a damned Bank Holiday to-night." He turned and went out into the moonlight. "M'ling!" he cried; "M'ling, old friend!"

Three dim creatures in the silvery light came along the edge of the wan beach,—one a white-wrapped creature, the other two blotches of blackness following it. They halted, staring. Then I saw M'ling's hunched shoulders as he came round the corner of the house.

"Drink!" cried Montgomery, "drink, you brutes! Drink and be men! Damme, I'm the cleverest. Moreau forgot this; this is the last touch. Drink, I tell you!" And waving the bottle in his hand he started off at a kind of quick trot to the westward, M'ling ranging himself between him and the three dim creatures who followed.

I went to the doorway. They were already indistinct in the mist of the moonlight before Montgomery halted. I saw him administer a dose of the raw brandy to M'ling, and saw the five figures melt into one vague patch.

"Sing!" I heard Montgomery shout,—"sing all together, 'Confound old Prendick!' That's right; now again, 'Confound old Prendick!'"

The black group broke up into five separate figures, and wound slowly away from me along the band of shining beach. Each went howling at his own sweet will, yelping insults at me, or giving whatever other vent this new inspiration of brandy demanded. Presently I heard Montgomery's voice shouting, "Right turn!" and they passed with their shouts and howls into the blackness of the landward trees. Slowly, very slowly, they receded into silence.

The peaceful splendour of the night healed again. The moon was now past the meridian and travelling down the west. It was at its full, and very bright riding through the empty blue sky. The shadow of the wall lay, a yard wide and of inky blackness, at my feet. The eastward sea was a featureless grey, dark and mysterious; and between the sea and the shadow the grey sands (of volcanic glass and crystals) flashed and shone like a beach of diamonds. Behind me the paraffine

está temiendo y fantaseando. Estamos al límite. Estoy destinado a cortarme el cuello mañana. Voy a tener un maldito día festivo esta noche». Se dio la vuelta y salió a la luz de la luna. «¡M'ling!» gritó; «¡M'ling, viejo amigo!».

Tres tenues criaturas bajo la luz plateada se acercaron por el borde de la playa de arena blanca: una era una criatura envuelta en blanco y las otras dos manchas de negrura la seguían. Se detuvieron, mirando fijamente. Entonces vi los hombros encorvados de M'ling al doblar la esquina de la casa.

«¡Beban!», gritó Montgomery, «¡beban, brutos! ¡Beban y sean hombres! Maldición, soy el más listo. Moreau olvidó esto; este es el último toque. ¡Beban, les digo!». Y agitando la botella en la mano se puso en marcha con una especie de trote rápido hacia el oeste, M'ling interponiéndose entre él y las tres oscuras criaturas que le seguían.

Me acerqué a la puerta. Las figuras ya no podían distinguirse en la bruma de la luz de la luna antes de que Montgomery se detuviera. Le vi administrar una dosis del brandy puro a M'ling, y vi cómo las cinco figuras se fundían en una vaga mancha.

«¡Canten!», oí gritar a Montgomery…, «canten todos juntos, ¡maldigan al viejo Prendick! Eso es; ahora otra vez, ¡maldigan al viejo Prendick!».

El grupo negro se dividió en cinco figuras separadas y se alejaron lentamente de mí a lo largo de la franja de playa resplandeciente. Cada uno iba aullando a su dulce antojo, gritándome insultos o dando cualquier otro desahogo que exigía esta nueva inspiración del brandy. En un momento oí la voz de Montgomery gritando «¡giren a la derecha!», y pasaron con sus gritos y aullidos a la negrura de los árboles. Lentamente, muy lentamente, retrocedieron hasta que se hizo el silencio.

El apacible esplendor de la noche volvió a sanar. La luna había pasado ya el meridiano y bajaba por el oeste. Estaba en su plenitud, y muy brillante cabalgaba por el vacío cielo azul. La sombra del muro yacía, con una yarda de ancho y una negrura de tinta, a mis pies. El mar hacia el este era de un gris sin rasgos, oscuro y misterioso; y entre el mar y la sombra las arenas grises (de vidrio volcánico y cristales) centelleaban y brillaban como una playa de diamantes. Detrás de mí, la lámpara de

lamp flared hot and ruddy.

Then I shut the door, locked it, and went into the enclosure where Moreau lay beside his latest victims,—the staghounds and the llama and some other wretched brutes,—with his massive face calm even after his terrible death, and with the hard eyes open, staring at the dead white moon above. I sat down upon the edge of the sink, and with my eyes upon that ghastly pile of silvery light and ominous shadows began to turn over my plans. In the morning I would gather some provisions in the dingey, and after setting fire to the pyre before me, push out into the desolation of the high sea once more. I felt that for Montgomery there was no help; that he was, in truth, half akin to these Beast Folk, unfitted for human kindred.

I do not know how long I sat there scheming. It must have been an hour or so. Then my planning was interrupted by the return of Montgomery to my neighbourhood. I heard a yelling from many throats, a tumult of exultant cries passing down towards the beach, whooping and howling, and excited shrieks that seemed to come to a stop near the water's edge. The riot rose and fell; I heard heavy blows and the splintering smash of wood, but it did not trouble me then. A discordant chanting began.

My thoughts went back to my means of escape. I got up, brought the lamp, and went into a shed to look at some kegs I had seen there. Then I became interested in the contents of some biscuit-tins, and opened one. I saw something out of the tail of my eye,—a red figure,—and turned sharply.

Behind me lay the yard, vividly black-and-white in the moonlight, and the pile of wood and faggots on which Moreau and his mutilated victims lay, one over another. They seemed to be gripping one another in one last revengeful grapple. His wounds gaped, black as night, and the blood that had dripped lay in black patches upon the sand. Then I saw, without understanding, the cause of my phantom,—a ruddy glow that came and danced and went upon the wall opposite. I misinterpreted this, fancied it was a reflection of my flickering lamp, and turned again to the stores in the shed. I went on rummaging among them, as well as a one-armed man could, finding this conve-

parafina llameaba caliente y rubicunda.

Entonces cerré la puerta, eché el cerrojo y entré en el recinto donde Moreau yacía junto a sus últimas víctimas —los sabuesos y la llama y algunos otros desdichados brutos—, con su macizo rostro tranquilo incluso después de su terrible muerte, y con los duros ojos abiertos, mirando fijamente a la luna blanca y muerta que había en lo alto. Me senté en el borde del fregadero y, con los ojos puestos en aquel espantoso montón de luz plateada y sombras ominosas, empecé a rumiar mis planes. Por la mañana reuniría algunas provisiones en el esquife y, tras prender fuego a la pira que tenía ante mí, me adentraría de nuevo en la desolación de alta mar. Sentía que para Montgomery no había ayuda; que él era, en verdad, medio semejante a esas Personas Bestia, no apto para la comunión humana.

No sé cuánto tiempo estuve allí sentado maquinando. Debió de ser una hora más o menos. Entonces mi planificación se vio interrumpida por el regreso de Montgomery a mi vecindad. Oí un griterío de muchas gargantas, un ruido de gritos exultantes que bajaban hacia la playa, chillidos y aullidos excitados que parecían detenerse cerca de la orilla del agua. El tumulto subía y bajaba; oí fuertes golpes y el astillamiento de la madera, pero entonces no me preocupó. Comenzó a escucharse un cántico discordante.

Mis pensamientos volvieron a mi medio de escape. Me levanté, traje la lámpara y entré en un cobertizo para echar un vistazo a unos barriles que había visto allí. Me interesó el contenido de unas latas de galletas y abrí una. Vi algo por el rabo del ojo, una figura roja, y me volví bruscamente.

Detrás de mí se extendía el patio, vívidamente en blanco y negro a la luz de la luna, y la pila de leña y haces de leña sobre la que yacían Moreau y sus víctimas mutiladas, unos sobre otros. Parecían agarrarse el uno al otro en un último forcejeo vengativo. Sus heridas estaban abiertas, negras como la noche, y la sangre que había goteado yacía en manchas negras sobre la arena. Entonces vi, sin comprender, la causa de mi visión fantasmagórica: un resplandor rojizo que iba, venía y bailaba sobre la pared de enfrente. Lo interpreté mal, creí que era el reflejo de mi lámpara parpadeante, y me volví de nuevo hacia las tiendas del cobertizo. Seguí rebuscando, tan bien como podía hacerlo un manco,

nient thing and that, and putting them aside for to-morrow's launch. My movements were slow, and the time passed quickly. Insensibly the daylight crept upon me.

The chanting died down, giving place to a clamour; then it began again, and suddenly broke into a tumult. I heard cries of, "More! more!" a sound like quarrelling, and a sudden wild shriek. The quality of the sounds changed so greatly that it arrested my attention. I went out into the yard and listened. Then cutting like a knife across the confusion came the crack of a revolver.

I rushed at once through my room to the little doorway. As I did so I heard some of the packing-cases behind me go sliding down and smash together with a clatter of glass on the floor of the shed. But I did not heed these. I flung the door open and looked out.

Up the beach by the boathouse a bonfire was burning, raining up sparks into the indistinctness of the dawn. Around this struggled a mass of black figures. I heard Montgomery call my name. I began to run at once towards this fire, revolver in hand. I saw the pink tongue of Montgomery's pistol lick out once, close to the ground. He was down. I shouted with all my strength and fired into the air. I heard some one cry, "The Master!" The knotted black struggle broke into scattering units, the fire leapt and sank down. The crowd of Beast People fled in sudden panic before me, up the beach. In my excitement I fired at their retreating backs as they disappeared among the bushes. Then I turned to the black heaps upon the ground.

Montgomery lay on his back, with the hairy-grey Beast-man sprawling across his body. The brute was dead, but still gripping Montgomery's throat with its curving claws. Near by lay M'ling on his face and quite still, his neck bitten open and the upper part of the smashed brandy-bottle in his hand. Two other figures lay near the fire,—the one motionless, the other groaning fitfully, every now and then raising its head slowly, then dropping it again.

I caught hold of the grey man and pulled him off Montgomery's body; his claws drew down the torn coat reluctantly as I dragged him

encontrando una y otra cosa útil, y apartándolas para la lancha al día siguiente. Mis movimientos eran lentos y el tiempo pasaba rápidamente. Insensiblemente la luz del día se deslizó sobre mí.

El cántico se apagó, dando paso a un clamor; luego comenzó de nuevo, y de repente estalló en un tumulto. Oí gritos diciendo «¡Más, más!», un sonido como de riña y un repentino chillido salvaje. La calidad de los sonidos cambió tanto que atrajo mi atención. Salí al patio y escuché. Entonces, cortando la confusión como una cuchilla, llegó el chasquido de un revólver.

Corrí de inmediato a través de mi habitación hacia la pequeña puerta. Mientras lo hacía oí que algunas de las cajas de embalaje que había detrás de mí se deslizaban y se hacían añicos con un estrépito de cristales en el suelo del cobertizo. Pero no les presté atención. Abrí la puerta de golpe y miré hacia fuera.

En la playa, junto al cobertizo para botes, ardía una hoguera que lanzaba chispas al confuso amanecer. Alrededor se agitaba una masa de figuras negras. Oí que Montgomery gritaba mi nombre. Empecé a correr de inmediato hacia esa hoguera, revólver en mano. Vi una vez la lengua rosada de la pistola de Montgomery, cerca del suelo. Él había caído. Grité con todas mis fuerzas y disparé al aire. Oí que alguien gritaba «¡El Maestro!». La anudada lucha negra se rompió en unidades dispersas, el fuego saltó y se hundió. La multitud de Personas Bestia huyó en súbito pánico ante mí, playa arriba. En mi excitación disparé a sus espaldas en retirada mientras desaparecían entre los arbustos. Luego me volví hacia los montones negros que había en el suelo.

Montgomery yacía de espaldas, con el Hombre Bestia gris y peludo desparramado sobre su cuerpo. El bruto estaba muerto, pero seguía agarrando la garganta de Montgomery con sus garras curvadas. Cerca yacía M'ling de bruces y completamente inmóvil, con el cuello abierto a mordiscos y la parte superior de la botella de brandy destrozada en la mano. Otras dos figuras yacían cerca del fuego, una inmóvil y la otra gimiendo irregularmente, levantando de vez en cuando la cabeza lentamente y volviéndola a dejar caer.

Agarré al hombre gris y lo aparté del cuerpo de Montgomery; sus garras enancharon el abrigo desgarrado mientras lo arrastraba. Montgo-

away. Montgomery was dark in the face and scarcely breathing. I splashed sea-water on his face and pillowed his head on my rolled-up coat. M'ling was dead. The wounded creature by the fire—it was a Wolf-brute with a bearded grey face—lay, I found, with the fore part of its body upon the still glowing timber. The wretched thing was injured so dreadfully that in mercy I blew its brains out at once. The other brute was one of the Bull-men swathed in white. He too was dead. The rest of the Beast People had vanished from the beach.

I went to Montgomery again and knelt beside him, cursing my ignorance of medicine. The fire beside me had sunk down, and only charred beams of timber glowing at the central ends and mixed with a grey ash of brushwood remained. I wondered casually where Montgomery had got his wood. Then I saw that the dawn was upon us. The sky had grown brighter, the setting moon was becoming pale and opaque in the luminous blue of the day. The sky to the eastward was rimmed with red.

Suddenly I heard a thud and a hissing behind me, and, looking round, sprang to my feet with a cry of horror. Against the warm dawn great tumultuous masses of black smoke were boiling up out of the enclosure, and through their stormy darkness shot flickering threads of blood-red flame. Then the thatched roof caught. I saw the curving charge of the flames across the sloping straw. A spurt of fire jetted from the window of my room.

I knew at once what had happened. I remembered the crash I had heard. When I had rushed out to Montgomery's assistance, I had overturned the lamp.

The hopelessness of saving any of the contents of the enclosure stared me in the face. My mind came back to my plan of flight, and turning swiftly I looked to see where the two boats lay upon the beach. They were gone! Two axes lay upon the sands beside me; chips and splinters were scattered broadcast, and the ashes of the bonfire were blackening and smoking under the dawn. Montgomery had burnt the boats to revenge himself upon me and prevent our return to mankind!

A sudden convulsion of rage shook me. I was almost moved to bat-

mery tenía la cara oscura y apenas respiraba. Le eché agua de mar en la cara y apoyé su cabeza en mi abrigo enrollado. M'ling estaba muerto. La criatura herida junto al fuego —era un Bruto Lobo de rostro gris barbudo— yacía, según comprobé, con la parte anterior de su cuerpo sobre la madera aún incandescente. El desgraciado estaba tan terriblemente herido que, por piedad, le volé los sesos de inmediato. El otro bruto era uno de los Hombres Toro vestidos de blanco. También él estaba muerto. El resto de la Gente Bestia había desaparecido de la playa.

Me acerqué de nuevo a Montgomery y me arrodillé a su lado, maldiciendo mi ignorancia de la medicina. El fuego a mi lado se había extinguido y sólo quedaban vigas carbonizadas de madera que brillaban en los extremos centrales y se mezclaban con una ceniza gris de broza. Me pregunté casualmente de dónde había sacado Montgomery la leña. Entonces vi que el amanecer estaba sobre nosotros. El cielo se había iluminado, la luna poniente se volvía pálida y opaca en el azul luminoso del día. El cielo hacia el este estaba bordeado de rojo.

De repente oí un ruido sordo y un silbido detrás de mí y, al mirar a mi alrededor, me puse en pie de un salto con un grito de horror. Contra el cálido amanecer, grandes masas tumultuosas de humo negro bullían fuera del recinto, y a través de su tormentosa oscuridad se disparaban hilos titilantes de llamas rojo sangre. Entonces las llamas tomaron el techo de paja. Vi la curva de las llamas a través de la paja inclinada. Un chorro de fuego brotó de la ventana de mi habitación.

Supe al instante lo que había sucedido. Recordé el golpe que había oído. Cuando había salido corriendo en ayuda de Montgomery, había volcado la lámpara.

Me enfrenté a la desesperanza de salvar algo del contenido. Mi mente volvió a mi plan de huida, y volviéndome rápidamente miré a ver dónde yacían los dos botes en la playa. Habían desaparecido. Dos hachas yacían sobre la arena a mi lado; astillas y esquirlas estaban esparcidas al voleo, y las cenizas de la hoguera se ennegrecían y humeaban bajo el alba. ¡Montgomery había quemado los botes para vengarse de mí e impedir nuestro regreso a la humanidad!

Una súbita convulsión de rabia me sacudió. Casi me sentí impulsado

ter his foolish head in, as he lay there helpless at my feet. Then suddenly his hand moved, so feebly, so pitifully, that my wrath vanished. He groaned, and opened his eyes for a minute. I knelt down beside him and raised his head. He opened his eyes again, staring silently at the dawn, and then they met mine. The lids fell.

"Sorry," he said presently, with an effort. He seemed trying to think. "The last," he murmured, "the last of this silly universe. What a mess—"

I listened. His head fell helplessly to one side. I thought some drink might revive him; but there was neither drink nor vessel in which to bring drink at hand. He seemed suddenly heavier. My heart went cold. I bent down to his face, put my hand through the rent in his blouse. He was dead; and even as he died a line of white heat, the limb of the sun, rose eastward beyond the projection of the bay, splashing its radiance across the sky and turning the dark sea into a weltering tumult of dazzling light. It fell like a glory upon his death-shrunken face.

I let his head fall gently upon the rough pillow I had made for him, and stood up. Before me was the glittering desolation of the sea, the awful solitude upon which I had already suffered so much; behind me the island, hushed under the dawn, its Beast People silent and unseen. The enclosure, with all its provisions and ammunition, burnt noisily, with sudden gusts of flame, a fitful crackling, and now and then a crash. The heavy smoke drove up the beach away from me, rolling low over the distant tree-tops towards the huts in the ravine. Beside me were the charred vestiges of the boats and these five dead bodies.

Then out of the bushes came three Beast People, with hunched shoulders, protruding heads, misshapen hands awkwardly held, and inquisitive, unfriendly eyes and advanced towards me with hesitating gestures.

a golpearle en su estúpida cabeza, mientras yacía indefenso a mis pies. Entonces, de repente, su mano se movió, tan débilmente, tan lastimosamente, que mi ira se desvaneció. Gimió y abrió los ojos un instante. Me arrodillé a su lado y le levanté la cabeza. Volvió a abrir los ojos, mirando en silencio el amanecer, que se encontraron con los míos. Los párpados cayeron.

«Lo siento», dijo enseguida, con un esfuerzo. Parecía intentar pensar. «El último», murmuró, «el último de este tonto universo. Qué desastre...».

Escuché. Su cabeza cayó indefensa hacia un lado. Pensé que un poco de bebida podría reanimarle pero no había ni bebida ni recipiente en el que traerla. De repente parecía más pesado. Se me heló el corazón. Me incliné hacia su cara, pasé mi mano por el desgarrón de su blusa. Estaba muerto; e incluso mientras moría una línea de calor blanco, el atisbo de sol, se elevó hacia el este más allá del saliente de la bahía, salpicando su resplandor por el cielo y convirtiendo el oscuro mar en una luz deslumbrante. Cayó como una gloria sobre su rostro destrozado por la muerte.

Dejé caer suavemente su cabeza sobre la áspera almohada que le había preparado y me levanté. Ante mí estaba la brillante desolación del mar, la espantosa soledad en la que ya había sufrido tanto; detrás de mí, la isla, callada bajo el amanecer, su Gente Bestia silenciosa e invisible. El recinto, con todas sus provisiones y municiones, ardía ruidosamente, con repentinas ráfagas de llamas, un crepitar irregular y, de vez en cuando, un estruendo. El pesado humo ascendía por la playa alejándose de mí, rodando bajo sobre las distantes copas de los árboles hacia las cabañas del barranco. A mi lado estaban los vestigios carbonizados de las barcas y estos cinco cadáveres.

Entonces salieron de entre los arbustos tres Personas Bestia, con los hombros encorvados, la cabeza saliente, las manos deformes torpemente recogidas y unos ojos inquisitivos y poco amistosos, y avanzaron hacia mí con gestos vacilantes.

XX — ALONE WITH THE BEAST FOLK

I faced these people, facing my fate in them, single-handed now,— literally single-handed, for I had a broken arm. In my pocket was a revolver with two empty chambers. Among the chips scattered about the beach lay the two axes that had been used to chop up the boats. The tide was creeping in behind me. There was nothing for it but courage. I looked squarely into the faces of the advancing monsters. They avoided my eyes, and their quivering nostrils investigated the bodies that lay beyond me on the beach. I took half-a-dozen steps, picked up the blood-stained whip that lay beneath the body of the Wolf-man, and cracked it. They stopped and stared at me.

"Salute!" said I. "Bow down!"

They hesitated. One bent his knees. I repeated my command, with my heart in my mouth, and advanced upon them. One knelt, then the other two.

I turned and walked towards the dead bodies, keeping my face towards the three kneeling Beast Men, very much as an actor passing up the stage faces the audience.

"They broke the Law," said I, putting my foot on the Sayer of the Law. "They have been slain,—even the Sayer of the Law; even the Other with the Whip. Great is the Law! Come and see."

"None escape," said one of them, advancing and peering.

"None escape," said I. "Therefore hear and do as I command." They stood up, looking questioningly at one another.

"Stand there," said I.

I picked up the hatchets and swung them by their heads from the sling of my arm; turned Montgomery over; picked up his revolver still loaded in two chambers, and bending down to rummage, found half-a-dozen cartridges in his pocket.

XX — A SOLAS CON LA GENTE BESTIA

Me enfrenté a esta gente, afrontando mi destino en ellos, ahora con una sola mano… literalmente con una sola mano, pues tenía un brazo roto. En mi bolsillo había un revólver con dos recámaras vacías. Entre las astillas esparcidas por la playa yacían las dos hachas que se habían utilizado para trocear las barcas. La marea se arrastraba detrás de mí. No quedaba más remedio que armarse de valor. Miré de frente a los rostros de los monstruos que avanzaban. Evitaron mis ojos y sus narices temblorosas investigaron los cuerpos que yacían más allá de mí en la playa. Di media docena de pasos, cogí el látigo manchado de sangre que yacía bajo el cuerpo del Hombre Lobo y lo hice restallar. Se detuvieron y me miraron fijamente.

«¡Saluden!», dije. «¡Inclínense!».

Dudaron. Uno dobló las rodillas. Repetí mi orden, con el corazón en la boca, y avancé hacia ellos. Uno se arrodilló, luego los otros dos.

Me volví y caminé hacia los cadáveres, manteniendo mi rostro hacia los tres Hombres Bestia arrodillados, de forma muy parecida a como un actor enfrenta al público en el escenario.

«Han quebrantado la Ley», dije, poniendo mi pie sobre el Recitador de la Ley. «Han sido condenados a muerte… incluso el Recitador de la Ley; incluso el Otro con el Látigo. ¡Grande es la Ley! Vengan y vean».

«Ninguno escapa», dijo uno de ellos, avanzando y espiando.

«Ninguno escapa», les dije. «Por lo tanto, escuchen y hagan lo que les ordeno». Se levantaron, mirándose interrogantes unos a otros.

«Quédense ahí», les dije.

Recogí las hachas y las balanceé por la cabeza desde el cabestrillo de mi brazo; di la vuelta a Montgomery; recogí su revólver aún cargado en dos recámaras y, agachándome para rebuscar, encontré media docena de cartuchos en su bolsillo.

"Take him," said I, standing up again and pointing with the whip; "take him, and carry him out and cast him into the sea."

They came forward, evidently still afraid of Montgomery, but still more afraid of my cracking red whip-lash; and after some fumbling and hesitation, some whip-cracking and shouting, they lifted him gingerly, carried him down to the beach, and went splashing into the dazzling welter of the sea.

"On!" said I, "on! Carry him far."

They went in up to their armpits and stood regarding me.

"Let go," said I; and the body of Montgomery vanished with a splash. Something seemed to tighten across my chest.

"Good!" said I, with a break in my voice; and they came back, hurrying and fearful, to the margin of the water, leaving long wakes of black in the silver. At the water's edge they stopped, turning and glaring into the sea as though they presently expected Montgomery to arise therefrom and exact vengeance.

"Now these," said I, pointing to the other bodies.

They took care not to approach the place where they had thrown Montgomery into the water, but instead, carried the four dead Beast People slantingly along the beach for perhaps a hundred yards before they waded out and cast them away.

As I watched them disposing of the mangled remains of M'ling, I heard a light footfall behind me, and turning quickly saw the big Hyena-swine perhaps a dozen yards away. His head was bent down, his bright eyes were fixed upon me, his stumpy hands clenched and held close by his side. He stopped in this crouching attitude when I turned, his eyes a little averted.

For a moment we stood eye to eye. I dropped the whip and snatched at the pistol in my pocket; for I meant to kill this brute, the most formidable of any left now upon the island, at the first excuse. It may seem treacherous, but so I was resolved. I was far more afraid of him

«Llévenselo», dije, levantándome de nuevo y señalando con el látigo; «llévenselo y arrójenlo al mar».

Se acercaron, evidentemente aún temerosos de Montgomery, pero aún más temerosos de mi chasquido de látigo rojo; y tras algunos tanteos y vacilaciones, algunos chasquidos de látigo y gritos, lo levantaron con cautela, lo llevaron hasta la playa y se sumergieron chapoteando en la deslumbrante marejada.

«¡Adelante!», dije, «¡adelante! Llévenlo lejos».

Entraron hasta las axilas y se quedaron mirándome.

«Suéltenlo», dije; y el cuerpo de Montgomery desapareció con un chapoteo. Algo pareció tensarse en mi pecho.

«¡Bien!», dije, con un quiebre en la voz; y volvieron, apresurados y temerosos, a la orilla del agua, dejando largas estelas negras sobre la plata. Al borde del agua se detuvieron, volviéndose y mirando al mar como si esperasen que Montgomery surgiera de allí y exigiera venganza.

«Ahora estos», dije, señalando los otros cuerpos.

Tuvieron cuidado de no acercarse al lugar donde habían arrojado a Montgomery al agua, sino que, en su lugar, cargaron con las cuatro Personas Bestia muertas a lo largo de la playa durante unas cien yardas antes de vadearlas y arrojarlas lejos.

Mientras observaba cómo se deshacían de los restos destrozados de M'ling, oí una ligera pisada detrás de mí, y al volverme rápidamente vi al gran Hiena Cerdo quizá a una docena de yardas de distancia. Tenía la cabeza agachada, los ojos brillantes fijos en mí, las manos rechonchas apretadas y sujetas a los lados. Se detuvo en esta actitud, agazapado, cuando me volví, con los ojos un poco desviados.

Por un momento nos quedamos frente a frente. Dejé caer el látigo y eché mano de la pistola que llevaba en el bolsillo, pues tenía la intención de matar a este bruto, el más formidable de cuantos quedaban ahora en la isla, a la primera excusa. Puede parecer traicionero, pero así estaba

than of any other two of the Beast Folk. His continued life was I knew a threat against mine.

I was perhaps a dozen seconds collecting myself. Then cried I, "Salute! Bow down!"

His teeth flashed upon me in a snarl. "Who are you that I should—"

Perhaps a little too spasmodically I drew my revolver, aimed quickly and fired. I heard him yelp, saw him run sideways and turn, knew I had missed, and clicked back the cock with my thumb for the next shot. But he was already running headlong, jumping from side to side, and I dared not risk another miss. Every now and then he looked back at me over his shoulder. He went slanting along the beach, and vanished beneath the driving masses of dense smoke that were still pouring out from the burning enclosure. For some time I stood staring after him. I turned to my three obedient Beast Folk again and signalled them to drop the body they still carried. Then I went back to the place by the fire where the bodies had fallen and kicked the sand until all the brown blood-stains were absorbed and hidden.

I dismissed my three serfs with a wave of the hand, and went up the beach into the thickets. I carried my pistol in my hand, my whip thrust with the hatchets in the sling of my arm. I was anxious to be alone, to think out the position in which I was now placed. A dreadful thing that I was only beginning to realise was, that over all this island there was now no safe place where I could be alone and secure to rest or sleep. I had recovered strength amazingly since my landing, but I was still inclined to be nervous and to break down under any great stress. I felt that I ought to cross the island and establish myself with the Beast People, and make myself secure in their confidence. But my heart failed me. I went back to the beach, and turning eastward past the burning enclosure, made for a point where a shallow spit of coral sand ran out towards the reef. Here I could sit down and think, my back to the sea and my face against any surprise. And there I sat, chin on knees, the sun beating down upon my head and unspeakable dread in my mind, plotting how I could live on against the hour of my rescue (if ever rescue came). I tried to review the whole situation as

resuelto. Le temía mucho más que incluso a cualquier conjunto de dos Personas Bestia. Sabía que la continuación de su vida era una amenaza contra la mía.

Estuve quizás una docena de segundos acomodándome. Entonces grité: «¡Saluda! ¡Inclínate!».

Sus dientes relampaguearon sobre mí en un gruñido. «¿Quién eres tú para que yo...?».

Quizás demasiado espasmódicamente desenfundé mi revólver, apunté rápidamente y disparé. Le oí aullar, le vi correr hacia un lado y girar, supe que había fallado y volví el gatillo con el pulgar para el siguiente disparo. Pero él ya estaba corriendo en retirada, saltando de un lado a otro, y no me atreví a arriesgarme a fallar de nuevo. De vez en cuando me miraba por encima del hombro. Se fue tornando a lo largo de la playa y desapareció bajo las masas de humo denso que seguían saliendo del recinto en llamas. Durante algún tiempo me quedé mirando tras él. Me volví de nuevo hacia mis tres obedientes Personas Bestia y les indiqué que soltaran el cuerpo que aún llevaban. Luego volví al lugar junto al fuego donde habían caído los cuerpos y pateé la arena hasta que todas las manchas marrones de sangre quedaron absorbidas y ocultas.

Despedí a mis tres siervos con un gesto de la mano y subí por la playa adentrándome en la espesura. Llevaba mi pistola en la mano, mi látigo empuñado con las hachas en el cabestrillo del brazo. Estaba ansioso por estar solo, para pensar en la situación en la que me encontraba ahora. Una cosa espantosa de la que sólo empezaba a darme cuenta era que en toda esta isla no había ahora ningún lugar seguro donde pudiera estar solo y descansar o dormir. Había recuperado fuerzas asombrosamente desde mi desembarco, pero aún me sentía inclinado a ponerme nervioso y a derrumbarme ante cualquier gran tensión. Sentía que debía cruzar la isla y establecerme con la Gente Bestia, y asegurarme en su confianza. Pero me falló el corazón. Volví a la playa, y girando hacia el este más allá del recinto en llamas, me dirigí a un punto donde una lengua poco profunda de arena coralina corría hacia el arrecife. Aquí podía sentarme y pensar, de espaldas al mar y de cara a cualquier sorpresa. Y allí me senté, con la barbilla sobre las rodillas, el sol golpeándome la cabeza y un pavor indescriptible en mi mente, tramando cómo podría seguir viviendo hasta la hora de mi rescate (si es que alguna vez llega-

calmly as I could, but it was difficult to clear the thing of emotion.

I began turning over in my mind the reason of Montgomery's despair. "They will change," he said; "they are sure to change." And Moreau, what was it that Moreau had said? "The stubborn beast-flesh grows day by day back again." Then I came round to the Hyena-swine. I felt sure that if I did not kill that brute, he would kill me. The Sayer of the Law was dead: worse luck. They knew now that we of the Whips could be killed even as they themselves were killed. Were they peering at me already out of the green masses of ferns and palms over yonder, watching until I came within their spring? Were they plotting against me? What was the Hyena-swine telling them? My imagination was running away with me into a morass of unsubstantial fears.

My thoughts were disturbed by a crying of sea-birds hurrying towards some black object that had been stranded by the waves on the beach near the enclosure. I knew what that object was, but I had not the heart to go back and drive them off. I began walking along the beach in the opposite direction, designing to come round the eastward corner of the island and so approach the ravine of the huts, without traversing the possible ambuscades of the thickets.

Perhaps half a mile along the beach I became aware of one of my three Beast Folk advancing out of the landward bushes towards me. I was now so nervous with my own imaginings that I immediately drew my revolver. Even the propitiatory gestures of the creature failed to disarm me. He hesitated as he approached.

"Go away!" cried I.

There was something very suggestive of a dog in the cringing attitude of the creature. It retreated a little way, very like a dog being sent home, and stopped, looking at me imploringly with canine brown eyes.

"Go away," said I. "Do not come near me."

"May I not come near you?" it said.

ba el rescate). Intenté repasar toda la situación con tanta calma como pude, pero era difícil despejar la cosa de emociones.

Empecé a darle vueltas en mi mente a la razón de la desesperación de Montgomery. «Cambiarán», dijo; «seguro que cambiarán». Y Moreau, ¿qué era lo que Moreau había dicho? «La obstinada carne de bestia vuelve a crecer día tras día». Entonces me acerqué al Hiena Cerdo. Estaba seguro de que si no mataba a ese bruto, él me mataría a mí. El Recitador de la Ley estaba muerto: mala suerte. Ahora sabían que nosotros, los de los Látigos, podíamos morir igual que ellos. ¿Me estaban observando ya desde las masas verdes de helechos y palmeras de allá, vigilando hasta que me acercara a su manantial? ¿Estaban conspirando contra mí? ¿Qué les estaba diciendo el Hiena Cerdo? Mi imaginación huía conmigo hacia un marasmo de temores insustanciales.

Mis pensamientos se vieron perturbados por un griterío de aves marinas que se daban prisa hacia algún objeto negro que había quedado varado por las olas en la playa cercana al recinto. Sabía lo que era ese objeto, pero no tenía valor para volver y ahuyentarlas. Comencé a caminar por la playa en dirección opuesta, con el propósito de doblar la esquina este de la isla y acercarme así al barranco de las cabañas, sin atravesar las posibles emboscadas de los matorrales.

Aproximadamente a media milla de la playa fui consciente de que una de las tres Personas Bestia avanzaba desde los arbustos de tierra hacia mí. Yo ahora estaba tan nervioso con mi propia imaginación que desenfundé inmediatamente mi revólver. Ni siquiera los gestos propiciatorios de la criatura lograron desarmarme. Vaciló al acercarse.

«¡Vete!», grité.

Había algo que sugería un perro en la actitud encogida de la criatura. Retrocedió un poco, como un perro al que mandan a casa, y se detuvo, mirándome implorante con caninos ojos marrones.

«Vete», le dije. «No te acerques a mí».

«¿No puedo acercarme a ti?», dijo.

"No; go away," I insisted, and snapped my whip. Then putting my whip in my teeth, I stooped for a stone, and with that threat drove the creature away.

So in solitude I came round by the ravine of the Beast People, and hiding among the weeds and reeds that separated this crevice from the sea I watched such of them as appeared, trying to judge from their gestures and appearance how the death of Moreau and Montgomery and the destruction of the House of Pain had affected them. I know now the folly of my cowardice. Had I kept my courage up to the level of the dawn, had I not allowed it to ebb away in solitary thought, I might have grasped the vacant sceptre of Moreau and ruled over the Beast People. As it was I lost the opportunity, and sank to the position of a mere leader among my fellows.

Towards noon certain of them came and squatted basking in the hot sand. The imperious voices of hunger and thirst prevailed over my dread. I came out of the bushes, and, revolver in hand, walked down towards these seated figures. One, a Wolf-woman, turned her head and stared at me, and then the others. None attempted to rise or salute me. I felt too faint and weary to insist, and I let the moment pass.

"I want food," said I, almost apologetically, and drawing near.

"There is food in the huts," said an Ox-boar-man, drowsily, and looking away from me.

I passed them, and went down into the shadow and odours of the almost deserted ravine. In an empty hut I feasted on some specked and half-decayed fruit; and then after I had propped some branches and sticks about the opening, and placed myself with my face towards it and my hand upon my revolver, the exhaustion of the last thirty hours claimed its own, and I fell into a light slumber, hoping that the flimsy barricade I had erected would cause sufficient noise in its removal to save me from surprise.

«No; vete», insistí, y chasqueé mi látigo. Luego, poniéndome el látigo entre los dientes, me agaché para coger una piedra, y con esa amenaza ahuyenté a la criatura.

Así, en soledad, di la vuelta por el barranco de la Gente Bestia y, escondido entre la maleza y los juncos que separaban esta grieta del mar, observé a los que aparecían, intentando juzgar por sus gestos y su aspecto cómo les había afectado la muerte de Moreau y Montgomery y la destrucción de la Casa del Dolor. Ahora sé la locura de mi cobardía. Si hubiera mantenido mi valor a la altura desde el amanecer, si no hubiera permitido que se esfumara en pensamientos solitarios, podría haber empuñado el cetro vacante de Moreau y gobernado sobre la Gente Bestia. Así las cosas, perdí la oportunidad y me hundí en la posición de un mero líder entre mis semejantes.

Hacia el mediodía llegaron algunos de ellos y se acuclillaron tomando sol en la arena caliente. Las voces imperiosas del hambre y la sed se impusieron a mi pavor. Salí de entre los arbustos y, revólver en mano, bajé hacia esas figuras sentadas. Una, una Mujer Lobo, volvió la cabeza y me miró fijamente, y luego las otras. Ninguna intentó levantarse ni saludarme. Me sentía demasiado débil y cansado para insistir, y dejé pasar el momento.

«Quiero comida», dije, casi disculpándome, y acercándome.

«Hay comida en las cabañas», dijo un Hombre Buey, somnoliento, y apartando la mirada de mí.

Los pasé y descendí hacia la sombra y los olores del barranco casi desierto. En una cabaña vacía me di un festín con algunas frutas moteadas y medio podridas; y luego, tras haber apuntalado algunas ramas y palos alrededor de la abertura, y colocarme con la cara hacia ella y la mano sobre mi revólver, el agotamiento de las últimas treinta horas reclamó lo suyo, y caí en un ligero sopor, esperando que la endeble barricada que había levantado causara el suficiente ruido al caer como para salvarme si había alguna sorpresa.

In this way I became one among the Beast People in the Island of Doctor Moreau. When I awoke, it was dark about me. My arm ached in its bandages. I sat up, wondering at first where I might be. I heard coarse voices talking outside. Then I saw that my barricade had gone, and that the opening of the hut stood clear. My revolver was still in my hand.

I heard something breathing, saw something crouched together close beside me. I held my breath, trying to see what it was. It began to move slowly, interminably. Then something soft and warm and moist passed across my hand. All my muscles contracted. I snatched my hand away. A cry of alarm began and was stifled in my throat. Then I just realised what had happened sufficiently to stay my fingers on the revolver.

"Who is that?" I said in a hoarse whisper, the revolver still pointed.

"I—Master."

"Who are you?"

"They say there is no Master now. But I know, I know. I carried the bodies into the sea, O Walker in the Sea! the bodies of those you slew. I am your slave, Master."

"Are you the one I met on the beach?" I asked.

"The same, Master."

The Thing was evidently faithful enough, for it might have fallen upon me as I slept. "It is well," I said, extending my hand for another licking kiss. I began to realise what its presence meant, and the tide of my courage flowed. "Where are the others?" I asked.

"They are mad; they are fools," said the Dog-man. "Even now they talk together beyond there. They say, 'The Master is dead. The Other

XXI — LA REVERSIÓN DE LA GENTE BESTIA

De este modo me convertí en uno más entre la Gente Bestia de la Isla del Dr. Moreau. Cuando desperté, todo estaba oscuro a mi alrededor. Me dolía el brazo vendado. Me incorporé, preguntándome al principio dónde podría estar. Oí voces roncas que hablaban fuera. Luego vi que mi barricada había desaparecido y que la abertura de la cabaña estaba despejada. Mi revólver seguía en mi mano.

Oí que algo respiraba, vi algo agazapado cerca de mí. Contuve la respiración, intentando ver qué era. Comenzó a moverse lentamente, sin parar. Entonces algo suave, cálido y húmedo pasó por mi mano. Todos mis músculos se contrajeron. Aparté la mano. Comenzó un grito de alarma que fue sofocado en mi garganta. Me di cuenta de lo que había sucedido lo suficiente como para mantener mis dedos sobre el revólver.

«¿Quién es?», dije en un ronco susurro, con el revólver aún apuntando.

«Yo... Maestro».

«¿Quién eres?».

«Dicen que ahora no hay Maestro. Pero yo lo sé, yo lo sé. Llevé los cuerpos al mar, ¡Oh Caminante en el Mar! Los cuerpos de aquellos que mataste. Soy tu esclavo, Amo».

«¿Eres el que conocí en la playa?», le pregunté.

«Él mismo, amo».

La Cosa era evidentemente bastante fiel, pues podría haber caído sobre mí mientras dormía. «Está bien», dije, extendiendo la mano para que me diera otro beso lameteado. Empecé a darme cuenta de lo que significaba su presencia, y la marea de mi coraje fluyó. «¿Dónde están los demás?», pregunté.

«Están locos, son tontos», dijo el Hombre Perro. «Incluso ahora hablan juntos más allá. Dicen: "El Maestro ha muerto. El Otro con el Látigo

with the Whip is dead. That Other who walked in the Sea is as we are. We have no Master, no Whips, no House of Pain, any more. There is an end. We love the Law, and will keep it; but there is no Pain, no Master, no Whips for ever again.' So they say. But I know, Master, I know."

I felt in the darkness, and patted the Dog-man's head. "It is well," I said again.

"Presently you will slay them all," said the Dog-man.

"Presently," I answered, "I will slay them all,—after certain days and certain things have come to pass. Every one of them save those you spare, every one of them shall be slain."

"What the Master wishes to kill, the Master kills," said the Dog-man with a certain satisfaction in his voice.

"And that their sins may grow," I said, "let them live in their folly until their time is ripe. Let them not know that I am the Master."

"The Master's will is sweet," said the Dog-man, with the ready tact of his canine blood.

"But one has sinned," said I. "Him I will kill, whenever I may meet him. When I say to you, 'That is he,' see that you fall upon him. And now I will go to the men and women who are assembled together."

For a moment the opening of the hut was blackened by the exit of the Dog-man. Then I followed and stood up, almost in the exact spot where I had been when I had heard Moreau and his staghound pursuing me. But now it was night, and all the miasmatic ravine about me was black; and beyond, instead of a green, sunlit slope, I saw a red fire, before which hunched, grotesque figures moved to and fro. Farther were the thick trees, a bank of darkness, fringed above with the black lace of the upper branches. The moon was just riding up on the edge of the ravine, and like a bar across its face drove the spire of vapour that was for ever streaming from the fumaroles of the island.

"Walk by me," said I, nerving myself; and side by side we walked

está muerto. Ese Otro que caminaba en el Mar es como nosotros. Ya no tenemos Amo, ni Látigos, ni Casa del Dolor. Hay un final. Amamos la Ley, y la cumpliremos, pero ya no hay Dolor, ni Amo, ni Látigos para siempre". Eso dicen. Pero yo sé, Maestro, yo sé».

Palpé en la oscuridad y le di unas palmaditas en la cabeza al Hombre Perro. «Está bien», volví a decir.

«Pronto los matarás a todos», dijo el Hombre Perro.

«Pronto», respondí, «los mataré a todos, después de que hayan pasado ciertos días y ciertas cosas. Cada uno de ellos, excepto los que tú perdones, cada uno de ellos será asesinado».

«Lo que el Amo desea matar, el Amo mata», dijo el Hombre Perro con cierta satisfacción en su voz.

«Y para que sus pecados crezcan», les dije, «dejémosles vivir en su locura hasta que llegue su hora. Que no sepan que yo soy el Maestro».

«La voluntad del Amo es dulce», dijo el Hombre Perro, con el tacto presto de su sangre canina.

«Pero uno ha pecado», dije yo. «A ése lo mataré, cuando lo encuentre. Cuando te diga: "Ése es", procura caer sobre él. Y ahora iré a los hombres y mujeres que están reunidos».

Por un momento, la abertura de la cabaña quedó ennegrecida por la salida del Hombre Perro. Entonces le seguí y me puse de pie, casi en el lugar exacto donde había estado cuando oí a Moreau y su sabueso persiguiéndome. Pero ahora era de noche, y todo el barranco miasmático a mi alrededor era negro; y más allá, en lugar de una ladera verde e iluminada por el sol, vi una hoguera roja, ante la cual se movían de un lado a otro figuras encorvadas y grotescas. Más lejos estaban los gruesos árboles, un banco de oscuridad, orlado por encima con el encaje negro de las ramas superiores. La luna cabalgaba por el borde del barranco, y como una barra atravesaba su cara la espiral de vapor que brotaba sin cesar de las fumarolas de la isla.

«Camina a mi lado», le dije, al ponerme nervioso; y codo a codo reco-

down the narrow way, taking little heed of the dim Things that peered at us out of the huts.

None about the fire attempted to salute me. Most of them disregarded me, ostentatiously. I looked round for the Hyena-swine, but he was not there. Altogether, perhaps twenty of the Beast Folk squatted, staring into the fire or talking to one another.

"He is dead, he is dead! the Master is dead!" said the voice of the Ape-man to the right of me. "The House of Pain—there is no House of Pain!"

"He is not dead," said I, in a loud voice. "Even now he watches us!"

This startled them. Twenty pairs of eyes regarded me.

"The House of Pain is gone," said I. "It will come again. The Master you cannot see; yet even now he listens among you."

"True, true!" said the Dog-man.

They were staggered at my assurance. An animal may be ferocious and cunning enough, but it takes a real man to tell a lie.

"The Man with the Bandaged Arm speaks a strange thing," said one of the Beast Folk.

"I tell you it is so," I said. "The Master and the House of Pain will come again. Woe be to him who breaks the Law!"

They looked curiously at one another. With an affectation of indifference I began to chop idly at the ground in front of me with my hatchet. They looked, I noticed, at the deep cuts I made in the turf.

Then the Satyr raised a doubt. I answered him. Then one of the dappled things objected, and an animated discussion sprang up round the fire. Every moment I began to feel more convinced of my present security. I talked now without the catching in my breath, due to the intensity of my excitement, that had troubled me at first. In the

rrimos el estrecho camino, haciendo poco caso de las oscuras Cosas que asomaban desde las cabañas.

Ninguno sobre el fuego intentó saludarme. La mayoría me ignoró, ostentosamente. Miré a mi alrededor buscando al Hiena Cerdo, pero no estaba allí. En total, unas veinte PPersonas Bestia estaban en cuclillas, mirando fijamente al fuego o hablando entre ellos.

«¡Está muerto, está muerto! ¡El Maestro está muerto!», dijo la voz del Hombre Mono a mi derecha. «¡La Casa del Dolor no existe!».

«No está muerto», dije en voz alta. «¡Incluso ahora nos observa!».

Esto les sobresaltó. Veinte pares de ojos me miraron.

«La Casa del Dolor se ha ido», dije. «Volverá de nuevo. Al Maestro no pueden verlo; sin embargo, incluso ahora escucha entre ustedes».

«¡Cierto, cierto!», dijo el Hombre Perro.

Se quedaron perplejos ante mi seguridad. Un animal puede ser lo bastante feroz y astuto, pero hace falta un hombre de verdad para decir una mentira.

«El Hombre del Brazo Vendado habla una cosa extraña», dijo uno de los individuos de la Gente Bestia.

«Te digo que es así», le dije. «El Maestro y la Casa del Dolor vendrán de nuevo. Ay de aquel que quebrante la Ley».

Se miraron con curiosidad. Con una afectación de indiferencia empecé a picar ociosamente el suelo que tenía delante con mi hacha. Se fijaron, me di cuenta, en los profundos cortes que hice en el césped.

Entonces el Sátiro planteó una duda. Yo le respondí. Entonces una de las cosas moteadas objetó, y surgió una animada discusión alrededor del fuego. A cada momento empezaba a sentirme más convencido de mi seguridad. Ahora hablaba sin la respiración entrecortada, debido a la intensidad de mi excitación, que me había preocupado al principio.

course of about an hour I had really convinced several of the Beast Folk of the truth of my assertions, and talked most of the others into a dubious state. I kept a sharp eye for my enemy the Hyena-swine, but he never appeared. Every now and then a suspicious movement would startle me, but my confidence grew rapidly. Then as the moon crept down from the zenith, one by one the listeners began to yawn (showing the oddest teeth in the light of the sinking fire), and first one and then another retired towards the dens in the ravine; and I, dreading the silence and darkness, went with them, knowing I was safer with several of them than with one alone.

In this manner began the longer part of my sojourn upon this Island of Doctor Moreau. But from that night until the end came, there was but one thing happened to tell save a series of innumerable small unpleasant details and the fretting of an incessant uneasiness. So that I prefer to make no chronicle for that gap of time, to tell only one cardinal incident of the ten months I spent as an intimate of these half-humanised brutes. There is much that sticks in my memory that I could write,—things that I would cheerfully give my right hand to forget; but they do not help the telling of the story.

In the retrospect it is strange to remember how soon I fell in with these monsters' ways, and gained my confidence again. I had my quarrels with them of course, and could show some of their teeth-marks still; but they soon gained a wholesome respect for my trick of throwing stones and for the bite of my hatchet. And my Saint-Bernard-man's loyalty was of infinite service to me. I found their simple scale of honour was based mainly on the capacity for inflicting trenchant wounds. Indeed, I may say—without vanity, I hope—that I held something like pre-eminence among them. One or two, whom in a rare access of high spirits I had scarred rather badly, bore me a grudge; but it vented itself chiefly behind my back, and at a safe distance from my missiles, in grimaces.

The Hyena-swine avoided me, and I was always on the alert for him. My inseparable Dog-man hated and dreaded him intensely. I really believe that was at the root of the brute's attachment to me. It was soon evident to me that the former monster had tasted blood, and gone the way of the Leopard-man. He formed a lair somewhere in the

En el transcurso de aproximadamente una hora había convencido realmente a varias Personas Bestia de la veracidad de mis afirmaciones, y convencido a la mayoría de los demás hasta hacerlos dudar. Mantuve un ojo avizor en busca de mi enemigo el Hiena Cerdo, pero nunca apareció. De vez en cuando un movimiento sospechoso me sobresaltaba, pero mi confianza crecía rápidamente. Entonces, a medida que la luna descendía desde el cenit, uno a uno los espectadores empezaron a bostezar (mostrando los dientes más extraños a la luz del fuego que se hundía), y primero uno y luego otro se retiraron hacia las guaridas del barranco; y yo, temiendo el silencio y la oscuridad, me fui con ellos, sabiendo que estaba más seguro con varios de ellos que con uno solo.

De esta manera comenzó la parte más larga de mi estancia en esta Isla del Dr. Moreau. Pero desde aquella noche hasta que llegó el final, no ocurrió más que una serie de innumerables pequeños detalles desagradables y la inquietud de un desasosiego incesante. De modo que prefiero no hacer una crónica de ese lapso de tiempo, contar sólo un incidente cardinal de los diez meses que pasé como íntimo de esos brutos medio humanizados. Hay muchas cosas que se me quedan grabadas en la memoria y que podría escribir, cosas que daría alegremente mi mano derecha por olvidar; pero no ayudan a la narración de la historia.

En retrospectiva, resulta extraño recordar lo pronto que me adapté a las costumbres de estos monstruos y volví a ganarme su confianza. Tuve mis disputas con ellos, por supuesto, y aún podía mostrar algunas de sus marcas de dientes; pero pronto se ganaron un sano respeto por mi truco de lanzar piedras y por la herida de mi hacha. Y la lealtad de mi Hombre San Bernardo me fue de infinita utilidad. Descubrí que su sencilla escala de honor se basaba principalmente en la capacidad para infligir heridas mordaces. De hecho, puedo decir —sin vanidad, espero— que tenía algo parecido a la preeminencia entre ellos. Uno o dos, a los que en un raro acceso de euforia había marcado bastante mal, me guardaban rencor; pero se desahogaban principalmente a mis espaldas, y a una distancia segura de mis misiles, con muecas.

El Hiena Cerdo me evitaba y yo siempre estaba alerta por si aparecía. Mi inseparable Hombre Perro le odiaba y le temía intensamente. Realmente creo que ésa era la raíz del apego que el bruto sentía por mí. Pronto me resultó evidente que el antiguo monstruo había probado la sangre y había seguido el camino del Hombre Leopardo. Formó una

forest, and became solitary. Once I tried to induce the Beast Folk to hunt him, but I lacked the authority to make them co-operate for one end. Again and again I tried to approach his den and come upon him unaware; but always he was too acute for me, and saw or winded me and got away. He too made every forest pathway dangerous to me and my ally with his lurking ambuscades. The Dog-man scarcely dared to leave my side.

In the first month or so the Beast Folk, compared with their latter condition, were human enough, and for one or two besides my canine friend I even conceived a friendly tolerance. The little pink sloth-creature displayed an odd affection for me, and took to following me about. The Monkey-man bored me, however; he assumed, on the strength of his five digits, that he was my equal, and was for ever jabbering at me,—jabbering the most arrant nonsense. One thing about him entertained me a little: he had a fantastic trick of coining new words. He had an idea, I believe, that to gabble about names that meant nothing was the proper use of speech. He called it "Big Thinks" to distinguish it from "Little Thinks," the sane every-day interests of life. If ever I made a remark he did not understand, he would praise it very much, ask me to say it again, learn it by heart, and go off repeating it, with a word wrong here or there, to all the milder of the Beast People. He thought nothing of what was plain and comprehensible. I invented some very curious "Big Thinks" for his especial use. I think now that he was the silliest creature I ever met; he had developed in the most wonderful way the distinctive silliness of man without losing one jot of the natural folly of a monkey.

This, I say, was in the earlier weeks of my solitude among these brutes. During that time they respected the usage established by the Law, and behaved with general decorum. Once I found another rabbit torn to pieces,—by the Hyena-swine, I am assured,—but that was all. It was about May when I first distinctly perceived a growing difference in their speech and carriage, a growing coarseness of articulation, a growing disinclination to talk. My Monkey-man's jabber multiplied in volume but grew less and less comprehensible, more and more simian. Some of the others seemed altogether slipping their hold upon speech, though they still understood what I said to them

guarida en algún lugar del bosque y se volvió solitario. Una vez intenté inducir a las Personas Bestia a cazarlo, pero carecía de autoridad para hacerlos cooperar con un mismo fin. Una y otra vez intenté acercarme a su guarida y toparme con él sin darme cuenta; pero siempre era demasiado agudo para mí, me veía y escapaba. Él también hizo que todos los caminos del bosque fueran peligrosos para mí y para mi aliado con sus emboscadas al acecho. El Hombre Perro apenas se atrevía a apartarse de mi lado.

Durante el primer mes más o menos, la Gente Bestia, comparada con su última condición, era lo bastante humana, y por uno o dos individuos, además de mi amigo canino, incluso concebí una tolerancia amistosa. La pequeña criatura perezosa rosa mostró un extraño afecto por mí y empezó a seguirme. Sin embargo, el Hombre Mono me molestaba; suponía, por la fuerza del hecho de sus cinco dígitos, que era mi igual, y no paraba de parlotearme, diciendo las tonterías más estrambóticas. Una cosa de él me entretenía un poco: tenía un talento fantástico para acuñar palabras nuevas. Tenía la idea, creo, de que parlotear sobre nombres que no significaban nada era el uso adecuado del habla. Lo llamaba «Grandes Pensamientos» para distinguirlos de los «Pequeños Pensamientos», los cuerdos intereses cotidianos de la vida. Si alguna vez yo hacía un comentario que él no entendía, lo elogiaba mucho, me pedía que lo repitiera, se lo aprendía de memoria y lo iba repitiendo, con una palabra equivocada aquí o allá, a todos los individuos más sencillos de la Gente Bestia. No pensaba nada de lo que era sencillo y comprensible. Inventé algunos «Grandes Pensamientos» muy curiosos para su uso especial. Ahora pienso que era la criatura más tonta que he conocido; había desarrollado de la manera más maravillosa la estulticia distintiva del hombre sin perder un ápice de la locura natural de un mono.

Esto, digo, fue en las primeras semanas de mi soledad entre estos brutos. Durante ese tiempo respetaron el uso establecido por la Ley, y se comportaron con decoro general. Una vez encontré otro conejo despedazado —por el Hiena Cerdo, estoy seguro—, pero eso fue todo. Fue hacia el mes de mayo cuando percibí por primera vez una creciente diferencia en su forma de hablar y de comportarse, una creciente tosquedad de articulación, una creciente desgana para hablar. El parloteo de mi Hombre Mono se multiplicaba en volumen pero se hacía cada vez menos comprensible, cada vez más simiesco. Algunos de los otros parecían perder por completo el control del habla, aunque seguían en-

at that time. (Can you imagine language, once clear-cut and exact, softening and guttering, losing shape and import, becoming mere lumps of sound again?) And they walked erect with an increasing difficulty. Though they evidently felt ashamed of themselves, every now and then I would come upon one or another running on toes and finger-tips, and quite unable to recover the vertical attitude. They held things more clumsily; drinking by suction, feeding by gnawing, grew commoner every day. I realised more keenly than ever what Moreau had told me about the "stubborn beast-flesh." They were reverting, and reverting very rapidly.

Some of them—the pioneers in this, I noticed with some surprise, were all females—began to disregard the injunction of decency, deliberately for the most part. Others even attempted public outrages upon the institution of monogamy. The tradition of the Law was clearly losing its force. I cannot pursue this disagreeable subject.

My Dog-man imperceptibly slipped back to the dog again; day by day he became dumb, quadrupedal, hairy. I scarcely noticed the transition from the companion on my right hand to the lurching dog at my side.

As the carelessness and disorganisation increased from day to day, the lane of dwelling places, at no time very sweet, became so loathsome that I left it, and going across the island made myself a hovel of boughs amid the black ruins of Moreau's enclosure. Some memory of pain, I found, still made that place the safest from the Beast Folk.

It would be impossible to detail every step of the lapsing of these monsters,—to tell how, day by day, the human semblance left them; how they gave up bandagings and wrappings, abandoned at last every stitch of clothing; how the hair began to spread over the exposed limbs; how their foreheads fell away and their faces projected; how the quasi-human intimacy I had permitted myself with some of them in the first month of my loneliness became a shuddering horror to recall.

tendiendo lo que yo les decía en aquel momento. (¿Puede imaginarse el lector que el lenguaje, antaño claro y exacto, se suavizara y se hiciera gutural, perdiera forma e importancia, volviera a convertirse en meros grumos de sonido?). Caminaban erguidos con una dificultad cada vez mayor. Aunque evidentemente se sentían avergonzados de sí mismos, de vez en cuando me topaba con uno u otro que corría sobre los dedos de los pies y de las manos, y era totalmente incapaz de recuperar la postura vertical. Sujetaban las cosas con más torpeza; beber por succión, alimentarse royendo, se hacía cada día más común. Me di cuenta más agudamente que nunca de lo que Moreau me había dicho sobre la «obstinada carne de bestia». Estaban revirtiendo, y revirtiendo muy rápidamente.

Algunos de ellos —los pioneros en esto, noté con cierta sorpresa, eran mujeres— empezaron a desobedecer el mandato de la decencia, deliberadamente en su mayor parte. Otros incluso intentaron ultrajar públicamente la institución de la monogamia. La tradición de la Ley estaba perdiendo claramente su fuerza. No puedo continuar con este desagradable tema.

Mi Hombre Perro volvió a convertirse imperceptiblemente en perro; día a día se volvió mudo, cuadrúpedo, peludo. Apenas noté la transición del compañero a mi derecha al perro tambaleante a mi lado.

A medida que el descuido y la desorganización aumentaban de día en día, el callejón de las moradas, en ningún momento muy dulce, se volvió tan repugnante que lo abandoné y, atravesando la isla, me hice una casucha de ramas entre las negras ruinas del recinto de Moreau. Algún recuerdo del dolor, descubrí, aún hacía de aquel lugar el más seguro frente a la Gente Bestia.

Sería imposible detallar cada paso del decaimiento de estos monstruos, contar cómo, día a día, la apariencia humana les abandonaba; cómo renunciaban a vendajes y envoltorios, abandonaban al fin cada retazo de ropa; cómo el pelo empezaba a extenderse por los miembros expuestos; cómo sus frentes caían y sus rostros se proyectaban; cómo la intimidad cuasi humana que me había permitido con algunos de ellos en el primer mes de mi soledad se convertía en un horror estremecedor de recordar.

The change was slow and inevitable. For them and for me it came without any definite shock. I still went among them in safety, because no jolt in the downward glide had released the increasing charge of explosive animalism that ousted the human day by day. But I began to fear that soon now that shock must come. My Saint-Bernard-brute followed me to the enclosure every night, and his vigilance enabled me to sleep at times in something like peace. The little pink sloth-thing became shy and left me, to crawl back to its natural life once more among the tree-branches. We were in just the state of equilibrium that would remain in one of those "Happy Family" cages which animal-tamers exhibit, if the tamer were to leave it for ever.

Of course these creatures did not decline into such beasts as the reader has seen in zoological gardens,—into ordinary bears, wolves, tigers, oxen, swine, and apes. There was still something strange about each; in each Moreau had blended this animal with that. One perhaps was ursine chiefly, another feline chiefly, another bovine chiefly; but each was tainted with other creatures,—a kind of generalised animalism appearing through the specific dispositions. And the dwindling shreds of the humanity still startled me every now and then,—a momentary recrudescence of speech perhaps, an unexpected dexterity of the fore-feet, a pitiful attempt to walk erect.

I too must have undergone strange changes. My clothes hung about me as yellow rags, through whose rents showed the tanned skin. My hair grew long, and became matted together. I am told that even now my eyes have a strange brightness, a swift alertness of movement.

At first I spent the daylight hours on the southward beach watching for a ship, hoping and praying for a ship. I counted on the Ipecacuanha returning as the year wore on; but she never came. Five times I saw sails, and thrice smoke; but nothing ever touched the island. I always had a bonfire ready, but no doubt the volcanic reputation of the island was taken to account for that.

It was only about September or October that I began to think of making a raft. By that time my arm had healed, and both my hands

El cambio fue lento e inevitable. Para ellos y para mí llegó sin ningún momento definitivo. Aún me movía entre ellos con seguridad, porque ninguna sacudida en el deslizamiento descendente había liberado la creciente carga de animalismo explosivo que desbancaba al humano día a día. Pero empecé a temer que pronto llegaría esa sacudida. Mi bruto de San Bernardo me seguía al recinto todas las noches, y su vigilancia me permitía dormir a veces en algo parecido a la paz. El pequeño perezoso rosa se volvió tímido y me abandonó, para arrastrarse de nuevo a su vida natural entre las ramas de los árboles. Estábamos justo en el estado de equilibrio que quedaría en una de esas jaulas de «Familia Feliz» que exhiben los domadores de animales, si el domador la abandonara para siempre.

Por supuesto, estas criaturas no se convirtieron en bestias como las que el lector ha visto en los jardines zoológicos, en osos ordinarios, lobos, tigres, bueyes, cerdos y simios. Aún había algo extraño en cada uno; en cada uno Moreau había mezclado este animal con aquel. Uno quizá era principalmente ursino, otro principalmente felino, otro principalmente bovino; pero cada uno estaba contaminado con otras criaturas, una especie de animalismo generalizado que aparecía a través de las disposiciones específicas. Y los menguantes jirones de humanidad aún me sobresaltaban de vez en cuando… un momentáneo recrudecimiento del habla tal vez, una inesperada destreza de las patas delanteras, un lamentable intento de caminar erguido.

Yo también debí sufrir extraños cambios. Mis ropas colgaban a mi alrededor como harapos amarillentos, a través de cuyas aberturas se veía la piel bronceada. Mi pelo creció y se enmarañó. Me han dicho que incluso ahora mis ojos tienen un brillo extraño, una rápida agudeza de movimientos.

Al principio me pasaba las horas del día en la playa hacia el sur vigilando en busca de un barco, esperando y rezando por un barco. Contaba con que el Ipecacuanha regresara a medida que avanzaba el año; pero nunca llegó. Cinco veces vi velas, y tres veces humo; pero nada tocó nunca la isla. Siempre tenía preparada una hoguera, pero sin duda la reputación volcánica de la isla iba a ser tenida en cuenta.

No fue hasta septiembre u octubre cuando empecé a pensar en hacer una balsa. Para entonces mi brazo se había curado y mis dos manos es-

were at my service again. At first, I found my helplessness appalling. I had never done any carpentry or such-like work in my life, and I spent day after day in experimental chopping and binding among the trees. I had no ropes, and could hit on nothing wherewith to make ropes; none of the abundant creepers seemed limber or strong enough, and with all my litter of scientific education I could not devise any way of making them so. I spent more than a fortnight grubbing among the black ruins of the enclosure and on the beach where the boats had been burnt, looking for nails and other stray pieces of metal that might prove of service. Now and then some Beast-creature would watch me, and go leaping off when I called to it. There came a season of thunder-storms and heavy rain, which greatly retarded my work; but at last the raft was completed.

I was delighted with it. But with a certain lack of practical sense which has always been my bane, I had made it a mile or more from the sea; and before I had dragged it down to the beach the thing had fallen to pieces. Perhaps it is as well that I was saved from launching it; but at the time my misery at my failure was so acute that for some days I simply moped on the beach, and stared at the water and thought of death.

I did not, however, mean to die, and an incident occurred that warned me unmistakably of the folly of letting the days pass so,—for each fresh day was fraught with increasing danger from the Beast People.

I was lying in the shade of the enclosure wall, staring out to sea, when I was startled by something cold touching the skin of my heel, and starting round found the little pink sloth-creature blinking into my face. He had long since lost speech and active movement, and the lank hair of the little brute grew thicker every day and his stumpy claws more askew. He made a moaning noise when he saw he had attracted my attention, went a little way towards the bushes and looked back at me.

At first I did not understand, but presently it occurred to me that he wished me to follow him; and this I did at last,—slowly, for the day was hot. When we reached the trees he clambered into them, for he could travel better among their swinging creepers than on the ground.

taban de nuevo a mi servicio. Al principio, mi impotencia me pareció espantosa. Nunca había hecho en mi vida ningún trabajo de carpintería o algo similar, y me pasaba día tras día en experimentos cortando y atando entre los árboles. No tenía cuerdas ni pude dar con nada con lo que hacerlas; ninguna de las abundantes enredaderas parecía lo bastante ágil o fuerte, y con toda mi educación científica no pude idear ninguna forma de fabricarlas. Pasé más de quince días rebuscando entre las negras ruinas del recinto y en la playa donde se habían quemado las barcas, en busca de clavos y otros trozos de metal perdidos que pudieran resultar útiles. De vez en cuando alguna Criatura Bestia me observaba y se iba saltando cuando la llamaba. Vino una temporada de tormentas y lluvias torrenciales, que retrasaron mucho mi trabajo; pero al fin la balsa quedó terminada.

Estaba encantado con ella. Pero tenía cierta falta de sentido práctico que siempre ha sido mi perdición: la había fabricado a una milla o más dentro del mar y antes de que la hubiera arrastrado de nuevo hasta la playa la cosa se había hecho pedazos. Tal vez fue una suerte que me salvara de usarla; pero en aquel momento mi desdicha por mi fracaso era tan aguda que durante algunos días me limité a deambular por la playa, mirando fijamente el agua y pensando en la muerte.

Sin embargo, no tenía intención de morir, y ocurrió un incidente que me advirtió inequívocamente de la insensatez de dejar que los días pasaran así, pues cada nuevo día estaba cargado de un peligro creciente por parte de la Gente Bestia.

Estaba tumbado a la sombra del muro del recinto, mirando al mar, cuando me sobresalté al sentir que algo frío me tocaba la piel del talón, y al volverme encontré a la pequeña criatura perezosa de color rosa parpadeando ante mi cara. Hacía tiempo que había perdido el habla y el movimiento activo, y el pelo lacio del pequeño bruto se hacía cada día más espeso y sus garras rechonchas más torcidas. Lanzó un gemido al ver que había atraído mi atención, se alejó un poco hacia los arbustos y volvió a mirarme.

Al principio no lo entendí, pero enseguida se me ocurrió que deseaba que le siguiera; y así lo hice al fin, lentamente, pues el día era caluroso. Cuando llegamos a los árboles se subió a ellos, pues podía desplazarse mejor entre sus enredaderas oscilantes que sobre el suelo. Y de repente,

And suddenly in a trampled space I came upon a ghastly group. My Saint-Bernard-creature lay on the ground, dead; and near his body crouched the Hyena-swine, gripping the quivering flesh with its misshapen claws, gnawing at it, and snarling with delight. As I approached, the monster lifted its glaring eyes to mine, its lips went trembling back from its red-stained teeth, and it growled menacingly. It was not afraid and not ashamed; the last vestige of the human taint had vanished. I advanced a step farther, stopped, and pulled out my revolver. At last I had him face to face.

The brute made no sign of retreat; but its ears went back, its hair bristled, and its body crouched together. I aimed between the eyes and fired. As I did so, the Thing rose straight at me in a leap, and I was knocked over like a ninepin. It clutched at me with its crippled hand, and struck me in the face. Its spring carried it over me. I fell under the hind part of its body; but luckily I had hit as I meant, and it had died even as it leapt. I crawled out from under its unclean weight and stood up trembling, staring at its quivering body. That danger at least was over; but this, I knew was only the first of the series of relapses that must come.

I burnt both of the bodies on a pyre of brushwood; but after that I saw that unless I left the island my death was only a question of time. The Beast People by that time had, with one or two exceptions, left the ravine and made themselves lairs according to their taste among the thickets of the island. Few prowled by day, most of them slept, and the island might have seemed deserted to a new-comer; but at night the air was hideous with their calls and howling. I had half a mind to make a massacre of them; to build traps, or fight them with my knife. Had I possessed sufficient cartridges, I should not have hesitated to begin the killing. There could now be scarcely a score left of the dangerous carnivores; the braver of these were already dead. After the death of this poor dog of mine, my last friend, I too adopted to some extent the practice of slumbering in the daytime in order to be on my guard at night. I rebuilt my den in the walls of the enclosure, with such a narrow opening that anything attempting to enter must necessarily make a considerable noise. The creatures had lost the art of fire too, and recovered their fear of it. I turned once more, almost passionately now, to hammering together stakes and branches to form a raft for my escape.

en un espacio pisoteado, me topé con un grupo espantoso. Mi criatura San Bernardo yacía en el suelo, él había muerto; y cerca de su cuerpo se agazapaba el Hiena Cerdo, agarrando la carne temblorosa con sus deformes garras, royéndola y gruñendo de placer. Cuando me acerqué, el monstruo levantó sus ojos fulminantes hacia los míos, sus labios se retiraron temblorosos de sus dientes manchados de rojo y gruñó amenazadoramente. No tenía miedo ni vergüenza; el último vestigio de la mancha humana se había desvanecido. Avancé un paso más, me detuve y saqué mi revólver. Por fin lo tenía cara a cara.

El bruto no hizo ninguna señal de retirada; pero sus orejas se echaron hacia atrás, su pelo se erizó y su cuerpo se agazapó. Apunté entre los ojos y disparé. Al hacerlo, la Cosa se levantó hacia mí de un salto y me derribó como a un bolo. Él se aferró a mí con su mano lisiada y me golpeó en la cara. Su salto lo llevó por encima de mí. Caí bajo la parte trasera de su cuerpo; pero afortunadamente yo había impactado como quería, y él ya estaba muerto al saltar. Me arrastré para salir de debajo de su sucio peso y me levanté temblando, mirando fijamente su cuerpo tembloroso. Ese peligro al menos había pasado; pero esto, sabía que era sólo la primera de la serie de recaídas que debían venir.

Quemé ambos cadáveres en una pira de broza; pero después de eso vi que, a menos que abandonara la isla, mi muerte era sólo cuestión de tiempo. Para entonces, la Gente Bestia, con una o dos excepciones, había abandonado el barranco y se había hecho guaridas a su gusto entre los matorrales de la isla. Pocos merodeaban de día, la mayoría dormía, y la isla podría haber parecido desierta a un recién llegado; pero por la noche el aire era espantoso, lleno de llamadas y aullidos. Tenía ganas a medias de hacer una masacre entre ellos; construir trampas o combatirlos con mi cuchillo. Si hubiera poseído suficientes cartuchos, no habría dudado en comenzar la matanza. Ahora apenas quedaba una veintena de estos peligrosos carnívoros; los más valientes ya estaban muertos. Tras la muerte de este pobre perro mío, mi último amigo, yo también adopté en cierta medida la práctica de dormir durante el día para estar en guardia por la noche. Reconstruí mi guarida en las paredes del recinto, con una abertura tan estrecha que cualquier cosa que intentara entrar debía necesariamente hacer un ruido considerable. Las criaturas también habían perdido el arte del fuego y habían recuperado el miedo a él. Me dediqué una vez más, casi apasionadamente ahora, a martillear estacas y ramas para formar una balsa para mi huida.

I found a thousand difficulties. I am an extremely unhandy man (my schooling was over before the days of Slöjd); but most of the requirements of a raft I met at last in some clumsy, circuitous way or other, and this time I took care of the strength. The only insurmountable obstacle was that I had no vessel to contain the water I should need if I floated forth upon these untravelled seas. I would have even tried pottery, but the island contained no clay. I used to go moping about the island trying with all my might to solve this one last difficulty. Sometimes I would give way to wild outbursts of rage, and hack and splinter some unlucky tree in my intolerable vexation. But I could think of nothing.

And then came a day, a wonderful day, which I spent in ecstasy. I saw a sail to the southwest, a small sail like that of a little schooner; and forthwith I lit a great pile of brushwood, and stood by it in the heat of it, and the heat of the midday sun, watching. All day I watched that sail, eating or drinking nothing, so that my head reeled; and the Beasts came and glared at me, and seemed to wonder, and went away. It was still distant when night came and swallowed it up; and all night I toiled to keep my blaze bright and high, and the eyes of the Beasts shone out of the darkness, marvelling. In the dawn the sail was nearer, and I saw it was the dirty lug-sail of a small boat. But it sailed strangely. My eyes were weary with watching, and I peered and could not believe them. Two men were in the boat, sitting low down,— one by the bows, the other at the rudder. The head was not kept to the wind; it yawed and fell away.

As the day grew brighter, I began waving the last rag of my jacket to them; but they did not notice me, and sat still, facing each other. I went to the lowest point of the low headland, and gesticulated and shouted. There was no response, and the boat kept on her aimless course, making slowly, very slowly, for the bay. Suddenly a great white bird flew up out of the boat, and neither of the men stirred nor noticed it; it circled round, and then came sweeping overhead with its strong wings outspread.

Then I stopped shouting, and sat down on the headland and rested my chin on my hands and stared. Slowly, slowly, the boat drove past towards the west. I would have swum out to it, but something—a

Encontré mil dificultades. Soy un hombre extremadamente poco hábil (mi escolarización terminó antes de los días de Slöjd); pero la mayoría de los requisitos de una balsa los cumplí al fin de una forma torpe y tortuosa, y esta vez me encargué de su solidez. El único obstáculo insalvable era que no tenía ningún recipiente para contener el agua que necesitaría si me lanzaba a flotar por estos mares inexplorados. Hubiera intentado incluso la alfarería, pero la isla no contenía arcilla. Solía andar abatido por la isla intentando con todas mis fuerzas resolver esta última dificultad. A veces cedía a salvajes arrebatos de cólera, y talaba y astillaba algún árbol desafortunado en mi intolerable vejación. Pero no se me ocurría nada.

Y entonces llegó un día, un día maravilloso, que pasé en éxtasis. Vi una vela al suroeste, una vela pequeña como la de una pequeña goleta; e inmediatamente encendí un gran montón de broza, y me quedé junto a él al calor de la misma, y al calor del sol de mediodía, observando. Todo el día observé aquella vela, sin comer ni beber nada, de modo que mi cabeza se tambaleaba; y las Bestias venían y me miraban, y parecían asombrarse, y se alejaban. Aún estaba distante cuando llegó la noche y se la tragó; y toda la noche me afané por mantener mi llama brillante y alta, y los ojos de las Bestias brillaban en la oscuridad, maravillados. Al amanecer la vela estaba más cerca, y vi que era la sucia vela de un pequeño bote. Pero navegaba de forma extraña. Mis ojos estaban cansados de mirar, y me asomé sin poder creerlo. Había dos hombres en la barca, sentados a poca altura, uno junto a la proa y el otro en el timón. La proa no se mantenía al viento; daba bandazos y se alejaba.

A medida que el día se hacía más claro, empecé a agitar hacia ellos el último trapo de mi chaqueta; pero no repararon en mí y se quedaron quietos, uno frente al otro. Me acerqué al punto más bajo del promontorio inferior, y gesticulé y grité. No hubo respuesta, y el barco siguió su rumbo, a la deriva, dirigiéndose despacio, muy despacio, hacia la bahía. De repente, un gran pájaro blanco salió volando de la embarcación y ninguno de los hombres se inmutó ni reparó en él; dio una vuelta en círculos y luego se acercó barriendo el cielo con sus fuertes alas desplegadas.

Entonces dejé de gritar, me senté en el promontorio, apoyé la barbilla en las manos y me quedé mirando. Lenta, lentamente, el barco pasó hacia el oeste. Habría nadado hacia él, pero algo —un miedo frío y vago—

cold, vague fear—kept me back. In the afternoon the tide stranded the boat, and left it a hundred yards or so to the westward of the ruins of the enclosure. The men in it were dead, had been dead so long that they fell to pieces when I tilted the boat on its side and dragged them out. One had a shock of red hair, like the captain of the Ipecacuanha, and a dirty white cap lay in the bottom of the boat.

As I stood beside the boat, three of the Beasts came slinking out of the bushes and sniffing towards me. One of my spasms of disgust came upon me. I thrust the little boat down the beach and clambered on board her. Two of the brutes were Wolf-beasts, and came forward with quivering nostrils and glittering eyes; the third was the horrible nondescript of bear and bull. When I saw them approaching those wretched remains, heard them snarling at one another and caught the gleam of their teeth, a frantic horror succeeded my repulsion. I turned my back upon them, struck the lug and began paddling out to sea. I could not bring myself to look behind me.

I lay, however, between the reef and the island that night, and the next morning went round to the stream and filled the empty keg aboard with water. Then, with such patience as I could command, I collected a quantity of fruit, and waylaid and killed two rabbits with my last three cartridges. While I was doing this I left the boat moored to an inward projection of the reef, for fear of the Beast People.

me hizo retroceder. Por la tarde la marea encalló la barca y la dejó a unas cien yardas hacia el oeste de las ruinas del recinto. Los hombres que había en ella estaban muertos, llevaban tanto tiempo muertos que se cayeron a pedazos cuando incliné la barca sobre su costado y los saqué. Uno tenía un mechón de pelo rojo, como el capitán del Ipecacuanha, y un sucio gorro blanco yacía en el fondo del bote.

Mientras estaba de pie junto a la barca, tres de las Bestias salieron, escurridizas de entre los arbustos, y olfatearon. Me sobrevino uno de mis espasmos de repugnancia. Empujé la pequeña embarcación por la playa y subí a bordo de ella. Dos de los brutos eran Bestias Lobo y se acercaban con las fosas nasales temblorosas y los ojos brillantes; el tercero era el horrible anodino de un oso y un toro. Cuando los vi acercarse a aquellos desdichados restos, los oí gruñirse unos a otros y capté el brillo de sus dientes, un horror frenético sucedió a mi repulsión. Les di la espalda, golpeé la lengüeta y comencé a remar mar adentro. No me atrevía a mirar detrás de mí.

Me quedé, sin embargo, entre el arrecife y la isla esa noche, y a la mañana siguiente fui hasta el arroyo y llené de agua el barril vacío que llevaba a bordo. Luego, con toda la paciencia que pude reunir, recogí una cantidad de fruta, y asalté y maté dos conejos con mis tres últimos cartuchos. Mientras hacía esto dejé el bote amarrado a un saliente interior del arrecife, por miedo a la Gente Bestia.

In the evening I started, and drove out to sea before a gentle wind from the southwest, slowly, steadily; and the island grew smaller and smaller, and the lank spire of smoke dwindled to a finer and finer line against the hot sunset. The ocean rose up around me, hiding that low, dark patch from my eyes. The daylight, the trailing glory of the sun, went streaming out of the sky, was drawn aside like some luminous curtain, and at last I looked into the blue gulf of immensity which the sunshine hides, and saw the floating hosts of the stars. The sea was silent, the sky was silent. I was alone with the night and silence.

So I drifted for three days, eating and drinking sparingly, and meditating upon all that had happened to me,—not desiring very greatly then to see men again. One unclean rag was about me, my hair a black tangle: no doubt my discoverers thought me a madman.

It is strange, but I felt no desire to return to mankind. I was only glad to be quit of the foulness of the Beast People. And on the third day I was picked up by a brig from Apia to San Francisco. Neither the captain nor the mate would believe my story, judging that solitude and danger had made me mad; and fearing their opinion might be that of others, I refrained from telling my adventure further, and professed to recall nothing that had happened to me between the loss of the Lady Vain and the time when I was picked up again,—the space of a year.

I had to act with the utmost circumspection to save myself from the suspicion of insanity. My memory of the Law, of the two dead sailors, of the ambuscades of the darkness, of the body in the canebrake, haunted me; and, unnatural as it seems, with my return to mankind came, instead of that confidence and sympathy I had expected, a strange enhancement of the uncertainty and dread I had experienced during my stay upon the island. No one would believe me; I was almost as queer to men as I had been to the Beast People. I may have caught something of the natural wildness of my companions. They say that terror is a disease, and anyhow I can witness that for several years now a restless fear has dwelt in my mind,—such a rest-

Al atardecer me puse en marcha, y me adentré en el mar ante un suave viento del suroeste, despacio, sin pausa; y la isla se hizo cada vez más pequeña, y la lánguida aguja de humo se redujo a una línea cada vez más fina contra la calurosa puesta de sol. El océano se alzaba a mi alrededor, ocultando a mis ojos aquella mancha baja y oscura. La luz del día, la gloria rezagada del sol, se desvaneció del cielo, se apartó como una cortina luminosa, y por fin miré hacia el golfo azul de la inmensidad que oculta la luz del sol, y vi las huestes flotantes de las estrellas. El mar estaba en silencio, el cielo estaba en silencio. Estaba solo con la noche y el silencio.

Así estuve a la deriva durante tres días, comiendo y bebiendo escasamente, y meditando sobre todo lo que me había sucedido, sin desear fuertemente volver a ver a los hombres. Un trapo inmundo me envolvía, mis cabellos eran una maraña negra: sin duda los que me descubrieron pensaron que estaba loco.

Es extraño, pero no sentí ningún deseo de volver a la humanidad. Sólo me alegraba haberme librado de la inmundicia de la Gente Bestia. Al tercer día me recogió un bergantín que iba de Apia a San Francisco. Ni el capitán ni el oficial quisieron creer mi historia, juzgando que la soledad y el peligro me habían vuelto loco; y temiendo que su opinión pudiera ser la de otros, me abstuve de seguir contando mi aventura, y profesé no recordar nada de lo que me había sucedido entre la pérdida del Lady Vain y el momento en que me recogieron de nuevo, es decir, el espacio de un año.

Tuve que actuar con la mayor circunspección para salvarme de la sospecha de locura. El recuerdo de la Ley, de los dos marineros muertos, de las emboscadas en la oscuridad, del cadáver en el cañaveral, me perseguía; y, por antinatural que parezca, con mi regreso a la humanidad llegó, en lugar de esa confianza y simpatía que había esperado, un extraño aumento de la incertidumbre y el temor que había experimentado durante mi estancia en la isla. Nadie me creería; yo era casi tan extraño para los hombres como lo había sido para la Gente Bestia. Puede que me contagiara algo del salvajismo natural de mis compañeros. Dicen que el terror es una enfermedad, y en cualquier caso puedo atestiguar que desde hace varios años un miedo inquieto habita en mi

less fear as a half-tamed lion cub may feel.

My trouble took the strangest form. I could not persuade myself that the men and women I met were not also another Beast People, animals half wrought into the outward image of human souls, and that they would presently begin to revert,—to show first this bestial mark and then that. But I have confided my case to a strangely able man,—a man who had known Moreau, and seemed half to credit my story; a mental specialist,—and he has helped me mightily, though I do not expect that the terror of that island will ever altogether leave me. At most times it lies far in the back of my mind, a mere distant cloud, a memory, and a faint distrust; but there are times when the little cloud spreads until it obscures the whole sky. Then I look about me at my fellow-men; and I go in fear. I see faces, keen and bright; others dull or dangerous; others, unsteady, insincere,—none that have the calm authority of a reasonable soul. I feel as though the animal was surging up through them; that presently the degradation of the Islanders will be played over again on a larger scale. I know this is an illusion; that these seeming men and women about me are indeed men and women,—men and women for ever, perfectly reasonable creatures, full of human desires and tender solicitude, emancipated from instinct and the slaves of no fantastic Law,—beings altogether different from the Beast Folk. Yet I shrink from them, from their curious glances, their inquiries and assistance, and long to be away from them and alone. For that reason I live near the broad free downland, and can escape thither when this shadow is over my soul; and very sweet is the empty downland then, under the wind-swept sky.

When I lived in London the horror was well-nigh insupportable. I could not get away from men: their voices came through windows; locked doors were flimsy safeguards. I would go out into the streets to fight with my delusion, and prowling women would mew after me; furtive, craving men glance jealously at me; weary, pale workers go coughing by me with tired eyes and eager paces, like wounded deer dripping blood; old people, bent and dull, pass murmuring to themselves; and, all unheeding, a ragged tail of gibing children. Then I would turn aside into some chapel,—and even there, such was my disturbance, it seemed that the preacher gibbered "Big Thinks,"

mente, un miedo tan inquieto como el que puede sentir un cachorro de león domesticado a medias.

Mi problema adoptó la forma más extraña. No podía persuadirme de que los hombres y mujeres que conocí no eran también otras Personas Bestia, animales medio forjados a la imagen externa de almas humanas, y que pronto empezarían a revertirse, a mostrar primero esta marca bestial y luego aquella. Pero he confiado mi caso a un hombre extrañamente capaz —un hombre que había conocido a Moreau, y que parecía dar crédito a medias a mi historia; un especialista mental— y me ha ayudado muchísimo, aunque no espero que el terror de aquella isla me abandone nunca del todo. La mayoría de las veces yace lejos en el fondo de mi mente, una mera nube distante, un recuerdo y una débil desconfianza; pero hay ocasiones en que la pequeña nube se extiende hasta oscurecer todo el cielo. Entonces miro a mi alrededor, a mis semejantes, y me asalta el miedo. Veo rostros, agudos y brillantes; otros, apagados o peligrosos; otros, inseguros, insinceros, ninguno que tenga la tranquila autoridad de un alma razonable. Siento como si el animal surgiera a través de ellos; que en breve la degradación de los isleños se reproducirá de nuevo a mayor escala. Sé que es una ilusión; que estos hombres y mujeres aparentes que me rodean son en realidad hombres y mujeres, —hombres y mujeres para siempre, criaturas perfectamente razonables, llenos de deseos humanos y tierna solicitud, emancipados del instinto y no esclavos de alguna Ley fantástica—, seres totalmente diferentes de la Gente Bestia. Sin embargo, me alejo de ellos, de sus miradas curiosas, de sus preguntas y ayuda, y anhelo estar lejos de ellos y solo. Por eso vivo cerca de las amplias tierras bajas y libres, y puedo escapar allí cuando esta sombra se cierne sobre mi alma; y muy dulce es entonces la tierra baja y vacía, bajo el cielo barrido por el viento.

Cuando vivía en Londres el horror era casi insoportable. No podía alejarme de los hombres: sus voces entraban por las ventanas; las puertas cerradas con llave eran endebles salvaguardas. Salía a la calle para luchar con mi delirio, y mujeres que merodeaban maullaban tras de mí; hombres furtivos y ansiosos me miraban celosamente; trabajadores cansados y pálidos pasaban tosiendo a mi lado con ojos cansados y pasos ansiosos, como ciervos heridos chorreando sangre; ancianos, encorvados y apagados, pasaban murmurando para sí mismos; y, todos desatentos, una cola harapienta de niños mordaces. Entonces me desviaba hacia alguna capilla, e incluso allí, tal era mi turbación, pare-

even as the Ape-man had done; or into some library, and there the intent faces over the books seemed but patient creatures waiting for prey. Particularly nauseous were the blank, expressionless faces of people in trains and omnibuses; they seemed no more my fellow-creatures than dead bodies would be, so that I did not dare to travel unless I was assured of being alone. And even it seemed that I too was not a reasonable creature, but only an animal tormented with some strange disorder in its brain which sent it to wander alone, like a sheep stricken with gid.

This is a mood, however, that comes to me now, I thank God, more rarely. I have withdrawn myself from the confusion of cities and multitudes, and spend my days surrounded by wise books,—bright windows in this life of ours, lit by the shining souls of men. I see few strangers, and have but a small household. My days I devote to reading and to experiments in chemistry, and I spend many of the clear nights in the study of astronomy. There is—though I do not know how there is or why there is—a sense of infinite peace and protection in the glittering hosts of heaven. There it must be, I think, in the vast and eternal laws of matter, and not in the daily cares and sins and troubles of men, that whatever is more than animal within us must find its solace and its hope. I hope, or I could not live.

And so, in hope and solitude, my story ends.

EDWARD PRENDICK

cía que el predicador farfullaba «Grandes Pensamientos», igual que lo había hecho el Hombre Mono; o iba a alguna biblioteca, y allí los rostros atentos sobre los libros no parecían sino pacientes criaturas a la espera de una presa. Particularmente nauseabundos eran los rostros inexpresivos y vacíos de la gente en los trenes y omnibuses; no parecían más mis semejantes de lo que lo serían los cadáveres, de modo que no me atrevía a viajar a menos que tuviera la seguridad de estar solo. E incluso parecía que yo tampoco era una criatura razonable, sino sólo un animal atormentado con algún extraño trastorno en el cerebro que le enviaba a vagar solo, como una oveja aquejada de vértigo.

Este es un estado de ánimo, sin embargo, que me viene ahora, doy gracias a Dios, más raramente. Me he retirado de la confusión de las ciudades y las multitudes, y paso mis días rodeado de sabios libros, brillantes ventanas en esta vida nuestra, iluminadas por las brillantes almas de los hombres. Veo a pocos extraños, y no tengo más que un pequeño hogar. Dedico mis días a la lectura y a experimentos de química, y paso muchas de las noches despejadas en el estudio de la astronomía. Hay —aunque no sé cómo ni por qué la hay— una sensación de paz y protección infinitas en las brillantes huestes del cielo. Allí debe ser, creo, en las vastas y eternas leyes de la materia, y no en las preocupaciones diarias y los pecados y problemas de los hombres, donde todo lo que es más que animal dentro de nosotros debe encontrar su consuelo y su esperanza. Tengo esperanza, o no podría vivir.

Y así, con esperanza y soledad, termina mi historia.

EDWARD PRENDICK

CLÁSICOS EN ESPAÑOL

Esperamos que haya disfrutado esta lectura. ¿Quiere leer otra obra de nuestra colección de *Clásicos en español*?

En nuestro Club del Libro encontrarás artículos relacionados con los libros que publicamos y la literatura en general. ¡Suscríbete en nuestra página web y te ofrecemos un ebook gratis por mes!

Recibe tu copia totalmente gratuita de nuestro *Club del libro* en rosettaedu.com/pages/club-del-libro

ROSETTA EDU

CLÁSICOS EN ESPAÑOL

Una habitación propia se estableció desde su publicación como uno de los libros fundamentales del feminismo. Basado en dos conferencias pronunciadas por Virginia Woolf en colleges para mujeres y ampliado luego por la autora, el texto es un testamento visionario, donde tópicos característicos del feminismo por casi un siglo son expuestos con claridad tal vez por primera vez.

Oscar Wilde escribe una sola novela, *El retrato de Dorian Gray*; ésta fue el objeto de una crítica moralizante mordaz por parte de sus contemporáneos que no pudieron ver que dentro de una trama perfectamente compuesta se escondía toda la tragedia del romanticismo. Cien años después no ha perdido su impacto original y sigue siendo un texto fundamental para los debates sobre la estética y la moral.

Otra vuelta de tuerca es una de las novelas de terror más difundidas en la literatura universal y cuenta una historia absorbente, siguiendo a una institutriz a cargo de dos niños en una gran mansión en la campiña inglesa que parece estar embrujada. Los detalles de la descripción y la narración en primera persona van conformando un mundo que puede inspirar genuino terror.

rosettaedu.com

EDICIONES BILINGÜES

En una atmósfera constante de misterio y amenaza, *El corazón de las tinieblas* narra el peligroso viaje de Marlow por un río (sin duda el Congo aunque no es nombrado en el relato) africano. Lo que el marino puede observar en su viaje le horroriza, le deja perplejo, y pone en tela de juicio las bases mismas de la civilización y la naturaleza humana.

Durante décadas, y acercándose a su centenario, *El gran Gatsby* ha sido considerada una obra maestra de la literatura y candidata al título de «Gran novela americana» por su dominio al mostrar la pura identidad americana junto a un estilo distinto y maduro. La edición bilingüe permite apreciar los detalles del texto original y constituye un paso obligado para aprender el inglés en profundidad.

En *La señora Dalloway* Virginia Woolf relata un día en la vida de Clarissa Dalloway, una señora de la clase alta casada con un miembro del parlamento inglés, y de un ex-combatiente que lucha contra su enfermedad mental. La innovación de la novela es la corriente de consciencia: Woolf sigue el pensamiento de cada personaje, siendo excelente a la hora de narrar emociones, asociaciones y sentimientos.

rosettaedu.com